심재기 교수 산문선 5

한국인의 어문 생활

한국어와 한글이 걸어온 길

明文堂

책머리에

내가 살아온 세월을 둘로 가르면 앞쪽 반은 자란 시절이요, 뒤쪽 반은 일한 시절이다. 일한 시절은 모두 우리말과 글을 가르치면서 보냈다. 그런데 돌이켜 보면, 제대로 일을 했는지 의심스러울 뿐이다. 많은 사람들이 고등학교를 졸업하고도 이력서 한 장, 편지 한 줄 제대로 못 쓴다고 근심하는 소리도 들리고, 말 한 마디 바로 할 줄 모를 뿐 아니라 험한 말이 세상을 어지럽힌다고 개탄하는 소리도 높기 때문이다.

이 일을 생각할 적마다 나에게 잘못이 많고 책임도 크다는 느낌이 나의 마음을 욱죄는 것이었다. 이 답답하고 죄송스런 심사를 풀려면 나는 무언가 우리말과 글에 대해서 조금이나마 도움이 되는 말을 더해 주어야 한다고 생각하고 있었다. 특히 고등학교에 다니는 학생들이나, 일찍이 학교를 졸업했지만 늘 우리 말과 글에 대해 깊은 근심을 하고 있는 분들에게는 그러한 도움의 이야기가 더욱 절실할 것이라는 생각이었다. 나는 이 책에 이러한 나의 작은 소망을 담아 보려고 하였다.

그리고 나는 이 책에서 우리가 한국 사람으로 태어난 것이 무엇보다도 복된 사실임을 강조하였다. 우리들이 누구인가를 알지 아니하고는, 즉 우리 존재의 확인 없이는 우리가 사용하는 말과 글에 관심을 갖지 않을 것이기 때문이었다. 그러므로 나는 감히 말한다. 누구든지 자기가 한국 사람이기를 거부하거나 포기하려는 사람은 이 책을 읽지 않아도 좋다, 아니 읽을 필요가 없을 것이다.

그러나 이 책은 우리말과 글에 대하여 자세한 이야기를 하지는 못했다. 단지 우리말의 뿌리가 어디에 있는지, 그리고 그것은 우리 민족의 역사와 더불어 어떤 변천을 해 왔는가를 간략하게 훑어보았을 뿐이다. 그리고 우리 글, 곧 한글은 어떤 경로로 창제되었으며 그것이 오늘날까지 어떻게 전수되고 가다듬어졌는지를 검토하면서 이 한글이 오늘을 사는 우리에게 어떤 역사적, 문화적 의미가 있는가를 밝혀 보려고 하였다. 이러한 이야기의 사이사이에 우리 문학이 싹트고 발전해 온 모습도 살펴보려고 하였다. 그러나 마음만 있을 뿐, 나의 뜻이 이 책 속에 제대로 들어가 있는지는 의문이다. 다만 이 책을 읽는 이들이 이 책을 통해서 우리 말과 글을 좀 더 사랑하고 아끼겠다는 마음을 굳히고 한 마디의 말, 한 줄의 글이라도 바르게 말하고 바르게 쓰려는 자세를 지니는 데 조금이라도 도움이 된다면 그것으로 나의 죄스러움이 조금은 풀릴 것이라고 스스로 위로해 본다.

이 책의 끄트머리 부분에는, 신문이나 잡지에 틈 있는 대로 적었던 글을 순서도 생각지 않고 모아 놓았다. 우리말과 우리글의 바른길을 모색하는 나의 고뇌와 방황을 숨김없이 드러낸 것이다. 앞으로 남은 생애도 힘이 미치는 한, 비슷한 소리를 되뇌일 것이려니와 잘못된 점이 있으면 거리낌 없는 충고가 있었으면 좋겠다.

2018년 1월 22일

抱川 先山下 遠慕齋에서 지은이 씀

차례

• 한국 혼을 지킨 사람들

• 국어 사랑의 바른길

한국인으로 태어난 기쁨

우리는 한국 사람으로 태어났다. 한국 사람으로 태어났다는 사실이 우리를 기쁘게 한다. 어째서 한국 사람으로 태어난 것을 우리는 기뻐하는가? 그 이유는 명백하다. 우리가 세상에 태어난 것이 우리들 자신의 의지대로 된 것이 아니고, 또 한국인 아버지와 한국인 어머니를 부모로 하여 태어난 것도 우리들 자신의 의지대로 된 것이 아니기 때문이다. 다시 말하면 우리가 한국 사람으로 태어난 것은 우리들 각자의 '운명' 인데, 이 운명은 인간의 힘으로서는 어찌할 수 없는 것이므로 주어진 그대로 받아들이지 않을 수 없다. 이것을 옛날 어느 철학자는 운명애(運命愛)라고 하였다. 있는 그대로, 주어진 형편 그대로를 받아들이지 않을 수 없을진대, 그것을 기쁨으로 받아들이고 극진히 사랑함으로써 우리는 마음의 평화를 누리고 행복하게 살아야 할 것이다. 이것이 운명에 대처하는 인간의 슬기이다. 그래서 우리는 한국 사람으로 태어난 것을 기쁨으로 삼는다.

그러나 운명이라고 하여 무조건 기쁨으로 여긴다는 것은 있을 수 없는 일이다. 기쁨으로 여기는 것이 가장 현명한 방법이라는 것을 알기 때문에 기쁨으로 여기는 것이지만, 만일 거기에 그럴 만한 충분한 이유가 있다면 얼마나 떳떳하게 기뻐할 수 있을 것인가? 그래서 우리는 한국이라는 땅덩어리, 한국 민족이 걸어온 역사, 우리 조상들의 삶의 이모저모, 생각의 이것저것들 가운데서 좋다고 생각되는 것들을 골라놓고 그 귀중함을 사랑하며 아끼며 자랑하는 것이다. 그러다 보니 우리는 모두 저도 모르게 우리가 한국 사람으로 태어난 것을 너무도 자랑스럽게 여기고 고마워하게 되는 것이다.

우리가 한국 사람으로 태어났다는 것은 미국 사람이나 일본 사람으로 태어날 수도 있었을 것이라는 마음, 즉 비교하는 마음을 용서하지 않는다. 한국 사람으로 태어난 것이 절대적인 사실이기 때문이다. 가령 철수라는 학생이 평범한 회사원으로 지내시는 자기 아버지가 억만장자가 아니고 사회의 저명인사가 아니라고 섭섭해한다고 생각해 보자. 누구든지 철수라는 학생의 어리석음을 비웃을 것이다. 아마도 철수는 자기 아버지가 눈이 나빠 안경을 썼다면 오히려 안경을 썼다는 사실 때문에 아버지가 더욱 정겹고 존귀하게 여겨질 것이다.

옛날 성현들은 자기가 처한 상황이 어떤 것이었건 그것을 최대의 기쁨으로 받아들이는 현명함을 우리들에게 보여주고 가르쳐 주셨다. 먼저 공자님의 말씀부터 살펴보자. 《논어(論語)》의 첫머리는 다음과 같은 말로 시작된다.

> 배우고, 틈나는 대로 배운 것을 복습하면 기쁘지 아니하겠는가? 마음이 통하는 친구가 있어서 멀리 떨어져 지내다가도 찾아와 주면 이 또한 즐겁지 아니하겠는가? 세상 사람들이 나를 이해하여 주지 않는다 하더라도 내가 세상 사람을 탓하지 아니하고 마음의 평화를 누릴 수 있으니 나를 군자라 할 수 있지 않겠는가?

우리 모두가 잘 아는 바와 같이 공자님은 이 세상을 낙원으로 꾸미겠다는 포부와 이상을 지니고 그 당시의 위정자들의 생각을 바꾸어 보려고 애쓰던 분이었다. 그러나 공자님의 맑고 높은 이상을 바로 이해하여 주는 정치가는 단 한 사람도 없었다. 그래서 공자님은 고향에 돌아와 제자들을 가르치며 여생을 마치신 분이다. 위의 말씀은 공자님이 그의 말년에 자신의 인생을 돌아보며 자기의 인간적인 행복이 세 가지가 된다고 고백하신 구절이라고 생각된다. 공자님께서 직접 누릴 수 있었던 세 가지 행복을 공자님은 말씀하신 것이다. 첫째는 학문을 연구하는 기쁨이요, 둘째는 뜻이 통하는 친구를 둔 기쁨이요, 셋째는 세상 사람 누가 뭐라고 하든, 스스로 마음의 평화를 누리는 기쁨이다. 사실 누구든지 마음만 먹으면 공자님이 누리신 세 가지 행복은 모두 누릴 수 있을 것이다.

마음먹기에 따라, 쉽게 행복하게 될 수 있다는 사상은 맹자님에 와서는 조금 더 실제적인 사회생활과 깊은 관계를 맺으면서 전개된다. 맹자님은 자신의 즐거움에는 세 가지가 있다고 다음과 같이 말씀하셨다.

> 군자에게는 세 가지 즐거움이 있습니다만 천하에 왕이 되는 것 같은 것은 그 안에 들어 있지 않습니다. 부모님이 모두 생존해 계시고 형제들이 건강하게 지내고 있으니, 이

것이 나의 첫 번째 즐거움입니다. 하늘을 우러러보아도 부끄러움이 없고, 세상 사람들과의 관계를 살펴보아도 부끄러움이 없는 깨끗한 삶을 살고 있으니, 이것이 나의 두 번째 즐거움입니다. 게다가 이 세상에서 가장 똑똑한 사람들이라고 소문난 젊은이들을 제자로 삼아 가르치고 있으니, 이것이 나의 세 번째 즐거움입니다. 군자에게는 이처럼 즐거움이 세 가지씩이나 있습니다만 거기에 임금 노릇하는 것 같은 것은 들어 있지 않습니다.

이러한 맹자님의 말씀도 가만히 생각해 보면 맹자님이 누릴 수 있는 행복의 세 가지를 손꼽으며 스스로 만족해하신 것이라고 할 수 있다. 좀 더 깊이 따져 보면 그 행복도 어차피 일시적인 것에 불과하다. 왜냐하면 누구에게나 부모님이 두 분 계시지만 그 두 분이 영원히 생존해 계실 수는 없기 때문이다. 그러므로 이때에 맹자님이 말씀하시고자 했던 것은 누구든지 자기 주위에 자기가 지금 당장 찾을 수 있는 행복을 소중하게 여기면서 마음의 평화를 누리라는 교훈이라고 생각된다.

그러면 우리 대한민국의 청소년들은 어떤 방식으로 우리

들의 행복 세 가지를 손꼽을 것인가? 무엇보다도 우리가 한국 사람으로 태어난 것을 가장 바람직한 행복으로 손꼽는 것이 좋겠다. 우리 한민족이 역경을 헤치며 한반도를 터전으로 하여 수천 년의 역사를 이룩하여 왔다는 사실을 깊이 이해할 때, 우리들 각자가 이러한 대한민국의 한 사람이 되었다는 것은 분명코 무언가 중요한 의미가 있을 것이기 때문이다. 우리는 그 의미를 깨닫고 그 의미를 실천하기 위하여 이 세상에 태어난 것이나 아닐까? 그렇다면 어쩔 수 없이, 그러나 참으로 기쁜 마음으로 한국 사람으로 태어난 것을 첫 번째의 행복이라고 생각하여야 한다.

따라서 한국 사람이 쓰는 한국어 또한 사랑하지 않을 수 없는 소중한 보물이 되는 것이다.

우리는 한국 사람이기 때문에 한국어가 어떤 특성을 지닌 언어이며, 우리는 한국어에 대해 어떤 태도를 가지고 그 말을 사용하며 살아갈 것인가를 배워야 한다. 이 문제를 해결하기 위해서 우리는 잠시 '언어', 곧 '말'이란 무엇인가를 살펴볼 필요가 있다.

언어와 인간

'언어'란 무엇인가

우리는 매일같이 '말'을 하고 산다. 인간을 일컬어 '말을 하는 동물'이라고도 한다. 말을 할 수 있다는 것이 인간이 다른 동물과 구별되는 뚜렷한 특징의 하나이기 때문이다. 그러면 이 '말'이란 무엇인가? 사람이 사상과 감정을 전달하기 위하여 입으로 내는 음성 체계라고 간단히 말해 버릴 수는 있으나, 우리는 이 정도의 설명을 가지고 '말'이 무엇인지를 알았다고 할 수 없다. 우리는 언어가 무엇인가를 알기 위하여 여러 각도에서 생각을 정리해 보아야 한다.

먼저 분명히 해 두어야 할 것은, 인간의 언어가 이 세상에서 가장 정교한 의사 전달 체계라는 점이다. 원숭이 가운데서도 가장 지능이 발달한 침팬지 같은 동물도 그들 나름의 언어를 가지고 있다. 개, 소, 말 같은 가축도 인간과의 의사소통이 가능하다는 점에서 유치한 단계이고 불완전하기는 하지만 언어 능력이 있다고 할 수 있으며 참새나 까치도 그들 나름의 의사 전달 체계가 있다. 그러나 그러한 짐승들의 의사 전달은 몇 가지 기본적인 감정, 즉 놀라움, 기쁨, 두려움 같은 것을 전달하는 데 그치기 때문에 그것을 인간의 언어와 나란히 '언어'의 차원에서 생각할 수는 없다. 수천수만 가지의 생각과 느낌을 상황에 따라 실로 정교하게 전달하는 인간의 언어는 그야말로 하느님이 인간에게만 베풀어 준 특별한 은총이라고 생각할 만하다. 그래서 사람들은 사람으로 태어난 것 자체가, 곧 언어 능력을 가지게 된 것이라고 생각하였었다. 물론 인간으로 태어나면 누구나 말을 할 수 있게 되니까 그런 생각이 잘못이랄 수는 없을지 모른다. 그러나 사실은 인간으로 태어났다고 해서 언어 능력이 저절로 드러나는 것은 아니다. 1927년에 인도에서 발견된 이리〔狼〕 소녀의 예는 언어 능력이 흉내 내기와 거듭 연습하기 같은 훈련에 의해 비로소 실현될 수 있다는 것을 증명하였다. 태어난 지 얼마 안 되어 이리에게 채어 가서 이리의 젖을 먹고 이리들의 굴에서 여덟 살까지 자란 이리 소녀는 여덟

해 만에 사람들에게 발견되었을 때, 네 발로 뛰어다니고 밤이 되면 꼭 이리처럼 세 번씩 짖어대었다고 한다. 다른 어린이가 낮에 가까이 접근하면 이빨을 드러내고 이리와 똑같이 으르렁거렸고, 닭을 잡아먹는데, 물론 날 것으로 내장도 빼내지 않고 깃털만 뽑아내고 먹었다고 한다. 육체적으로는 분명한 사람이었지만 이리의 무리 속에서 8년간이나 이리와 함께 생활하는 동안 말을 하기는커녕 모든 행동이 이리와 똑같은 동물이 되어 있었던 것이다. 이 사실은 인간이 아무리 만물의 영장이 될 수 있는 천부적인 능력을 타고났다고 할지라도 알맞은 환경에서 제대로 훈련을 받지 않으면 사람이 될 수 없음을 말해 주는 것이다. 그러므로 언어 능력도 인간으로 태어남으로써 그 잠재력을 가지게 되지만 훈련 과정을 거쳐서야 완전하게 발휘된다는 것을 알 수 있다. 따라서 훈련의 중요성에 대하여 우리는 관심을 쏟아야 한다.

언어 훈련은 대개 특별히 의식하면서 진행되는 것은 아니다. 아주 어려서 엄마의 젖을 빨며 옹알거리기 시작하면서, 우리들은 무의식적으로 언어를 습득한다. '엄마, 맘마, 지지' 같은 낱말을 말하게 되는 한 살 무렵부터 언어 습득 능력은 급속도로 발달하여 대여섯 살이면 자기의 어머니 말(母

語, mother tongue)을 자유롭게 사용할 수 있게 된다. 이때에 만일 엄마, 아빠가 한국 사람이지만, 미국에 살고 있었기 때문에 영어를 사용하면서 아기를 키웠다면 그 아기는 무슨 말을 할 것인가? 두말할 것도 없이 영어를 어머니말로 사용할 것이다. 이런 경우를 본다면 말이 반드시 핏줄이나 민족과 떨어질 수 없는 관계에 있는 것은 아님을 알게 된다. 그러나 대부분의 사람들은 자기가 태어난 고장이 자기 나라요, 자기 민족이 사는 곳이므로 어머니 말은, 곧 모국어(母國語)라고 말할 수 있다.

말을 배우는 어린이가 유치원에 다닐 정도의 나이가 되면 누구나 비슷한 정도로 자기의 모국어를 습득한다는 사실도 대단히 중요한 점이다. 육체적으로나 정신적으로 말을 잘하기에 어려운 점이 있는 사람이 아니라면, 자기의 모국어를 말하고 듣는 면에서 누가 더 잘 하고 못 하고 없이 골고루 비슷한 능력을 갖는다. 이것도 인간이 받은 축복 가운데 빼놓을 수 없는 사항이다. 만일에 말하고 듣는 능력이 사람마다 차이가 생긴다고 가정해 보자. 원만한 의사소통이 불가능해질 것이 아닌가? 이때에 우리는 각기 자기의 모국어밖에 모르는 각 나라 사람이 한자리에 모여 회의를 하겠다고 둘러앉은 모습을 상상해 볼 수 있다. 제각기 남이 알아듣지 못하는 소리를 지껄일 터이니 그때의 말은 말이라기보다는 차라리 듣기 싫은 잡음이라고 하는 것이 나을 것이다. 같은 언어 집단 사이에서는 그런 정도로 심하게 의사가 통하지 않는 상태는 되지 않겠지만 불편하기 짝이 없는 사회가 될 것이다. 이런 점으로 미루어 볼 때, 하나의 모국어를 쓰는 단일한 사회의 한 사람, 한 사람이 모두 비슷한 정도로 말하기와 듣기의 능력을 갖고 있다는 사실은 인간의 생활이 얼마나 말로 말미암아 편하게 되어 있는가를 알게 해 주는 좋은 예라 하겠다. 그러나 교육의 정도가 다르고 관심이 달라지면 그 비슷한 정도의 말하기와 듣기의 능력에도 변화가 온다는 것을 주의해 둘 필요가 있다. 우리는 모두 어렸을 때, 어른들이 분명히 우리가 잘 하는 한국말을 하시지만 우리가 그 말이 무슨 뜻인지 알 수 없어서 속상하고 답답해했던 기억을 가지고 있다. 말을 하고 듣는 기본 능력에 있어서는 누구나 평등하게 태어났지만 많은 공부를 하면 할수록 우리의 생각은 무궁무진하게 발전해 나아간다는 것을 언어 능력의 관점에서도 배우게 된다.

한편, 일단 배운 말은 나이가 들고 공부한 것이 많아서 생각이 깊어질수록 아무리 추상적이고 복잡한 내용이라도 대단히 만족할 만한 정도로 표현하게 된다는 것도 아울러 알아두어야 한다. 말은 분명히 배운 것을 반복함으로써 그 말하기의 능력을 키우는 것이지만, 다른 한편으로는 누구든지 자기가 새롭게 생각한 바를 처음으로 말할 수 있는 능력도 키우게 된다. 누군가 과거에 사용했던 표현만 배워서 사용할 수 있다면, 이 세상에 새로운 문학 작품은 전혀 생겨날 수가 없을 것이다. 이런 관점에서 본다면 말을 배운다는 것은 동시에 새로운 문장, 새로운 표현을 찾아내고 만들어내는 창조 능력도 배운다는 것을 뜻한다. 이처럼 말을 할 수 있다는 인간의 기본적인 능력은 새로운 세상을 만들어내는 능력까지도 갖고 있다는 엄청난 비밀을 간직하고 우리 인간을 끝없이 보다 아름답고 훌륭한 세상으로 이끌어가고 있다.

이상으로 우리는 '말' 이 무엇인가를 간략하게 살펴보았다. 그러나 그것만으로는 '말' 에 대한 이야기의 첫머리를 건드렸을 뿐이다. 다음 장에서 우리는 좀 더 자세한 세부적인 검토를 해 보기로 하겠다.

언어와 생각

우리는 우리가 생각한 것을 말로 나타낸다. 또 다른 사람의 말을 듣고, 그 사람이 무슨 생각을 가지고 있는가를 짐작한다. 그러므로 생각과 말은 서로 떨어질 수 없는 관계를 가지고 있다. 그러면 말과 생각이 얼마만큼 깊은 관계를 가지고 있을까? 이 문제를 놓고 세상 사람들은 아주 오랫동안 여러 가지 생각들을 하였다. 그 많은 생각 가운데 가장 두드러진 것이 두 가지 있다. 그 하나는 말과 생각이 서로 꼭 달라붙은 쌍둥이인데 한 놈은 생각이 되어 속에 감추어져 있고, 또 한 놈은 말이 되어 사람 귀에 들리는 것이라는 생각이고, 다른 하나는 생각은 큰 그릇이고 말은 생각 속에 들어가는 작은 그릇이어서 생각에는 말 이외에도 다른 것이 더 있다는 생각이다. 이 두 가지 생각(이때에는 '생각' 이란 말보다 '사상' 이란 낱말이 더 어울린다) 가운데서 앞의 것은 조금만 깊이 생각해 보면 틀렸다는 것을 즉시 깨달을 수 있다. 우리가 생각한 것은 거의 대부분 말로 나타낼 수 있지만, 누구든지 가슴속에 응어리진 어떤 생각이 분명히 있기는 있는데, 그것을 어떻게 말로 표현해야 할지 애태운 경험을 가지고 있을 것이다. 이것 한 가지만 보더라도 말과 생각이 서로 안팎을 이루는 쌍둥이가 아님은 쉽게 판명된다. 조금만 더 생각해 보자. 우리는 악보를 보고 그 노래를 흥얼거려 본 경험을 가지고 있다. 이때에 처음 보는 악보일 경우, 우리는 노랫말이 있더라도 그것을 무시하고 '랄라랄라' 한다든지 '으응 으응' 한다든지 하면서 노랫가락을 따라 흥얼거린다. 이 흥얼거림이 제대로 된다고 생각되면, 그다음에는 '도미솔도 도솔미도' 하면서 음계 이름에 따라 또 노랫가락을 연습한다. 그런 다음에야 노랫말에 따라 노래를 부른다. 말하자면, 음악이 말과 일치되는 것은 가사가 있는 노래를 부를 때에 가서야 이루어진다고 하겠다. 작곡가가 새로운 노래를 짓는 작업을 상상해 보자. 그가 머릿속에 떠올린 악상(樂想)은 결코 말과는 관계가 없는 멜로디일 것이다. 또 하나의 예를 조각가의 작업 과정에서도 찾아볼 수 있다. 가령 어떤 조각가가 이순신 장군의 흉상을 조각한다고 가정하자. 머리가 완성되고 얼굴을 매만지며 손질을 한다. 눈, 코, 입, 이마, 뺨 등. 착하고 효성스런 아들이었을 뿐만 아니라 어질고 순한 어버이였고, 나라를 위해서는 뼈를 깎는 어려움도 어려움이라 생각하지 않았던 인물 이순신 장군의 얼굴이었을 법한 모습을 상상하며 조각가는 눈과 코와 입을 매만진다. 때로는 콧날을 조금 더 높이기도 하고 눈, 귀는 약간 치올려서 위엄과 인자로움이 함께 나타나게 하려고 한다. 그런데 이러한 모든 작업을 하나하나 진행하면서 일일이 '아, 여기를 조금 깎아내야 되겠구나.', '아, 여기는 좀 도톰해야 되겠는데' 같은 말로 표현하면서 그런 작업을 할 것인가? 아니 말로는 표현하지 않는다 하더라도 그런 것을 말로 정리할 만큼 손놀림에 여유를 둘 것인가? 아마도 조각가의 생각이 바로 손끝에 있다가 그 생각이 번개처럼 손놀림으로 바뀌는 것이 아닐까? 거기에는 작가의 생각이 말로 바뀔 여유도 없을 뿐 아니라 전혀 그럴 필요도 없다. 그렇다면 인간의 생각이라는 것이 얼마나 넓고 큰 것이며, 말이란 결국 생각의 일부분을 주워 담는 작은 그릇에 지나지 않는다는 것을 알 수 있다.

그러나 아무리 인간의 생각이 말보다 범위가 넓고 큰 것이라고 하여도 그것을 가능한 한 말로 바꾸어 놓지 않으면 그 생각의 위대함이나 오묘함이 다른 사람에게 전달되지 않기 때문에 생각이 아무리 형님이요, 말이 동생이라고 할지라도 생각은 동생의 신세를 지지 않을 수가 없게 되어 있다.

옛날에 석가모니께서는 여러 가지 말로 부처가 되는 도리를 설법하시다가 도저히 말로는 표현할 길이 없는 오묘한 진리를 설명해야 할 순간에 이르게 되었었다. 그러자 석가모니께서는 문득 묘안이 떠오르셨다. 마침 연못에 은은한 향기를 뿜으며 갓 피어 있는 연꽃을 하나 따서 설법을 듣는 제자들에게 들어 보이셨다. 말로는 설명할 수 없는 것을 이 행동으로 전달하려고 하신 것이었다. 이때에 가섭(迦葉) 존자라는 제자 한 분만이 석가모니께서 하시는 행동의 의미를 알아듣고 빙긋이 웃음으로 대답을 하였다고 한다. 이 고사(故事)를 일컬어 염화시중(拈華示衆)이라 하여 언어로서는 불가능한 설명의 한 가지 방법으로 오늘날 세상 사람들에게 이해되고 있다. 이처럼 언어는 우리의 오묘하고도 신비한 생각들을 곡진하게 나타내는 데에는 터무니없이 부족한 도구(道具)이다. 그래서 불교의 선종(禪宗)에 속하는 승려들 가운데에는 교리를 학문적으로 탐구하고 이론(理論)의 소용돌이 속에서 고민하느니보다는 무념무상(無念無想)의 참선(參禪)을 오래 계속하다가 문득 깨달으면 된다 하여 '불립 문자(不立文字)' 라는 말을 내세우며 불경 공부에 다소 게을러도 좋다는 주장을 하는 분들이 있었다. 도대체 말이 필요 없는 바에야 글로 적어 놓은 '문자(文字)' 라는 것이 무슨 필요가 있겠느냐 하는 생각에서 '문자로 적어 놓지 않는다' 는 의미의 '불립 문자' 를 강조하기에 이른 것이었다. 그런데 이렇듯 불립 문자를 주장하고 나서는 선승(禪僧)들도 자기가 불법(佛法)을 깨달았다고 느끼는 순간, 그 감동 그 느낌을 시를 짓든가 한두 마디의 말로 나타내고 그것을 적어 후세에 전하고 있다. 아무리 '불립 문자' 를 주장한다고 해도 문자로부터 완전히 벗어날 수 없는 것이 선승들의 한계였다고 말해도 과언이 아니다. 유명한 선승들은 모두 그들의 정신적 편력을 후배들이 짐작할 수 있도록 어록(語錄)을 남겨 놓고 있다.

이와 같이 언어는 분명 인간의 생각을 전부 표현해 낼 수 있는 능력을 가지고 있지는 않으나, 한편 인간의 생각은 그

대부분이 언어를 통하지 않고는 나타낼 길이 없다. 언어가 생각의 동생이기는 하지만 형님이 되는 생각은 반드시 동생의 신세를 지면서 세상 사람들에게 자기의 모습을 드러내게 된다.

언어가 하는 일

문학을 이해하지 못하는 사람들이 우스갯소리로 한다는 재미있는 이야기가 있다.

"소설은 무엇 때문에 읽을까? 아무개가 태어났다. 그리고 누군가를 사랑했다. 그다음 결국 죽었다. 이렇게 세 마디의 동사만 있으면 될 터인데……."

이런 식으로 이 세상의 모든 일을 단순화하면 언어의 기능에 대해서도 사람의 사상과 감정을 전달하는 것이라는 간단한 한 마디로 만족할 수도 있다. 그러나 이 세상일을 그렇게 간단하게 설명해 버리고 만다면 우리가 얻고자 하는 사물의 참 모습은 영영 찾아보지 못하고 말 것이다. 가령 한 자루의 연필을 두고도 우리는 여러 각도에서 바라보아야만 그 연필의 제 모습을 바르게 파악할 수 있다. 한 쪽에서는 단지 육각형, 혹은 원형의 중심부에 까만 연필심이 작은 원형으로 박혀 있는 것이 보일 것이요, 또 한 쪽에서는 기다란 직사각형이 보일 것이다. 또 다른 각도에서 보면 쉽게 설명하기 힘든 다른 모양으로 보일 것이다. 연필의 참 모습은 이 모든 모양을 전부 이야기했을 때에 완전하게 설명된다고 말할 수 있다. 우리들 사람도 마찬가지이다. '김철수' 라는 청년의 이름은 하나이지만 그는 자기 아버지나 어머니에게는 아들의 구실을 하고, 선생님에 대해서는 제자의 구실을 하며, 동생들에게는 형님 노릇을 하고, 친구들에게는 친구 노릇을 수행한다. '김철수' 라는 하나의 이름으로 불리는 인물이 대상이 달라짐에 따라 해야 하는 역할도 달라지는 것이다.

이렇게 볼 때, '언어' 도 간단히 '사상 감정의 전달' 이라는 말로 그 기능을 뭉뚱그려 표현할 수는 있겠지만 그것을 보다 자세히 분석 검토한다면 그렇게 간단한 것만은 아닐 것이라는 느낌이 든다. 자, 그러면 언어는 몇 가지의 기능을 수행하는가? 이 문제를 해결하기 위하여 우리는 먼저 한 마디 말이 사용되기 위하여 그 자리에 등장하는 요소는 몇 개나 되는가를 알아보자.

첫째, 말하는 사람이 있어야 한다. 흔히 화자(話者)라고 한다.

둘째, 그 말을 듣는 사람이 있어야 한다. 청자(聽者)라고도 한다.

셋째, 무엇에 대해서 말하느냐 하는 것을 생각할 수 있다. 다시 말하면, 말거리, 말의 소재, 말의 대상이라고 바꿔 볼 수 있겠다. 화자가 청자에게 "날씨가 참 좋지요?" 라고 말했다면, '날씨' 가 곧 그 말의 대상으로 등장한 것이다. 또 만일 화자가 청자에게 "오늘 저녁에 차 한 잔 같이 하십시다." 라고 청했다면, 이때에는 그 두 사람이 차를 마시며 이야기를 나눌 만한 특별한 관계가 있을 것이다. 그러므로 이때에는 화자와 청자와의 관계가 곧 그 말의 대상이었다고 할 수 있다.

넷째, 화자가 사용한 말 자체를 생각하지 않을 수 없다. "우리는 친구 사이 아니니?" 했다든가, "영희 씨만 보면 공연히 가슴이 두근거립니다." 했다든가 하였을 때, 화자가 입으로 소리를 낸 그 말 자체가 없이는 말이 이루어졌다고 할 수 없다. 이것을 메시지(message) 또는 전언(傳言)이라고도 한다.

다섯째, 화자와 청자 사이에 어떤 대화가 오고 갈 때, 그런 대화를 가능하게 한 환경 · 조건을 생각해야 하겠다. 어떤 시간, 어떤 장소, 어떤 분위기에서 화자는 청자에게 "날씨가 참 좋지요?" 라고 말했는지를 모른다면 그 말은 바르게 이해될 수 없다. 따라서 말의 환경도 하나의 말, 하나의 대화가 이루어질 때, 고려하지 않을 수 없는 중요한 요소의 하나이다.

여섯째, 이번에는 말 자체, 즉 전언(傳言)이 어떤 종류의 말이었는가를 생각해 보아야 한다. 화자와 청자가 한국 사람이라면 그들이 사용한 말은 특별한 사정이 고려되지 않는 한 두말할 것도 없이 한국말이겠고, 그들이 영국 사람이라면 영어일 것이다. 그러나 좀 더 세밀하게 생각할 경우, 화자가 경기도 사람이라면 경기도 말을 했을 것이고, 경상도 사람이라면 경상도 사투리를 사용했을 것이다. 이처럼 화자가 사용한 말이 어떤 종류의 것이냐 하는 것도 한 마디의 말이 오고 가는 장면에서 고려해야 할 요소이다.

이와 같이 말 한 마디가 오고 가는 데에 동원되는 요소로는 적어도 여섯 가지가 있다는 것을 알 수 있다. ① 말하는 사람(화자), ② 듣는 사람(청자), ③ 말의 대상, ④ 말 자체(전언), ⑤ 말이 사용된 환경(말의 경로), ⑥ 말의 종류. 이때에 말 자체(전언)와 말의 종류는 결국 같은 것이 아닌가 하는 의문을 가질 수 있다. 물론 같은 것이다. 그러나 여기서는 관점을 달리해서 보는 것이므로 일단 다른 것으로 보고자 한다.

그러면 한 마디 말이 화자의 입에서 나와 청자의 귀에 들렸다고 하자. 그 말은 앞에서 열거한 여섯 가지 요소에 모두 충실해야만 그 말의 값이 제대로 드러나는 것이라 할 수 있다. 사람이 살아가는 이치도 마찬가지이다. 착한 자식 노릇을 하는 청년은 동시에 우애 깊은 형제 노릇도 하며 믿음성 있는 친구 노릇도 하게 마련이다. 좋은 남편이기는 한데 좋은 아버지가 아니라고 하면 무언가 잘못된 인생이라 하겠다. 이와 같이 언어도 그 언어가 사용될 때에는 당연히 그 장면에 등장하는 모든 요소에 골고루 충실한 역할을 해야만 그 언어가 바르게 사용된 것이라 할 수 있다. 이제 말이 사용될 때 동원되는 여섯 가지 요소 하나하나에 초점을 맞추어 가며 말이 하는 일이 무엇인가를 항목별로 정리해 보기로 한다.

첫째, 말하는 사람, 화자에게 충실한 언어의 기능에 대하여 생각해보자. 말은 말하는 이의 생각과 느낌을 듣는 이에게 전달하는 것을 목적으로 한다. 그런데 말하는 이의 생각과 느낌이 듣는 사람과 똑같다고 화자가 생각한다면, 화자는 특별한 신경을 쓰지 않고 청자에게 자기의 말을 할 것이다. 그러나 화자가 생각하기에 청자는 자기와는 다른 생각과 느낌을 가지고 있다고 판단되면 화자는 그러한 자기의 생각과 느낌을 청자가 꼭 이해하고 더 나아가 같은 생각과 느낌을 갖게 하려고 특별한 주의를 기울일 것이다. 말은 이처럼 화자의 생각과 느낌을 보다 충실하게 반영하려고 한다. 이러한 기능을 언어의 정서적 기능(情緒的 機能), 또는 표출적 기능(表出的 機能)이라고 한다. '말 한 마디로 천 냥 빚을 갚는다' 는 속담도 있고, '어 해 다르고 아 해 다르다' 는 속담도 있다. 이러한 속담은 모두 말이 얼마나 사람의 감정을 잘 나타낼 수 있는가를 표현한 것이다. 사실 우리는 말을 할 때, 어떤 낱말에는 특별히 힘을 주어 강하게도 발음하고 길게도 발음하여, 우리가 그 낱말에 특별한 관심과 의미를 주고 있다는 인상을 전달하려고 한다. 우리 한국 사람들은 대개 "유구한 역사와 전통을 자랑하는 우리 배달민족은…" 이라고 말할 경우에 '유우구한' 이라고 발음함으로써 우리 역사의 오래됨을 더욱 강조하고자 한다. 비슷한 표현으로

"오천 년의 장구한 역사 속에서"라는 말을 할 때에도 '자앙구한' 이라고 '장' 을 그야말로 높고 길게 발음한다. 우리 민족이 이 지구상에서 실로 오랜 역사와 전통을 지니고 살아왔다는 우리들의 자긍심이 우리도 모르게 이런 표현에 반영되는 것이라고 하겠다. 그러나 좀 더 냉엄하게 생각해 보자. 우리가 아무리 '자앙구한 오천 년 역사' 를 외치며 '장' 소리를 1분쯤 길게 발음한다고 하여도 오천 년이 육천 년이나 칠천 년, 또는 일만 년으로 늘어나는 것은 아니다. 그것은 그저 말하는 사람의 느낌이 그렇게 강렬하다는 정서적 가치를 보호하고 존중한다는 역할을 할 뿐이다. 따라서 이러한 정서적 기능은 사용된 말의 기본적이고 객관적 의미를 바꾸어 놓지는 못한다. 그렇다고 정서적 기능이 조금도 덜 중요한 것은 아니다. 어떤 경우에는 화자의 감정을 이해한다는 것이 무엇보다도 중요하기 때문이다. 그래서 때로는 화자의 정서를 나타내기 위한 특별한 감탄사가 독립된 낱말로 사용되는 수가 있다. 혀를 찬다든지 신음 소리를 내는 경우, '쯧쯧, 끌끌, 흐음, 흥' 등이 글로 쓸 때에 사용되기는 하지만 실제의 소리는 문자로 표기된 것과는 사뭇 다르다. 이런 말은 순전히 화자의 느낌을 충실히 나타내기 위한 감탄사들이라 하겠다. 가령 김소월의 《진달래꽃》의 한 구절 '사뿐히 즈려 밟고 가시옵소서' 를 낭송할 때에는 누구든지 그 내용에 이끌려 자기도 모르게 '사뿐히' 를 짧고 경쾌하게 발음하는데, 이런 것들이 모두 언어의 정서적 기능의 모습들이다.

둘째, 말을 듣는 사람, 곧 청자에게 충실한 언어의 기능에 대하여 생각해 보자. 말은 그것을 들은 사람이 생각이나 느낌에 변화가 오고 또 그에 따라 새로운 행동을 하게 될 때 그 효과가 완성되는 것이라고 할 수 있다. 이러한 효과를 직접적으로 요구하는 것이 다름 아닌 명령문(命令文)이거니와 언어는 청자에게 명령하는 기능을 수행한다. 이것을 언어의 명령적 기능이라 한다. 그러면 가만히 생각해 보자. 어떤 말은 청자가 없는데도 화자가 혼자 중얼거리는 수가 있다. 아무도 없는 빈 방에서 눈송이가 날리고 있는 창밖을 내다보며 "내일 모레면 어느새 성탄절이구나, 성탄절엔 역시 눈이 와야 멋이 있지." 할 수도 있을 것이며, "금년도 이젠 일주일밖에 남지 않았네." 하며 흐르는 세월을 한탄할 수도 있을 것이다. 이때에 그러한 혼잣소리[독백]에 무슨 명령적 기능이 작용한다고 할 것인가? 그렇지만 이것은 너무 성급한 판단이다. 독백이란 말하는 사람이 스스로 의식적인 자기 분화(自己分化)를 하여 화자와 청자로 갈라져서 이루어지는 일종의 변태적인 대화라고 보아야 한다. 그러므로 독백은 자기가 또 하나의 자기에게 말을 건네는 것인 만큼 그것도 그 나름의 명령적 기능을 미약하나마 수행하는 것이라고 생각하여야 한다. 우리는 가끔 다음과 같은 경험을 할 때가 있다. 저녁 늦게 공부를 하다가 혼잣소리로 "어이 출출한데…."라고 중얼거렸다. 그러나 특별히 무엇을 꼭 먹겠다는 생각을 가진 것은 아니었다. 그리고 그대로 공부를 계속하고 있는데 방문이 빠끔히 열리며 어머니가 따끈한 차 한 잔과 과일 한 접시를 깎아 내오시는 것이 아닌가? 그때 우리는 "어머니, 밤늦게 웬일이세요? 고맙습니다."라고 말하지 않을 수 없다. 그러면 어머니는 분명히 이렇게 대답하신다. "아니, 네가 출출하다고 하지 않았니? 이제는 잠이 들었나 하고 네 방 앞에 왔다가 네가 하는 말을 듣고 가져왔단다." 우리는 이때 어머님께서 보살펴 주시는 살뜰한 사랑에 가슴이 콱 메이는 감동을 느낀다. 그와 아울러 아무리 독백이라도 그것이 나 아닌 누구에겐가 들렸다면 그 말은 그 나름의 명령적 기능을 수행한다는 사실도 깨닫게 된다.

우리는 가끔 영원히 아무에게도 말하고 싶지 않은 비밀스런 사연을 일기장에 적는 수가 있다. 이 행위는 실로 역설적(逆說的)이 아닐 수 없다. 영원히 아무에게도 말하고 싶지 않은 비밀이라면 왜 굳이 일기장에 적어 놓는 것일까? 그러나 이 행위도 언어의 명령적 기능이라는 관점에서 보면 여러 해 후에 자기 자신이 새로운 청자 또는 독자가 되어 그전에 자기가 한 말을 다시 한 번 듣고 싶은 추억거리를 위한 것이라고 풀어 볼 수 있다. 우리는 스스로 분명하게 의식하지는 못하지만 자기 자신에게도 어떤 행동을 끊임없이 요구하고 있다. 결국 자기가 자기 자신에게 명령을 내리고 있는 것이다. 독백의 경우에도 이렇듯 간접적으로 언어의 명령적 기능이 작용한다면 청자에게 직접 건네는 말은 경우에 따라 정도의 차이는 있겠지만 모두 언어의 명령적 기능이 작용한다고 생각하여야 할 것이다.

셋째, 말의 대상(對象)에 충실한 언어의 기능에 대하여 생각해 보자. 말은 무엇보다도 무언가를 전달한다는 것이 주목되어야 한다. 앞에서 우리는 언어의 정서적 기능과 명령적 기능에 대해서 살펴보았으나 그것은 언어의 전달 기능에 덧붙어서 일어나는 것으로서 순서를 따지자면 무언가를 전달한다는 이 세 번째 기능이 가장 기본이 되는 첫째 가는 큰 기능이라고 하겠다. "이것은 할아버님 사진이다."라든가, "여기가 우리 집안이 삼백 년 동안 살아온 고향이다."라든가 하는 말들은 모두 어떤 대상(對象)을 손가락으로 가리키는 것처럼 지시(指示)하는 역할을 한다. 한편 청자가 모르던 새로운 정보(情報)를 알려주는 역할도 한다. 그래서 이러한 기능을 지시적(指示的) 기능, 또는 정보적(情報的) 기능이라고 부른다. 이 세상에 새로운 지식이 축적되고 문화가 발전하며, 편리한 문명 생활이 이루어지는 것은 그 바탕에 언어의 지시적 기능이 작용하고 있기 때문이라고 하여도 과언이 아니다. 우리는 세상에 존재하는 사물에 대하여 새로운 이름을 붙인다. 그러면 그 사물은 이름을 얻음과 동시에 인류 문화를 위하여 공헌하기 시작한다. 가령 '원자(原子, atom)'라는 낱말을 생각해 보자. 사실 '원자'라는 것은 이 세상이 창조된 태초부터 의연히 있었던 것이다. 그러나 사람의 지혜가 발달하여 물질의 가장 작은 단위로서 '원자'라는 것을 사람들이 생각해 내기까지 '원자'는 있었으면서도 사람들에게 있어서 없는 것이나 마찬가지였다. 그런데 '원자'라는 낱말로 그 존재의 이름을 삼자마자 그것은 우리에게 비로소 존재하는 대상으로 우리들 인류와 함께 살기 시작하였다.

이처럼 이름을 붙인다는 것, 그리하여 거기에 그러한 사물이 있음을 가리킨다는 것, 이것이 언어의 지시적 기능이다. 따라서 언어의 지시적 기능은 인간의 지능, 학문이 발전하고 새로운 명칭, 개념들이 늘어가는 것과 비례하여 점점 더 활발하게 작용하는 기능이라고 볼 수 있다.

그러면 사물의 이름을 붙이는 것만이 언어의 지시적 기능인가? 물론 그렇지 않다. '가다, 오다, 먹다, 뛰다' 같은 동사나, '아름답다, 까다롭다, 수더분하다' 같은 형용사도 결국은 어떤 동작이나 상태를 가리키는 일종의 이름이라고 할 수 있다. 그러니까 언어는 이러한 이름들, 즉 지시적 기능을 하는 낱말들의 조직적인 집합체라고 할 수 있다. 다시 말하여 언어가 이 세상 삼라만상 모든 것의 이름이 될 수 있다는 사실은 언어의 지시적 기능을 설명하는 움직일 수 없는 진리이다. 이 기능에 의존하여 인류는 오늘날 우리가 보는 것과 같은 찬란한, 그러나 보기에 따라서는 아주 위험한 문명을 이룩한 것이다.

넷째, 이번에는 말 자체, 즉 메시지 자체에 충실한 언어의 기능에 대하여 생각해 보기로 하자. 우리는 누구든지 자기 모습을 우아하고 아름답게 가꾸고자 한다. 여자라면 더 말할 것이 없거니와 남자라고 하여 자기 몸 매무새를 함부로 하지는 않는다. 가능한 한 점잖게 보이려고 하고 얌전하게 보이려고 하며 때로는 믿음직스럽고 씩씩하게 보이려고 한다. 이 세상에 생명을 가진 모든 존재는 스스로 아름답고자 하는 욕망이 있다. 이렇게 아름답고자 하는 욕망은 언어에서도 발견된다. 언어가 사람이나 동 · 식물처럼 생명이 있는 유기체(有機體)냐 하는 데에는 의문의 여지가 있다. 물론 물리 · 화학적인 차원에서 언어가 생명이 있다고는 말할 수 없으나 인간과 함께 생활한다는 점에서 언어도 분명 생명을 가진 존재다.(이 점은 다른 항복에서 또 논의될 것이다.) 따라서 언어도 스스로 아름답고자 노력한다. 이 노력을 언어의 미학적(美學的) 기능, 또는 시적(詩的) 기능이라고 한다. 그러니까 언어도 스스로 화장(化粧)을 하고 싶어 한다고 말할 수 있다. 그러면 언어의 화장술은 어떤 것일까? 물론 언어마다 독특한 화장술을 가지고 있을 것이다. 한국어는 한국어 고유의 화장술이 있을 것이고, 프랑스어는 프랑스어 나름의 화장술이 있을 것이다. 각 나라말로 된 시(詩)는 대체로 그 나라말의 화장술을 최대로 활용하여 만든 언어의 예술 작품이다. 그래서 이 미학적 기능을 시적(詩的) 기능이라고도 한다.

아직 시(詩)가 되지는 않았지만 시를 짓는 데 활용됨직한 한두 가지 한국어의 미학적 기능에 어떤 것이 있는가를 살펴보자. 말은 스스로도 편한 자세를 취하고 싶어 한다. 그러므로 말하는 사람이 특별히 의식하여 아름답게 꾸미려고 하지 않아도 말 자체가 될 수 있으면 편한 자세를 갖추고자 한다. 가령 '장미와 해바라기' 라는 어구와 '해바라기와 장미' 라는 어구를 비교해 보자. 똑같이 꽃 이름 두 개를 나열한 것인데, 어쩐지 '해바라기와 장미' 보다는 '장미와 해바라기' 가 더 안정감 있는 표현이라는 생각이 든다. 비슷한 예로 '영이와 바둑이' , '바둑이와 영이' 를 비교해 보자. 이것 역시 '영이와 바둑이' 가 더 나은 표현으로 생각된다. 왜 그럴까? 명사가 나열될 경우에 음절수가 적은 것이 음절수가 많은 것보다 앞에 놓여서 청자에게 미리 알려지는 것이 좋겠다고 하는 한국인의 무의식적 말버릇이 반영된 것이 아닐까? 어떤 사람은 혹 이렇게 고집을 부릴 수도 있다. "나는 '영이와 바둑이' 보다는 '바둑이와 영이' 가 더 말하기 좋은 것 같은데…." 그러나 이런 생각을 하는 사람은 다음 사항을 확인하는 순간 자기의 생각이 반대하고 싶은 부질없는 고집이었음을 깨닫게 될 것이다. 그것은 우리말의 수관형사(數冠形詞)는 독립형(獨立形)으로 쓰이는 수사보다 짧은 음절수 내지는 축약형을 가지고 있다는 사실이다. '하나' 에 대하여 '한', '둘' 에 대하여 '두', '셋' 에 대하여 '세' 등이 그러하다. 우리는 '하나 사람' 이라고 말하지 않고 '한 사람' 이라고 말한다. 또 수사가 두세 개 결합할 경우에는 역시 앞에 놓이는 수사는 축약형으로 사용된다. '다섯 여섯' 이라고 말하는 경우는 거의 없고, '대여섯' 이라 하며 '여섯 일곱' 이라고 말해야 할 경우에도 '예닐곱' 이라 한다. 이처럼 비슷한 성질의 낱말이 연이어 사용될 경우 앞의 낱말은 보다 간단한 형태를 취하려고 한다. 명사가 나열되는 경우에 앞의 명사의 음절수가 적은 것도 한국어 표현의 같은 현상이라고 보아야 할 것이다. 이런 현상은 궁극적으로는 한국인의 언어의식에 관계되는 것이겠지만 그 현상 자체에 충실한 해석방법으로는 한국어가 가지는 특수한 화장법, 곧 미학적 특성이라고 할 수 있다. 물론 한국어의 미학적 특성을 최대한으로 살려 쓴 것은 한국어 서정시에서 좀 더 많이 발견될 것이다. 시(詩)는 원래 언어의 미학적 특성을 드러내기 위한 언어 예술이기 때문이다.

다섯째, 말이 사용된 환경 · 조건에 따라 그 말이 하는 일이 무엇인가를 살펴보기로 하자. 말은 반드시 말이 나타내는 의미를 전달할 목적으로만 기계적으로 사용되는 것은 아니다. 말에는, 말하는 사람과 듣는 사람이 필요하기만 하다면 언제든지 본질적인 의사소통을 할 수 있지만, 그럴 필요가 없을 때에는 단지 그러한 의사소통을 할 수 있다는 가능성을 점검하고 확인하는 정도에 머무르는 언어 행위가 있다. 이웃 사람들끼리 주고받는 인사말이나, 여행 중 차칸에서 우연히 한자리에 앉아 가게 된 사람과의 대화는 사용된 말 자체의 의미가 그렇게 중요하지는 않다. 이때에는 다만 서로 이야기를 주고받는다는 사실이 더 중요하다. 이것은 마치 앞으로 필요한 방송을 듣기 위하여 라디오의 다이얼이나 텔레비전의 채널을 맞추어 두는 것과도 같은 것이다. 이러한 기능을 언어의 친교적(親交的) 기능이라고 한다.

서로 모르는 처지의 젊은 남녀 둘이 나란히 앉아 기차 여행을 하게 되었다고 하자. 남자가 여자에게 이렇게 말을 걸었다.

"참 좋은 날씨입니다. 어디까지 가십니까?" 그러면 여자는 어떤 반응을 보일까요? 대개는 생긋이 웃으며,

"네, 참 좋은 날씨에요. 저는 대구까지 가요." 이렇게 말할 것이다. 서로 소 · 닭 쳐다보듯이 물끄러미 바라보기만 한다든가, 아니면 "남이야 어딜 가건 무슨 상관이에요. 사생활을 침범하지 마세요." 이렇게 말할 사람은 없을 것이다. 아마도 처음 만난 젊은 남녀라면 이 우연한 만남이 어쩌면 미래와 연결되는 아름다운 인연의 첫 번째 순간일 수도 있을 것이라는 막연한 기대감까지도 지니면서 될수록 무심한 듯 그러나 겸손과 친절을 갖추어 대화를 나눌 것이다. 이때에 대화의 내용은 대화를 나눈다는 사실보다는 덜 중요하다. 그래서 이러한 언어의 기능을 친교적 기능이라고 하는 것이다. 동네 골목에서 이웃집 아저씨를 만났다.

"아저씨 안녕하세요? 어디 가세요?" 이런 인사말에

"응, 철수로구나. 학교 갔다 오니?" 이렇게 이웃집 아저씨가 그 인사말에 응수하였다. 만일 인사말의 의미 내용에 충실하게 대답한다면 "오냐, 잘 지낸다. 난 지금 친구네 집엘 가는 길이다." 이런 식으로 대답하여야 할 것이다. 그러나 이미 건강한 모습을 뵈었으니까 "안녕하세요?"라고 여쭙지 않아도 안녕한 줄을 철수는 알면서 드린 말씀이고, 어디 가시느냐고 한 것은 다정하게 느낀다는 감정 표현의 역할을 할 뿐이다. 그래서 "학교 갔다 오니?" 하는 반문(反問)을 한 것으로 두 사람은 다정한 미소를 나누며 골목길을 엇갈려 지나갈 수 있는 것이다. 언어의 친교적 기능은 표현된 말이 지닌 의미를 곧이곧대로 나타내는 것이 아니라는 점이 재미있다.

여섯째, 이제 마지막으로 우리는 말의 종류와 관련된 언어의 기능에 대하여 생각할 차례이다. 언어는 세상 사물을 가리키는 구실을 하는 것이 가장 기본적인 기능임을 '지시적 기능' 항목에서 확인하였다. 그런데 언어도 역시 세상 사물의 하나이다. 그러므로 언어는 언어에 대하여서도 말할 수 있다. 다시 말하면, 언어끼리도 서로 상대방을 가리킬 수 있다는 뜻이다. 즉 언어$_1$은 언어$_2$를 설명하는 데 사용되며 언어$_3$은 언어$_4$를 설명하는 데 사용된다. 이때 '언어$_1$, 언어$_2$'로 표현된 언어들이 반드시 하나는 한국어요, 또 하나는 영어와 같은 외국어이어야 할 필요는 없다. 같은 민족의 같은 말끼리도 경우에 따라 성격이 다른 언어가 되어서 하나의 언어가 다른 언어를 설명할 수 있다. 우리는 모두 초등학교 때에 비슷한 말 찾기 공부를 열심히 했던 경험을 갖고 있다. 이 비슷한 낱말들의 관계가 바로 말이 말에 대하여 말하는 관계임을 증명한다. '춘부장(春府丈)'은 '아버지'를 뜻하지만 '자기 아버지'를 가리켜 '나의 춘부장'이라는 말을 쓸 수는 없다. 그래서 '춘부장'은 남의 아버지를 높이어 부르는 말이라는 낱말 풀이를 통해서 '아버지'라는 낱말과의 상관관계가 밝혀진다. 이처럼 하나의 말이 다른 말과 관계를 맺는 기능을 언어의 관어적(關語的) 기능이라고 한다. 새로운 외국어를 배울 때에나 새로운 사상이나 개념(概念)을 남이 전혀 사용하지 않던 새로운 낱말로 표현하려고 할 때, 언어의 관어적 기능은 대단히 중요한 역할을 한다. 우리가 영어를 배울 때 '파더(father)', '마더(mother)' 같은 낱말을 '아버지', '어머니'라는 우리 한국어 없이 배울 수 있었던가? 하나의 외국어를 나이 들어 배울 때에는 자기의 모국어가 새로 배우는 외국어의 길잡이 노릇을 한다. 이 길잡이 노릇이 곧 관어적 기능이다. 또 우리가 문법(文法) 공부를 할 때, '하늘, 땅, 나라, 꽃, 나무'는 명사(名詞)요, '하나, 둘, 셋'은 수사(數詞)요, '먹다, 놀다, 사랑하다'는 동사(動詞)라는 등 문법 용어(文法用語)를 사용하며 낱말이 문장을 만들 때의 성질에 대하여 검토하였다. 이때에 명사, 수사, 동사 등의 문법 용어 역시 자연스런 일상의 말을 설명하기 위해 만들어낸 학술적인 말들이다. 이렇듯 학술적인 말은 세상 이치를 바르게 설명하기 위하여 창안한 설명용(說明用) 언어인데, 설명용 언어가 만들어지는 까닭은 언어의 지시적 기능은 물론 이려니와 관어적 기능이 있기 때문에 가능한 것이다. 새로운 지식을 체계화하는 데 언어의 관어적 기능은 없어서는 안 될 중요한 역할을 한다.

이상으로 우리는 언어가 적어도 여섯 가지 기능을 수행하는 다재다능한 존재임을 알았다. 재주가 많은 사람은 한 번 움직여 여러 방면의 효과를 얻는다. 언어는 마치 재주 많은 사람과 같아서 한 번 사용될 때 이 여섯 가지가 동시에 적당한 비중으로 일하는 것이라고 생각할 수 있다. 언어의 기능을 올바로 이해하는 것은 어쩌면 국어 공부뿐만 아니라 참다운 인간이 된다는 점에 있어서도 기본적인 전제 조건일지도 모른다. 우리가 많은 공부를 하여 훌륭한 인간이 되고자 하는 데에는 남을 바르게 이해하자는 것도 중요한 목적이 되기 때문이다.

언어와 민족·국가

태어나면서부터 한국어를 듣고, 한국어를 말하며 살아온 우리들은 한국어가 이 세상에서 가장 편한 말이라고 생각한다. 더 나아가 한국어가 가장 좋은 언어라고 생각할 수도 있다. 프랑스에서 태어나 프랑스 말을 사용하며 성장한 프랑스 사람들은 어떤 생각을 할까? 그들은 그들대로 이 세상에서 프랑스 말처럼 아름답고 훌륭한 말이 없다는 자부심을 가지고 있을 것이다. 이 세상에는 수백의 나라가 있고, 수천의 종족이 있으며, 또 그 종족마다 자기네들 고유의 언어가 있는데, 그렇다면 이 많은 언어 가운데서 정말로 어떤 언어가 가장 좋은 언어일까? 누구든지 이런 의문을 갖고 가장 좋은 언어를 찾으려는 노력은 이 세상에서 가장 맛있는 음식을 찾으려는 노력처럼 무모하고 어리석은 일이다. '맛있다'는 것은 습관과 기호(嗜好)에 따라 다르기 때문에 객관적인 기준을 정할 수 없으므로 어떤 음식이 더 맛있고, 어떤 음식이 덜 맛있다고 말할 수 없다. 과일의 경우에서도 어떤 사람은 사과를 가장 맛있는 과일이라고 생각하고, 어떤 사람은 배를 가장 맛있는 과일이라고 생각할 수 있다. 한국 사람은 된장찌개와 김치를 좋아하는데, 그런 음식을 한 번도 먹어보지 못한 아프리카 인디언이 그런 것들을 맛있는 음식이라고 생각할 리가 없다.

그러므로 한국어가 이 세상에서 가장 좋은 언어라고 생각하는 것은 한국 사람의 자유이지만, 그것은 한국 사람이 한국어를 사용하며 생활하는 데에 아무런 불편을 느끼지 않을 뿐 아니라 조상 대대로 사용해 온 모국어이기 때문에 한국어를 극진히 사랑한다는 의미 이상을 갖고 있는 것이 아니다. 모든 언어는 그 언어를 사용하는 사람들의 생활 감정을 가장 잘 나타내도록 오랜 세월 길들여진 것이다. 미얀마의 가로(Garo) 지방 사람들은 소련 사람들보다 더 많은 종류의 쌀을 구별할 필요가 있기 때문에 그들의 언어에는 소련 말보다 쌀에 대한 낱말이 더 많이 있다. 에스키모들은 눈〔雪〕

을 표현하는 낱말이 여럿 있다. 어떤 것은 지금 막 공중에서 땅으로 떨어져 쌓이는 '눈'을 가리키고, 어떤 것은 이미 땅에 떨어져 쌓여 있는 '눈'을 가리키며 또 어떤 것은 얼음집을 짓기 위하여 얼음 벽돌용으로 쓸 수 있는 눈을 가리킨다.

그러나 한국어를 위시하여 대부분의 언어에는 '눈'을 가리키는 낱말이 하나밖에 없다. 아마 열대 지방의 어떤 언어에는 '눈'을 가리키는 낱말이 전혀 없는 경우도 있을 것이다.

한 언어의 훌륭함을 입증하려는 방법 가운데 하나는 그 언어 내에서 식별할 수 있는 말소리가 다른 언어보다 많다든가 더 세밀하게 구분되었다는 것을 내세우는 수가 있다. 가령 우리 한국 사람들은 누구나 '달', '탈', '딸'을 쉽게 구분하여 발음한다. 그런데 서양 사람들에게 이 세 낱말을 구분하여 발음해 보라고 하면 그 소리가 그 소리로 잘 구분이 안 된다. 이런 것을 보고 한국어가 더 훌륭하다고 말하는 사람이 있다. 그러나 이와 같은 생각은 크게 잘못된 것이다. 한국 사람은 한국어의 발음 체계 속에서 'ㄷ', 'ㅌ', 'ㄸ'을 잘 구분하지만, 영어나 일본어를 사용하는 사람들이 잘 구분하는 유성자음(有聲子音)과 무성자음(無聲子音)을 제대로 식별하지 못한다. 이처럼 하나의 언어는 그 언어에 고유한 발음 체계가 있어서 다른 언어에서는 잘 못하는 발음을 아주 잘 구분하여 사용한다. 각 언어는 이처럼 저마다 고유한 발음 체계를 가지고 있는데 이것이 그 언어만의 우수성이라고 말할 수는 없는 것이다. 정확하게 말한다면 이러한 발음의 체계나, 또는 문법적인 특성 같은 것은 그 언어의 개성(個性)이라고 생각하는 것이 온당할 것이다. 우리는 영어를 배울 때 r 발음과 l 발음의 구별이 어려워 애태운 적이 있다. 그때 우리가 영어에는 r과 l을 구분할 수 있으니까 훌륭한 언어라고 생각한 적이 있는가? 오히려 그런 것을 구분하여 말하는 까다로운 말이라고 불만을 털어놓았을 것이다.

그렇다면 우리는 왜 한국어를 가장 좋은 언어라고 생각하며 사랑하는가? 또 설혹 가장 좋은 언어라고는 생각하지 않지만 적어도 가장 편한 언어라고 생각하며 사랑하는가? 그 해답은 아주 간단하다. 한국어가 우리들 한국 사람 한 사람 한 사람의 존재를 증명해 주는 가장 확실한 것이기 때문이다. 다시 말하면 '나' 김철수가 다른 사람 아닌 바로 '나' 김철수임을 확인하는 데 한국어가 아주 중요한 구실을 하기 때문이다. 자기 동일성(同一性)을 증명하는 데 없어서는 아니 될 것 가운데 한국어는 가장 큰 몫을 한다.

어떤 사람은 다른 사람이 보기에 하찮아 보이는 돌멩이 하나를 금은보화보다도 더 소중히 간수한다. 그것을 보고 친구가 까닭을 물었다 하자. 그러면 이런 대답을 할 것이다.

"응, 이 돌멩이는 돌아가신 선친(先親)께서 평생을 지니고 다니시던 것이야. 일제 식민지 시절 만주를 유랑하시면서도 고향집 앞 냇가에서 골라낸 이 돌멩이는 꼭 간직하고 다니셨대. 내가 한참 말썽을 부릴 때 아버님은 회복하실 수 없는 병을 앓고 계셨거든. 어느 날 아버님이 누워계신 사랑방에 들어갔더니 앓으시는 분 같지 않게 큰 소리로 나를 꾸짖으시며 '이젠 좀 정신을 차려라.' 하시면서, 당신이 돌아가신 뒤에라도 당신의 분신(分身)으로 생각하며 이 돌멩이를 간직하라고 하셨어."

자, 이쯤 되면 그 돌멩이는 옛날 고향집 냇가에 굴러다니던 평범한 조약돌이 아니라 바로 그 주인공의 아버님이 아니겠는가? 우리는 모두 남들이 보기에는 하찮은 물건으로 보이는 종이쪽지나 빛바랜 사진 한 장을 그야말로 자기 생명 못지않게 아끼고 사랑한다. 그 물건에는 자기만 아는, 그리고 자기 생애에 더없이 소중한 사건이나 인물과 동일하게 여겨야 하는 이유가 숨어 있기 때문이다.

한국인에게 있어서 한국어는 다른 민족이나 다른 나라 사람은 감히 짐작도 할 수 없는 깊은 사연을 감추고 있다. 그 사연은 우리가 한국 사람임을 증명하는 것과 동시에 한국 사람으로 살아온 것이 가장 귀중한 사건이었음을 알려 준다. 그래서 우리는 한국어를 사랑하는 것이다.

한 나라의 언어가 어떻게 그 민족, 그 국민의 동일성과 역사를 알려주는가 하는 얘기는 한둘이 아니다. 당장 생각나는 한두 가지를 살펴보자. 몇 해 전 미국의 흑인 작가 앨릭스 헤일리는 《뿌리》라는 소설을 써서 미국뿐 아니라 온 세계를 떠들썩하게 했었다. 자기 조상이 아프리카에서 잡혀온 노예였는데 그 조상의 원래 고향이 아프리카 서해안에 위치한 '감비아' 라는 것, 그리고 조상의 부족(部族)은 만딩가족이라는 것을 밝힌 소설이었다. 미국으로 잡혀온 지 이백 년, 7대에 걸친 옛날 일을 어떻게 족보를 거슬러 올라가면서 파헤칠 수 있었는가? 그것은 7대에 걸쳐 집안 대대로 전해 내려온 만딩가 부족의 낱말 세 개 때문이었다. 이백 년이 흐르는 동안 미국식 영어 발음으로 이상하게 변질이 되었지만 그래도 그 낱말 셋은 헤일리 집안의 핏줄이 아프리카 감비아에서 근원이 되었음을 지켜 주고 있었던 것이다. 그것은 '킨데' 라는 만딩가 부족의 성씨(姓氏)를 가리키는 말, '캄비 볼롱고' 라는 강(江)이름, '코' 라고 하는 아프리카 키타의 이름. 이 셋이었다. 이 낱말이 자기 종족의 뿌리를 찾게 한 열쇠였던 것이다. 이렇듯 한 종족의 언어는 그 종족의 뿌리를 밝히는 열쇠 구실을 한다.

우리는 모두 프랑스 작가 알퐁스 도데의 《마지막 수업》이란 짤막한 이야기를 읽고 감동했던 추억을 간직하고 있다. 알사스는 독일과 프랑스를 경계 짓는 지역에 위치하고 있다. 보불전쟁에 패한 프랑스는 알사스 지역을 독일 측에 넘겨줄 수밖에 없는 지경에 이르렀다. 그때 알사스 지방 어느 초등학교의 마지막 프랑스 말 시간의 광경을 그리고 있는 이 이야기에서 작가가 하려고 했던 말은 오직 한 마디 "한 민족이 다른 나라에 노예가 되어 끌려가더라도, 제 민족의 말을 잘 보존한다면, 이것은 감옥의 열쇠를 쥐고 있는 것이나 마찬가지입니다."라는 것이었다.

우리나라의 초대 대통령이었던 이승만 박사는 오랜 미국 생활로 말미암아 영어를 한국어보다 더 잘 하는 분으로 평판이 높은 분이었다. 그런데 그분이 말년에 하와이에서 임종할 무렵 잠시 실어증(失語症)에 빠져서 아무 말도 못 한때가 있었다 한다. 그런데 병세가 호전되어 약간의 말을 다시 할 수 있게 되었을 때 그분이 사용한 말은 어눌한 한국어뿐이었다고 한다. 모국어의 힘은 이처럼 무섭고 끈끈한 것이다.

한 민족의 언어가 그 민족의 동일성을 증명한다는 것은 언어가 지닌 특성 가운데 매우 특이한 것이다. 언어의 기본 기능은 두말할 것도 없이 사상과 감정을 전달하는 도구로서의 기능이다. 그런데 감정 전달은 모국어만이 완전에 가깝게 할 수 있다. 제2 외국어를 아무리 잘해도 그 제2 외국어로 된 시(詩)를 읽을 경우, 그것을 모국어로 하는 사람의 섬세한 느낌을 다 알 수 있다고 할 수 있는가? 그렇지는 않을 것이다. 그러므로 적어도 감정 소통의 면에서 볼 때 모국어는 그 민족의 동일성을 증명하는 무형의 재산이다.

모국어에 대한 인식과 관련하여 생각나는 일이 하나 더 있다. 1985년 초에 있었던 일이다. 서울의 어느 초등학교 선생님이 정년퇴임을 하셨다. 이 분은 평생 동안 틈만 나면 동네 주변과 학교 근처에 흩어진 쓰레기를 청소해 오신 분이었다. 학교 교무실 한쪽 구석과 집에는 언제나 양동이 하나와 집게가 준비되어 있었다. 집무 틈틈이 쉬는 시간이면 이 양동이를 들고 나가 휴지며 담배꽁초 같은 쓰레기를 양동이에 담는 것이었다. 학교는 물론 동네에서도 청소 할아버지로 소문이 났다. 사람들은 이 선생님이 성품이 청결하셔서 이웃이나 학생들에게 청소하는 모범을 보이려는 것뿐이거니 생각했었다 한다. 좀 지나칠 정도의 열성이므로 '참 특별하신 분이구나.' 하는 생각들을 했지만 청소가 그 선생님에게 어떤 의미를 지니는 것인지는 알 수 없었다. 그런데 정년퇴임을 하던 날, 교내 마이크를 통한 인사말에서 그분이 평생토록 청소한 것은 자기가 솔선수범하는 좋은 표양을 보이려고 한 것이 아니라 속죄하는 의미에서 용서를 청하는 행위였다고 고백을 하였다. 무슨 죄를 지었기에 그런 말씀을 하셨는가? 그것은 바로 모국어, 우리 한국말에 대한 것이었다. 약관의 젊은 시절, 함경도에서 초등학교 교사 생활을 하던 때, 그때는 일본의 식민지 치하에 있었고 모든 초등학교 학생들은 언제나 일본어를 사용하라는 강압을 받고 있었다. 어쩌다 학교에서 한국말을 사용하면 벌을 주고 때리기까지 하였다. 그런 상황에서 그분은 해방이 될 때까지 우리 한국말을 사용하는 학생을 적발하여 벌을 주는 책임을 충실하게 지켜 왔다고 한다. 해방이 되자 공산 치하를 피하여 월남하여 경기도의 여러 곳에서 다시 초등학교 교사 생활을 시작하였으나 자기가 얼마나 엄청난 민족의 죄인인가를 깨닫고는 자신을 죽이고 싶도록 부끄러움을 느꼈다고 한다. 그리하여 민족에 대한 속죄의 뜻으로 무슨 일을 할까 하고 궁리하던 중 간디의 자서전에 나오는 다음 구절이 가슴에 와 박히더라는 것이다. '큰 사람일수록 집안 청소 같은 작은 일은 손수 해야 한다.'

이때부터 선생님의 동네 청소와 학교 청소, 특히 양동이에 휴지 주워 담기가 시작된 것이었다고 한다. 인생의 반평생을 오직 민족과 모국어에 대하여 지은 죄를 조금이라도 씻어 갚기 위하여 애써 오신 이 선생님의 갸륵한 행동은 모국어가 바로 민족혼을 담고 있는 그릇임을 웅변으로 증명하는 것이다.

언어와 정신

옛날 성현들의 말씀과 행동을 조용히 묵상할 적이면 우리는 자신도 모르게 몸을 바르게 갖고 마음을 경건하게 다스리게 된다. 우리 마음속에 숨어 있던 곱고 아름다운 심성이 우리를 거룩하게 만들기 때문이다. 일찍이 퇴계 이황(李滉) 선생은 연곡(燕谷)이라는 마을에 사신 적이 있었다. 거기에는 작은 연못이 있었는데 그 연못가를 거닐다가 다음과 같은 시를 읊으셨다.

이슬 젖은 꽃풀은 물가에 곱고
모래 없는 연못은 물도 맑구나.
구름과 새 그림자는 원래 비치는 것이나

때때로 제비 날아 물결 찰까 두렵네.

露草夭夭繞水涯(노초요요요수애)

小塘淸活淨無沙(소당청활정무사)

雲飛鳥過元相管(운비조과원상관)

只怕時時燕蹴波(지박시시연축파)

이것은 하늘의 이치가 맑고 깨끗하게 운행되는 곳에 속된 인간의 욕심이 끼어드는 것을 두려워한 도학(道學)의 시라고 일컬어져 온다. 순수한 마음으로 하늘과 대면하여 우주의 원리를 궁리하고자 하는 퇴계 선생의 높은 뜻을 짐작할 만하다. 이러한 마음의 자세를 가졌던 분이기에 그분의 말씀과 행동에 대한 글들을 읽을 적마다 우리의 가슴을 감동으로 채운다.

퇴계 선생은 학자들과 더불어 강론을 하실 때에도 의심나는 곳에 이르면 자기의 의견을 고집하지 않으시고 반드시 여러 사람의 의견을 들으셨다. 비록 성현의 말씀 한두 마디에 대한 비속한 선비의 의견이라 할지라도 귀 기울여 들으시고 마음속을 비워 궁리하고, 또 궁리해 보며 참고하고 수정하여 올바른 결론에 이르시어야 그만두었다. 그가 이론을 펴서 말씀하실 때에는 기운이 부드럽고 말은 온화하며 이치가 밝고 정당하여 여러 가지 다른 의견이 다투어 일어나더라도 거기에 조금도 휩쓸리지 않았다. 이야기할 때에는 반드시 상대방의 말이 다 끝난 뒤를 기다려 천천히 한 마디로 조리를 따지어 해석하시면서도 꼭 자기의 의견이 옳다고 하지 않으시고 '내 의견은 이러하지만 다른 분들은 어떻게 생각할지 모르겠다.' 고 겸양하시는 말씀을 잊지 않으셨다.

이 글은 퇴계 선생의 토론하시는 모습을 적은 그의 제자 김성일(金誠一)이라는 분의 글이다.

퇴계 선생의 행동이 그처럼 온화하고 깨끗하며 그 말씀이 바르고 담담하였던 까닭은 그분의 학문이 세상의 이치를 정확하게 꿰뚫었기 때문이다. 그러나 그분이 돌아가신 지 4백년이 넘는 오늘날 우리가 그분을 흠모하며 추앙하여 마지않는 까닭은 감히 우리가 그분과 같은 학문과 인격의 경지에 오르고자 하는 욕심이 있어서가 아니다. 설사 그러한 욕심을 갖고 있다고 하여도 세속의 변화는 새로운 퇴계를 용납하지 않을지도 모른다. 우리의 욕심은 그것보다는 아주 작고 미천한 것이다. 그것은 그분이 말을 아끼고 조심한 이유가 말속에 감추어져 있는 어떤 신비성 때문이 아닐까 하는 의문이다. 그 신비성의 실체를 깨달을 수만 있다면 우리는 퇴계 선생의 그림자만이라도 먼발치에서 따를 수 있다는 느낌을 가져도 좋을 것이다.

말이 지니고 있는 신비성에는 여러 가지가 있다. 그 첫째가 언어의 정서적 특성이다. 말은 때때로 우리들 영혼의 목소리이고자 한다.

외국인에게 한국어를 가르칠 때의 경험담 한 토막. 얼마쯤 한국어 실력이 쌓인 고급반에서였다. 우리나라 시조(時調), 그것도 정몽주의 단심가(丹心歌)를 가르쳤다. 학생 가운데에는 독일 사람이 한 명 있었다. 그 사람은 그 시를 완전히 이해하고 우리말로 그것을 썩 잘 외웠다. 그러더니 어느 날 그는 그 시를 독일어로 번역을 해 갖고 선생에게 보여주었다. 그런데 그 번역에는 '일백 번 고쳐 죽어' 라는 구절이 '일천 번도 더 죽어' 라는 독일어로 되어 있었다. 이것은 오역이 아니냐고 질문하는 선생에게 그는 아주 힘찬 어조로 이렇게 대답하였다.

"아닙니다. 선생님, 독일어에는 '일백 번' 이라는 숙어가 없습니다. 무한한 죽음의 반복을 뜻하는 말은 아무래도 '일천 번' 이라고 해야 독일 사람 감정에 맞습니다. 그리고 이 시는 꼭 임금님을 그리워하여 지은 것이라는 고정관념에 묶어 놓을 필요는 없습니다. 저는 이 시조를 고향에 있는 애인에게 생일 선물로 보내려고 해요. 한 주일 후에 그녀의 생일이 되는데 오늘 오후에 편지를 부쳐야지요."

그는 다시 그 독일어 번역의 단심가를 웅얼웅얼 외우면서 눈가에 어리는 붉은 빛을 감추려 하지 않았다. 그의 전공은 영문학이지만 그는 늘 "제가 아무리 영어를 잘 해도 독일 시인 하이네의 짧은 서정시 한 수를 외울 때에 가슴을 치는 그런 감동을 영시에서는 느낄 수가 없습니다." 하고 고백하였다.

이번에는 어떤 소설가의 이야기를 해야겠다. 그분은 늘 투르게니에프의 소설이 자기의 마음에 든다고 말씀하시는 분이었는데, 어느 좌석에서 또 투르게니에프가 화제에 올랐다.

"투르게니에프는 정말 나를 매료시킨단 말이야."

"또 그 이야기인가?"

"아니야, 이번엔 다른 이야기이지. 자네는 그 사람이 얼마나 모국어를 사랑했는지 알아? 그가 이런 말을 한 적이 있어. '이렇게 아름다운 러시아어를 모국어로 주신 하느님에게 감사합니다.' 라고 했거든. 아마 러시아어도 우리 한국어 만큼이나 훌륭한가 보지?"

이 소설가는 사실 누구에게나 한국어의 아름다움을 강조하는 것으로 즐거움을 삼는 분이어서 자기가 소설을 쓰는 이유 중의 하나는 그 한국어의 아름다움을 증명하는 작업이라고 말씀하신다.

말은 이처럼 우리들의 영혼이 뿌리를 내리고 있는 온상이다. 우리가 울고 웃을 수 있는 것은 바로 이 말 때문이요, 더욱 정확하게 표현하면 우리들의 모국어 때문이다. 한국어는 한국 사람의 영혼이요, 그 영혼의 목소리이다. 우리들은 아무도 우리의 영혼을 가볍게 생각하거나 천시하지 않는다. 따라서 우리는 아무도 한국어를 아무렇게 사용하여 천박하게 만들려고 하지 않는다.

말이 지닌 두 번째의 신비성은 윤리적 관점에서 검토되어야 한다. 언어는 한 민족, 한 국가의 넋을 보호하고 있는 만큼 그 민족과 국가의 한 사람 한 사람의 인격을 지켜 주는 방패의 구실도 하게 된다. 이것은 언어가 원래 인간의 양심을 지키기 위해 사용되어야 함을 암시하는 것이다. 그렇기 때문에 한국 사람은 한국어로 존중되고, 독일 사람은 독일어로 존중된다. 우리가 해외여행 중 낯선 곳에서 낯선 외국인을 만났을 때 그가 우리를 한국 사람으로 알아보고 한국어로 "안녕하십니까? 한국에서 오셨습니까?" 하고 서투른 발음으로라도 우리에게 인사하였을 경우를 생각하여 보자. 우리는 어떤 기분을 갖게 되는가? 그것은 한국 사람이 한국어에 의하여 대우받을 때가 어떠한 다른 언어로 대우받는 것보다 지극한 대접이 된다는 것을 입증해 준다. 그러한 이유에서인가? 한국어는 일찍부터 대화중에 상대방이나 웃어른을 공경하는 표현법이 까다로울 정도로 발달되어 있었다. 시대가 아무리 변하고 민주, 평등사상의 물결이 한국 사람을 휩쓸어도 상대방을 높이고 말하는 사람 자신을 낮추는 겸양의 미덕은 한국어의 표현 속에 영원히 남을 것을 우리는 예측해도 좋을 것이다.

한국어에서 제1인칭인 '나, 저, 우리' 따위의 주어를 빼놓고도 훌륭하게 말하고 글도 쓸 수 있는 이유를 우리는 이 겸양의 미덕으로 풀어야 하겠다. 나쁘게 말하는 사람들은 '나'를 내세우지 않는 표현상의 특징이 책임 회피, 또는 책임 전가에 있다고 말한다. 그러나 그것은 잘못된 견해다. 한국 사람은 나를 낮추고 상대방을 높이는 습성에서 한 걸음 더 나아가 '나' 와 '너' 가 모두 포함되는 우리를 사용함으로써 상호 존중과 공동 의식의 의리를 더욱 굳게 하려 한다고 해석할 수는 없을 것인가? '우리나라' 를 영어로 번역하고자 할 때에 '나의 나라(my country)' 로 바뀌는 야박한 자아의식 앞에서 한국 사람들은 부끄럽고 민망하여 언제나 얼굴을 붉힌다. 한국 사람들은 항상 전체 속에 숨겨져 있는 '나' 에 만족하였고, 또 그것으로 충분히 행복할 수 있었다. 그렇기 때문에 한국어에는 할 말과 못 할 말이 엄격히 구분되어 있다. 남의 인격에 손상이 오는 경우, 남의 감정에 상처를 입힐 염려가 있을 때, 한국 사람들은 말을 모르는 벙어리가 된다. 그러면 어떤 사람은 아마 이런 의문을 품을 것이다. '그렇다면 못할 말은 왜 있어야 하는가?' 우리는 이런 의문에 대해서도 충분히 설명할 수 있다. 아무리 못 할 말이라도 사람과 때와 장소를 달리하면 그것은 또한 반드시 해야 할 말이 되기 때문이다.

할 말과 못 할 말을 분명히 구별해 썼던 선현(先賢)의 다음과 같은 일화가 전해 온다.

충무공 이순신(李舜臣) 장군은 무과에 급제하였으나 권세 있는 집을 찾아다니며 벼슬자리를 구하려고 하는 사람이 아니었다. 마침 율곡 이이(李珥) 선생이 이조판사가 되었을 때에, 장군의 사람됨을 전하여 들은 율곡 선생은 일가간의 정의를 생각하여 사람을 시켜 한 번 만나 볼 것을 청하였다. 그들 두 사람은 모두 같은 집안인 덕수(德水) 이씨(李氏)요, 그들의 나이 차는 율곡 선생이 아홉 해 위이었다. 선조대왕 9년(A. D. 1579) 식년 무과(武科)에서 병과(丙科)에 급제한 뒤로 이순신 장군은 권관(權管), 수군만호(水軍萬戶), 참군(參軍), 주부(主簿), 선전관(宣傳官) 같은 미관말직에 있었으나 판서인 율곡 선생의 부름을 받고도 의연히 사양하여 말하기를,

"일가 간이라 서로 만나는 것이 오죽 좋을까마는 지금 그 분이 판서로 있기 때문에 만날 수 없소."

라 하였다.

하찮은 연줄이라도 붙들어 권세 있는 집안에 줄을 대는 소인의 무리들과는 판연하게 다른 모습을 충무공은 보이셨던 것이다. 충무공이 그 후에 전라 좌도 수군절도사에 임명되어 임진왜란을 극복한 기둥이 되었던 것은 서애(西厓) 유성룡(柳成龍) 선생의 천거에 말미암은 것이었다.

할 말과 못 할 말에 뚜렷한 판별력을 가지고 민족의 정기

를 지켜 온 분들은 그토록 이름난 몇 분 선현에게 한정되는 것이 아니라 조선 왕조 시대의 모든 이름 없는 선비들 대부분이 말을 사용함에 뚜렷한 기준이 있어서 웬만한 일에는 입을 다물다가도 해야 할 말이 있을 때에는 목에 칼이 들어가도 주저하지 않는 용기를 보이셨다.

다음에, 세종대왕의 실수를 바로잡은 맹사성(孟思誠) 정승의 이야기 하나를 더 해 보자.

영명과 예지로 민족 문화에 찬란한 금자탑을 쌓아올린 세종대왕도 인간인지라 전제 군주로서의 월권을 행사하려 한 적이 있었다. 세종대왕 13년이었다. 임금님은 말씀하기를 "태종실록이 이제 거의 완성되었다 하니 내가 한 번 보고 싶구나." 하였다. 이때에 모시고 있던 우의정 맹사성이 아뢰기를,

"실록에 기재된 것은 당대의 일로서 후세에 대대로 전하여 보일 것이니 모두가 사실의 일을 적었습니다. 전하께서 보시더라도 또한 태종 대왕을 위하여 실록을 고치지는 못하실 것이요, 또 지금 한 번 보기 시작하오면 후세의 임금들이 전하의 일을 선례로 삼아 본받고자 할 것이니 사관(史官)이 의구심을 내어 반드시 그 직책을 제대로 수행하지 못할

것입니다. 그러면 어찌 그 기록을 후세에 전하여 보일 수 있겠습니까? 거두어 주소서."라고 하였다.

이에 세종대왕은 그 말을 좇아 다시는 실록을 보겠다고 거론하지 않았다 한다.

우리는 흔히 언어의 드러난 기능에만 집착하여 언어를 효율적으로만 생각하기 쉽다. 그러나 언어는 위에 이야기한 바를 통해서도 알 수 있듯이 숨겨진 신비성도 아울러 가지고 있는 것이다. 그래서 서양에서는 일찍이 '말'을 '진리'나 '하느님'에 비유하는 경우가 많았다. 즉 말은 신성한 것이요, 두려운 것이며 따라서 조심스럽게 다루어야 한다. 이렇게 생각할 때 요즈음 거론되는 국어 순화의 목적과 방법론은 스스로 분명해지는 것이다. 누가 자신의 인격을 모독하고, 자신의 품성을 비속하게 만들려 하겠는가? 그런 사람은 할 말과 못 할 말을 구별하지 않아도 괜찮다. 어느 누가 남의 의견을 존중하려 하지 않으며 자기의 주장과 이익만을 내세워 공동 사회의 화목한 분위기를 파괴하려 하겠는가? 그런 사람은 국어 순화의 문제 따위는 아랑곳없이 함부로 말하고 지껄여서 자기와 그 주위의 사람들을 동시에 파멸시

켜도 상관이 없다. 그러나 우리는 모두 현명한 한국 사람이다. 그리고 현명했던 우리 조상의 후예들이다. 이제 우리는 마음을 가다듬고 퇴계 선생의 다음과 같은 언행을 귀감으로 삼아 국어 순화의 실천 방안이 어디에 있는지를 생각해 보기로 하자.

'선생께서 거처하시는 곳은 조용하고 정돈되었으며 책상은 반드시 말끔하게 치우고 벽장에 가득한 책은 가지런히 순서대로 놓여 있어서 어지럽지 않았다. 새벽에 일어나면 반드시 향불을 피우고 고요히 앉아 온종일 책을 읽어도 나태한 모습을 보인 적이 없었다.

평상시에는 날이 새기 전에 일어나서 금침을 정돈하고 세수하고 의관을 바로잡은 뒤에 소학(小學)에 쓰인 대로 행동하셨다. 여러 사람들과 함께 쉬실 때에도 반드시 얼굴빛을 가다듬어 단정히 앉았고, 옷이나 띠도 바르게 하였으며, 말과 행동은 지극히 정중하였다. 그래서 사람들은 모두 사랑하고 공경하여 감히 거만하게 대하거나 업신여기지 아니하였다. 하루 종일 책을 읽다가 때로는 고요히 앉아 생각에 잠기기도 하고 시를 읊조리기도 해서 세속 사람이 즐기는 바는 한 번도 그의 마음을 스쳐가는 일이 없었다.'

한국어의 흐름

한국어의 기원과 형성

한국어는 언제부터 이 세상에서 사용되기 시작했을까? 이 문제를 해결하려면, 한국 사람은 언제부터 다른 민족과는 구별되면서 한 민족이라는 하나의 민족의식을 지닌 집단으로 살아왔는가 하는 문제가 해결되어야 한다. 이처럼 한국어 기원의 문제는 한국인의 기원 문제와 안팎의 관계를 가지고 있다. 그런데 한국 사람이 언제부터 한민족이라는 하나의 울타리 의식을 가지고 살아왔는가를 정확하게 말할 수는 없다. 현재 고고인류학(考古人類學)의 연구 결과는 막연한 연대 추정을 할 뿐, 아득한 옛날에 대해서는 아무런 해답을 전해 주지 않는다. 우리가 지금 알 수 있는 사실은 단지 지금부터 약 2천여 년 전에 한반도와 만주에 걸쳐 우리 조상이 흩어져 살았다는 것뿐이다. 부여, 옥저, 예, 고구려, 마한, 진한, 변한 같은 나라가 바로 2천여 년 전에 우리 조상들이 세웠던 부족 국가의 이름들이다. 그러면 이들 조상들은 어떤 말을 사용하였을까? 그리고 그 말들은 서로 얼마나 비슷했을까? 현재 이런 문제를 알기는 매우 힘들다. 2천 년 전에는 우리 민족과 이웃하여 살던 중국 민족만 한자(漢字)를 사용하고 있었을 뿐, 우리 조상들은 문자를 가지고 있지 않았으므로 그 당시의 언어 모습을 알 길이 없다. 다행히 그 중국 사람들의 극히 단편적인 기록이 있어서 아주 희미하기는 하지만 그 당시의 언어 모습을 약간 전해 준다. 그 기록에 따르면, 만주 지역에는 우리 민족 이외에도 다른 민족이 섞여 살았으며 우리 민족, 크게는 부여족(夫餘族)이라는 이름 밑에 작은 부족 국가들을 만들어 살아가고 있었고, 한반도에는 한족(韓族) 이름 밑에 역시 작은 부족 국가들이 옹기종기 모여 살았음을 알 수 있다. 그러면 그들의 언어는 서로 얼마나 같고, 얼마나 달랐을까? 전체로 보아서 부여족이나 한족이나 다 우리의 조상이므로 언어가 상당히 다르지는 않았겠지만 오늘날의 지역 방언, 즉 함경도 사투리와 전라도 사투리 정도의 차이는 있었을 것으로 짐작된다. 어쩌면 그것보다도 더 큰 차이가 있었을 것이다. 그렇지만 그 구체적인 모습은 알 길이 없다.

《삼국지(三國志) 위지(魏志) 동이전(東夷傳)》이라는 중국 역사책에는 부여족에 속한 부족 국가들의 언어에 대하여 다음과 같은 기록을 남기고 있다.

> (고구려) 동이(東夷)의 오래된 말을 사용한다. 이 말은 부여족이 쓰는 말 가운데 특별한 것으로 생각된다. 언어뿐만 아니라 다른 여러 가지도 대개 부여와 같다. 그런데 성품이나 기질, 그리고 의복에는 다른 점이 있다.
>
> (동옥저) 아들의 언어는 고구려와 대체로 비슷하며 때때로 약간씩 다른 점이 보인다.
>
> (예) 이 나라의 나이 많은 노인네들은 스스로 …자기네가 고구려와 같은 종족이라고 말한다. …그래서 그런지 언어와 풍속 습관이 거의 고구려와 비슷하며 옷 입는 것만 다른 점이 있다.

이 기록을 보면, 고구려의 말은 부여와 같고, 동옥저와 예는 고구려와 같으므로 결국 부여 · 고구려 · 동옥저 · 예는 모두 같은 계통의 언어를 사용한 것이라고 하겠다.

한편 한반도 중부와 남부에 퍼져 살던 삼한(三韓)의 언어에 대한 기록을 보면 아주 재미있는 면이 보인다. 앞에 나왔던 《삼국지 위지 동이전》은 진한(辰韓)에 대하여 다음과 같이 적어 놓았다.

> (진한) 진한은 마한의 동쪽에 있다. 이 나라의 노인네들은 대대로 전해 내려온 말이라고 하면서 이르기를, 아주 옛날 중국 진(秦)나라의 피난민이 진시황(秦始皇)의 학정에 못 견디어 한국으로 도망쳐 와서 살았는데 그 나라가 바로 진한이다. …언어는 마한의 말과 같지 아니하다.

이 기록을 보면서 역사책이라고 하여 무조건 믿을 수 있는 것이 아님을 깨닫게 된다. 우선 이 기록의 부당함은 중국 황하(黃河) 유역의 진(秦)나라 백성이 만주와 한반도를 거쳐 어떻게 지금의 경상도 지역인 진한 지역으로 올 수 있었는지를 설명할 수 없다는 점이다. 또 뱃길로 왔다고 해도 황해(黃海) 바다를 건너 곧바로 지금의 충청도 지역이나 마한 지방, 곧 지금의 전라도 지역으로 왔다면 모르겠지만 어떻게 한반도 남단을 돌아 경상도 지역에 자리를 잡을 수 있었는지 도무지 설명할 재간이 없다. 또 학정에 시달려 도망 나온 사람이 얼마나 많길래 그들이 하나의 부족을 형성할 만큼 되었는지 터무니없다는 생각이 든다. 아마 그 역사책을 기록한 사람이 중국의 '진(秦)' 나라와 한국의 '진한(辰韓)' 의 '진' 이란 글자의 음이 같으니까 끌어다 붙인 억측이 아닌가 싶다. 그 당시 중국 사람들은 일찍 문화가 발달하여 문자를 발명하고, 그 문자〔곧 한자(漢字)〕로 역사책을 쓸 정도로 문화 수준이 높았으므로 주위에 있는 다른 민족도 모두 자기네 민족의 한 지파로 생각하려는 자만심이 있었다. 이 자만심이 이와 같은 기록을 남기게 된 원인이라고 생각된다. 이쯤 되면 그 역사책을 믿기는 어렵지만 옛날 삼한에 대한 기록이 거기에밖에 없으니 부득이 조심하면서 참고할 수밖에 없다. 이 《위지 동이전》은 변한(弁韓)에 대하여는 다음과 같이 적어 놓고 있다.

(변한) 변한은 진한과 섞여 살고 있다. 그리고 그들의 언어와 풍속은 서로 비슷하다.

그런가 하면 《후한서(後漢書) 동이전(東夷傳)》이란 책에는

변한과 진한은 언어와 풍속이 서로 다른 점이 있다.

고 기록하였다.

이 두 가지 기록을 놓고 우리는 어느 것이 옳은지 고민에 빠지게 된다. 그런데 문제는 그들 역사책이 순수하게 믿을 것이 못 된다는 점과, 또 이런 기록을 한 사람들이 그 당시의 진한이나 변한의 언어에 대하여 얼마나 자세히 알고 있느냐를 헤아려 보아야 한다. 가령 한국어도 모르고 일본어도 모르는 서양 사람이 프랑스 파리의 어느 음식점에서 한쪽은 한국인 가족이 식사를 하고, 또 다른 한쪽엔 일본인 가족이 식사를 하는 장면을 보았다고 하자. 그 두 가족은 모두 자기네 모국어로 이야기하며 즐거운 식사 시간을 보내고 있다. 이때 한국어도 일본어도 모르는 서양 사람은 '저 사람들은 동양에서 온 같은 나라 사람들이구나. 말소리가 아주 똑같은데….' 라고 지레짐작을 해 버릴 수 있다.

그러므로 《후한서 동이전》이나 《위지 동이전》의 저자가 삼한의 언어에 대해 기록한 것은 단지 하나의 참고 사항일 뿐, 실제의 언어 현실과는 거리가 있는 기록임을 명심해야

겠다. 우리가 오늘날 추측하기로는 마한·진한·변한 모두가 아주 비슷한 말을 사용했을 가능성이 높다. 그리고 그것은 삼한어라는 하나의 큰 테두리의 언어로 묶이는 것이었다고 생각하는 것이 좋겠다. 더 나아가서 북쪽에 자리 잡고 사는 부여족 계통의 언어와도 서로 상당히 비슷해서 의사소통이 가능하였을 것이라고 보아야 할 것이다.

이들 언어는 그 후에 고구려(高句麗)·백제(百濟)·신라(新羅)의 언어가 되어 우리나라 역사 속에 뚜렷한 모습으로 등장한다. 이때부터는 중국이나 우리나라 역사책(물론 한문으로 적혀 있다)에 사람 이름이나 땅 이름, 또는 벼슬 이름이 적혀 있어서 그 당시 낱말이 어떠했는지를 살펴볼 수 있다. 그러나 그 당시에 그런 낱말이 정확하게 어떻게 발음되었는지를 안다는 것은 지극히 어려운 일이다. 왜냐하면 한자음(漢字音)이 시대를 따라 변해 왔으므로 그 당시의 한자음을 정확하게 추정할 수가 없기 때문이다. 그렇지만 어렴풋하게나마 짐작할 수 있다는 것만도 여간 다행스러운 것이 아니다.

이렇듯 역사책에 적혀 있는 고구려 단어들은 약 80여 개가 되는데 어떤 언어이었는지를 추측할 수 있다. 재미있는 사실은 고구려어가 세 갈래의 다른 언어와 비슷하다는 점이다. 첫째로는, 반도 남쪽에 자리 잡고 사는 신라어와 비슷하다는 점이다. 이것이야말로 북방의 부여족에 속한 고구려와 남쪽 삼한족의 진한에서 나타난 신라가 동일한 민족이라는 움직일 수 없는 증거가 된다. 가령 오늘날 '바위(巖)·골(谷)·물(水)' 같은 낱말은 물론 발음이 오늘날과 똑같지는 않고, 옛 모습을 띤 것이긴 했지만 고구려와 신라가 같은 것이었다. 둘째로는, 고구려어와 고대 일본어와 비슷한 모습을 보인다는 점이다. 특히 숫자를 헤아리는 수사(數詞)에서 아주 신기한 일치를 보인다. 그것도 일상으로 자주 쓰이는 '3, 5, 7, 10' 이라는 낱말이 그러하다. 우리가 오늘날 사용하는 '셋, 다섯, 일곱, 열' 은 분명히 신라 계통의 수사인데, 고구려의 수사는 신라어와는 다른 것이었고 오히려 고대 일본어와 같았다는 사실은 우리에게 여러 가지 상상을 하게 한다. 일본인 조상의 일부는 어쩌면 고구려 족의 일파였으리라는 추정도 가능하다. 언어에 관한 한, 현재까지 일본어의 기원은 세계 학자들이 꼭 집어 어느 것이라고 말하지 못하는 형편이지만 적어도 우리 한국어의 사촌쯤 되는 요소가 들어 있다는 생각들을 한다. 셋째로, 고구려어는 퉁구스어와 비슷한 점도 보여주고 있다. 이 점은 고구려어가 퉁구스어를 포함하는 알타이어족(Altai, 語族)의 하나임을 증명하는 것이다. 알타이어족에는 몽고어, 터키어, 퉁구스(만주)어가 중심이 되는 어족인데, 고구려어가 퉁구스어와 매우 비슷하다면 결국 한국어도 알타이어족의 하나일 수밖에 없는 것이다. 이와 같이 고구려어 낱말들은 한편으로는 한국어의 계통을 알려 주며, 또 한편으로는 그 한국어 속에 고구려어와 신라어가 그중에서도 가장 친숙한 관계에 있다는 것을 밝혀주고 있다.

그러면 백제어는 어떠한가? 우리가 다 아는 바와 같이 백제는 한반도 서남단에 건설된 부족 국가로 역사책의 기록에 따르면 고구려나 신라보다 늦게 일어난 나라이다. 또 그 지배층은 고구려에서 내려온 사람들이었다. 만일 고구려어와 백제어가 다른 언어였다면 백제의 지배층 언어와 일반 백성의 언어는 다른 것이었을 것이다. 그러나 그 차이는 앞에서도 짐작한 바와 같이 지방간 사투리의 차이보다 약간 정도가 심했을 것으로 보지만 의사소통에 장애가 오지는 않았으리라 생각된다. 따라서 구체적인 낱말에서는 고구려어 계통과 백제어 계통이 다른 것이 많았을 것이다. 그 증거가 《주서(周書) 이역전(異域傳)》에 다음과 같이 적혀 있다.

(백제) 왕의 성(性)은 부여씨(夫餘氏)이다. 그런데 그 왕을 '어라하' 라고 부르고, 백성들은 '건질지' 라고 부른다. 둘 다 왕이라는 뜻이다. 왕의 아내는 '어륙' 이라고 부르는데 왕비라는 뜻이다.

이 기록에 따르면, 백제의 귀족들은 왕을 '어라하' 라고 불렀으며, 일반 백성들은 '건질지' 라고 했다는 것이다. 어라하가 반드시 고구려 계통의 말이고, 건질지가 꼭 마한 계통의 말이라고 단정할 수는 없지만 그렇게 생각할 가능성은 있으며 적어도 백제의 귀족과 일반 백성이 임금을 서로 다른 호칭으로 불렀다고 하는 것만은 분명하다. 백제라는 나라의 구성이 북방 부족과 남방 부족으로 이루어졌음을 짐작하게 해 주는 것이다.

마한과 진한 사이에 있었던 변한은 그 후 여러 개의 '가야' 라는 나라를 세웠다. 이 '가야' 의 언어는 어떤 것이었을까? 오늘날 역사책에 유일하게 남아 있는 낱말이 하나 있다. 《삼국사기(三國史記)》 권44, 열전 사다함(舍多含)조에 '전단

돌(旃檀梁 : 여기서 梁은 돌로 읽음)' 을 풀이한 구절이 나온다.

> 전단돌, 이것은 성문(城門)의 이름이다. 가야말로 문(門)을 돌〔梁〕이라 한다.

이 기록은 우리에게 재미있는 상상을 하게 한다. 김부식이 《삼국사기》를 쓰던 당시에 김부식은 분명 고려 말을 사용하고 있었을 것이다. 그 고려 말에는 분명히 '문' 을 '돌' 이라고 하지 않았음이 분명하다. 만일 고려어로 '문' 이 '돌' 이라면 책을 쓰다가 가야 말로 '문' 을 '돌' 이라 한다는 풀이를 덧붙일 필요성을 느끼지 않았을 것이기 때문이다. 오늘날 우리 한국어로 '문(門)' 을 가리키는 고유한 낱말이 없어지고 한자어인 '문' 을 사용하고 있는 처지에서 옛날 가야 말에 '문' 을 '돌' 이라 한다는 구절을 발견하는 기쁨은 진실로 각별한 것이 아닐 수 없다. 이 낱말은 그 후 언제쯤 없어졌을까? 또 이와 관련하여 가야어는 진한이나 마한어와 얼마나 달랐을까? 혹시 '문' 을 '돌' 이라고 하는 흔적이 오늘에는 남아 있지 않을까? 문짝을 여닫게 하기 위하여 하나는 문설주에, 하나는 문짝에 박아 맞추어 꽂는 '돌쩌귀' 라는 낱말에 '돌' 이라는 소리가 들어 있는데, 그것은 혹시 문을 여닫기 위하여 '돌린다(回)' 는 뜻이 아니라 가야 말의 문 자체를 가리키던 '돌' 과는 관계가 없는 것일까? 이처럼 옛날 낱말 하나를 놓고 우리는 아주 재미있는 상상을 펼 수 있는데, 이 상상에 조금만 더 분명한 증거를 제시할 다른 자료가 있다면 그것은 상상이 아니라 착실한 학구적 노력으로 평가될 수도 있는 것이다.

그러면 신라의 말은 어떤 것이었을까? 한반도 동남쪽 진한의 옛터에 '사로(斯盧)' 라고 하는 조그마한 부족이 점점 강성하여지면서 6세기경에는 낙동강 유역의 가야를 병합하고, 7세기 후반에 이르러서는 백제와 고구려를 차례로 멸망시키고 드디어 한반도의 통일을 이룩한 신라의 말은 어떤 것이었을까? 삼국 가운데 가장 많은 언어 자료가 남아 있으므로 그 구체적인 자료의 검토는 다음 장으로 미루고 여기서는 국어의 형성과 관계되는 신라어의 변천만 훑어보기로 하자. 하나의 나라가 힘을 키워 세력을 확산시켜 나아갈 때 그 중심부에서 사용하던 언어는 그러한 정치 · 군사적 세력을 따라 퍼져 나갔다는 것은 의심할 여지가 없다. 신라의 출발점은 오늘날 경주(慶州) 지방이었다. 그러므로 신라가 한반도 전체를 통일하여 이른바 통일 신라를 형성하였을 때에는 그 신라의 정치적 중심지인 경주 지방의 말이 상당한 세력으로 온 나라에 파급되었을 것이다. 그렇다고 고구려나 백제의 고장에서 그전부터 쓰던 말을 버리고 신라의 서울인 경주 말로 완전히 바꾸었다고 생각하는 것은 잘못이다. 다만 신라 경주의 말이 오늘날 표준어라고 부르는 서울말의 행세를 하면서 온 나라에 큰 세력을 떨치게 되었다는 것을 주의 깊게 보아야 한다. 왜냐하면 이 경주의 말이 현대 한국어가 시대를 거슬러 올라가면서 찾아낼 수 있는 가장 분명한 직계 할아버지 말이 되기 때문이다. 따라서 오늘날 우리가 사용하는 한국어의 분명한 기원은 신라어라고 할 수 있다. 신라어 이전의 언어 자료가 없는 현재의 형편에서 신라어만이 현대 한국어의 가장 오래된 모습을 보여준다. 통일 신라의 뒤를 이어 고려(高麗)가 개성(開城)에 도읍을 정하여 오백 년을 내려왔으므로 경주 지방의 말을 근간으로 하였던 신라어는 신라가 망한 것과 동시에 세력을 잃어버렸다고 보아야 하지 않겠는가? 이렇게 의문을 품을 수도 있다. 이것은 당연한 의문이다. 그러나 고려가 개성에 도읍하여 한반도의 중앙 지대에 나라의 중심을 둔 것도 사실이고, 나라 이름도 고구려(高句麗)의 기상을 이어받는다는 의미에서 '고려' 라 한 것도 사실이지만 고려의 모든 문화적 전통은 신라에 뿌리를 둔 것이었다. 그 뚜렷한 증거를 신라의 마지막 임금이었던 경순왕(敬順王)의 행적에서 발견할 수 있다. 우리가 다 아는 바와 같이 고려를 세운 왕건(王建)은 후고구려를 세웠던 궁예의 휘하 장수였다. 궁예가 말년에 포악한 짓을 많이 하였으므로 덕망이 높은 왕건이 부하들의 추대를 받아 임금이 되었다. 오늘날 경기도와 강원도 지역을 본거지로 하고 활동한 고려 태조 왕건은 비록 그의 용맹과 덕성으로 말미암아 임금의 자리에 오르기는 했으나 신라의 천 년 문화가 무르녹은 경주의 문화 풍습에 익숙하였다고는 볼 수 없다. 후삼국 시대의 정치적 혼란 속에서도 문화의 중심은 여전히 신라의 서울인 경주였고 동시에 경주의 말이 그 당시의 표준어요, 외교어의 구실을 하였을 것이다. 이러한 시대 상황에서 경순왕 9년(서기 934년)에 경순왕은 나라를 고려 왕건에게 바치고 스스로는 왕건의 딸 낙랑 공주와 결혼하여 왕건의 사위가 되었다. 경순왕이 신라의 임금 경순왕으로서가 아니라, 고려 태조 왕건의 사위가 되기 위하여 김부(金傅)라는 본명을 찾은 평범한 고려 귀족의 신분으로 경주에서 개성으로 이사할 때에 그 이삿짐의 행렬이 30여 리에 뻗쳤다는 기록이 삼국사기에 보인다. 이것은 단순히 망한 신라의 임금이 고려의 사위가 되어 움직이는 이사 행렬이 아니라 천 년 신라 문화의 중심이 경주에서 개성으로 옮겨 가는 행렬이었음을 뜻한다. 그리하여 개성 지방에서는 여전히 경주 지방의 말이 문화적 우월성을 지니고 모든 귀족과 평민들 사이에 사랑을 받는 처지에 머물렀던 것이다. 경순왕의 이사 행렬은, 곧 경주 중심의 신라 말이 개성 중심의 신라 말, 곧 고려 말이 되는 행렬이었다. 물론 경주 신라어의 뒤를 이은 개성 신라어(정확하게는 고려어)가 개성 지방 본래의 언어, 그러니까 고구려 남쪽 지역에 해당되었던 그 본래의 언어를 갑자기 송두리째 잃은 것은 아니었을 것이었다. 다만 경주에서 올라온 말에 세력을 점차 잃어 가면서 고려어를 만들어 갔을 것으로 생각된다. 여기에서 우리가 주목할 것은 고려어의 핵심은 여전히 경주에서 올라온 신라어였다는 점이다. 이것은 경순왕의 행적뿐 아니라 왕건의 행적에서도 찾을 수 있다. 왕건은 경순왕의 백부(伯父)의 딸과 결혼하여 아들을 낳았는데, 그가 고려 현종(顯宗)의 아버지였고 현종 이후의 고려 임금은 모두 현종의 후손들이므로 고려 임금들은 결국 신라 왕족의 외손(外孫)이 되는 셈이다. 이와 같이 고려는 언어문화와 혈통의 뿌리를 신라에 두었다. 고려가 조선 왕조로 이어져 언어의 중심이 개성에서 서울로 옮겨 오지만 이것은 새로운 언어로의 변화를 예상할 수 있는 것이 아니다. 따라서 한국어의 형성은 사로어가 중심이 된 통일 신라의 팽창에서 일단락지어지고, 그 언어의 중심이 개성으로 옮겨 온 고려 초기에 마무리된 것으로 보아야 할 것이다.

신라어의 모습과 한자 이용의 이모저모

신라는 삼국 시대 세 나라 가운데서 가장 일찍 형성되어 가장 늦게까지 남아 있었던 나라요, 그렇기 때문에, 언어 자료도 세 나라 중 가장 많이 남아 있다. 더구나 신라어는 현대 한국어의 가장 분명하고도 오래된 직계 조상의 언어라는 점에서 우리의 관심을 크게 집중시킨다.

오늘날까지 남아 있는 신라어 자료는 두 가지 형태로 나누어 볼 수 있다. 첫째는 금석문(金石文)으로 남아 있는 것이고, 둘째는 문헌(文獻)에 기록되어 남아 있는 것이다. 칼 · 창 같은 무기나 솥 · 거울 같은 쇠붙이 그릇, 그리고 비석(碑石)에 새겨져 있는 글을 금석문이라 하는데, 여러 단계의 이두문(吏讀文) 형식으로 새겨진 꽤 많은 신라 시대 금석문이 신라어의 모습을 보여준다. 문헌에 기록되어 남아 있는 신라어는 다시 몇 종류로 나누어 살펴보는 것이 좋다.

첫째, 《삼국사기》나 《삼국유사(三國遺事)》를 비롯한 나라 안팎 역사책에 실려 있는 고유명사 자료들이다. 이것들은 사람 이름, 땅 이름, 벼슬 이름들로서, 한자로 적혀 있는데, 그 한자의 표기 방식이 두 가지로 되어 있어서 당시의 언어 사실을 짐작할 수 있게 한다. (이에 대해서도 뒤에 따로 얘기하겠다.)

둘째, 신라 시대 이후 고려와 조선 왕조 대에까지 사용된 이두(吏讀) 자료이다. 이 이두 자료는 한글이 창제된 후에도 갑오경장이 일어난 19세기 말까지 한문 문헌에 꾸준히 사용되어 온 것이라 어느 것이 신라 시대에 만들어진 것인지 분별하기가 어려워서 특별히 신라 시대 이두 자료를 말하려면 연대가 분명한 금석문 자료를 근거로 하는 것이 좋다.

셋째, 신라어 어휘를 기록한 단편적인 자료들이다. 가령 중국의 역사책 《양서(梁書)》 〈신라전(新羅傳)〉에는 다음과 같은 기록이 보인다.

(신라) 그 나라 사람들이 성(城)을 '건모라(健牟羅)' 라 하

> 는데, 마을이 성안에 있으면 '탁평(啄評)' 이라 하고 성 밖에 있으면 '읍륵(邑勒)' 이라 한다. 중국말로는 군현(郡縣)을 뜻하는 것이다. …머리에 쓰는 관(冠)을 '유자례(遺子禮)', 웃옷을 '울해(蔚解)', 아래옷을 '가반(柯半)', 신발을 '세(洗)'라 한다.

이 기록은 무엇보다 한자음을 오늘날의 한국 한자음으로 읽었기 때문에 신라어의 원모습을 전혀 짐작할 수 없다. 아마도 '울해(蔚解)' 는 16세기 국어의 '우틔' 라는 저고리를 나타내는 낱말일 듯하고, '가반(柯半)' 은 16세기 국어의 'ᄀᆞ외', 오늘날 '고의' 라는 바지를 나타내는 낱말일 듯하며, '세(洗)' 는 그 한자음 가운데 '선' 이라는 발음도 있으므로 '신' 을 나타낸 것이 아닌가 추측해 볼 수 있다. 그 외에는 전혀 짐작이 되지 않는 신라 말들인데 이처럼 한자로 적힌 옛날 말을 연구한다는 것은 지극히 어려운 일이다. 이 외에 단편적인 신라어 자료로 손꼽히는 것으로는 일본에 넘어가 보존되어 있는 《신라장적(新羅帳籍)》이 있다. 《신라장적》은 신라의 왕실에서 일본 왕실로 보낸 선물 가운데 현재까지 보존된 서류를 통틀어 일컫는 말이다. 일본 동대사(東大寺)의 부속 기관인 정창원(正倉院)에 보존되어 있다. 대체로 8세기 중반기에 신라에서 건너간 물건인데 어떤 것은 아직까지 풀어보지도 않은 채 보관되어 있다 한다. 그 선물을 포장한 종이가 우리나라 신라의 관공서에서 쓰던 공문서 조각이어서 거기에 적힌 글자가 신라어를 적은 것으로 추정되고 있다.

넷째, 가장 완벽한 신라어 문장을 보여주는 향가(鄕歌) 자료이다. 《삼국유사》에 전하는 14수와 《균여전(均如傳)》에 전하는 11수, 도합 25수의 향가 자료는 신라어 자료로서뿐만 아니라 우리나라 고대 국어 자료로서 어디에도 비길 수 없는 귀중한 언어 재산이다. 이 향가의 해독을 위해서 그동안 실로 수십 명의 학자가 상당한 노력을 기울였지만 그것의 완전한 해독은 아직도 요원하다. 정확하게 말한다면 영원히 백 퍼센트 완벽한 해독은 불가능하다고 보아야 한다. 왜냐하면, 신라어를 한자로 적어 놓았기 때문이다. 그것도 한자를 이용하는 방법이 크게 두 가지로 갈라져 하나는 뜻을 이용했고, 또 하나는 소리를 이용했는데, 그나마 한자를 빌어 적을 때의 정확한 한자음이 무엇인지를 안다는 것이 지극한 어려움에 속한다.

그러면, 신라어의 참 모습 몇 가지를 살펴보기로 하자.

【바돌】 신라 시대에는 아직 한글이 창제되기 전이었으므로 신라어를 한글로 적는 것은 무리라고 할 수 있으나 만일 적는다면 현대어의 '바다(海)'를 가리키는 낱말을 '바돌'이라 할 수 있겠다. 《삼국사기》에 '파진찬 혹운해간(破珍湌 或云海干)'이란 벼슬 이름이 보인다. '破珍'과 '海'가 짝지은 표기이고, '湌'과 '干'이 짝지은 표기이다. '海'는 오늘날의 '바다'이며 15세기 국어로는 '바를'이다. 그런데 '보배 진(珍)'은 옥구슬을 뜻하는 것으로 '돌 진(珍)'이라고도 한다. 그러므로 '破珍'은 '바돌', 정확하게는 '바돌'이었을 것이고, 그것은 15세기 '바를'보다 앞선 시기의 모습이 아닌가 추측된다.

'湌'과 '干'은 '한' 또는 '간'이란 발음을 지니고 높은 벼슬아치를 가리키는 말로 사용되지 않았나 싶다.

【한】 신라 시대에서 조선 왕조 시대까지 줄곧 '크다'는 뜻의 관형어 '큰'을 가리키는 낱말이었다. 《삼국사기》에 적힌 '대사 혹운 한사(大舍或云韓舍)'라는 말은 '大'를 뜻으로 읽으면 '한'이 되고, '韓'은 그대로 소리대로 읽어 '한'으로 읽힌다는 것을 보여준다. 이와 같이 우리말을 한자로 적을 때는 언제나 뜻 적기 방식과 소리 적기 방식의 두 가지가 두

루 사용되었다. 뜻 적기 방식을 훈독표기(訓讀表記) 또는 석독표기(釋讀表記)라 하며, 소리 적기 방식을 음독표기(音讀表記)라고 한다.

이제 신라의 첫 임금이었던 '박혁거세(朴赫居世)'를 어떻게 읽을 것인지에 대하여 잠시 생각해 보기로 한다. 우리는 신라의 시조는 '박혁거세'라고 거침없이 말한다. 그러나 '박혁거세'라고 말할 때에, 그것을 현대의 한국 한자음으로 읽어서 한 분의 역사적 인물을 가리킨다는 사실에는 틀림이 없으나 신라 당시에 우리 조상이 부르던 발음과 사뭇 다르다는 사실을 염두해 두어야 한다. 《삼국유사》의 다음 구절을 읽어 보자.

> 전한(前漢) 지절(地節) 원년 임자(서력기원전 69년) 3월 1일에 육부의 조상들이 각기 자제를 거느리고 알천(閼川) 언덕 위에 모여서 의논하였다.
>
> "우리는 위로는 백성을 다스릴 군주가 없으므로 백성들이 모두 방자하여 제 마음대로 하니, 어찌 덕 있는 사람을 찾아 임금으로 삼아 나라를 세우고 도읍을 정하지 아니하겠는가?" 이에 높은 곳에 올라 남쪽을 바라보니 양산(楊山)

밑 나정(蘿井) 곁에 이상스러운 기운이 번개 꽃과 같이 땅에 비치더니 거기에 백마(白馬) 한 마리가 꿇어앉아 절하는 형상을 하고 있었다. 그곳을 찾아가 보니 붉은 알(혹은 푸른 알이라고도 한다)이 하나 있는데, 말은 사람을 보고 길게 울다가 하늘로 올라가 버렸다. 그 알을 깨어 보니 용모가 단정한 아름다운 동자(童子)가 나왔다. 놀랍고도 이상스러워 그 아이를 동천(東泉)에서 목욕시키니 몸에서 광채가 나고 새와 짐승이 따라 춤추며 천지가 진동하고 해와 달이 청명해지므로 그를 혁거세왕(赫居世王)이라 하였다. (이 말은 향언(鄕言)일 듯하다. 혹은 불구내왕(弗矩內王)이라고도 하니, 밝게 세상을 다스린다는 뜻이다.)

여기에서 우리는 신라 시조의 이름을 '혁거세(赫居世)' 와 '불구내(弗矩內)' 의 두 가지 한자로 적었음을 주의해 보아야 한다. 옛날 신라 사람들이 한자로 우리나라 말을 적을 때에는 뜻 적기 방식과 소리 적기 방식의 두 가지를 사용했음을 앞에서 말한 바 있다. 그러면 '赫居世' 와 '弗矩內' 의 둘은 어느 것이 뜻 적기 방식이고, 어느 것이 소리 적기 방식을 따른 것일까? 일단 '赫居世' 를 뜻 적기 방식, 곧 석독표기로 보자. 그러면 '밝을 혁(赫)' , '있을 거(居)' (이 풀이에는 문제

점이 없지 않다.) '누리 세(世)' 에서 '밝을', '있을', '누리' 라는 소리를 얻을 수 있다. 이것을 우리가 아는 가장 오래된 15세기 표기법으로 바꾸면 'ᄇᆞᆰ ᄋᆞᆯ', '이실', '누리' 라는 소리를 얻게 된다. 그리고 다시 이것들의 첫 음절만 따로 모아놓고 보자. 그러면, 'ᄇᆞᆰ이누' 라는 소리를 얻게 된다. 이 'ᄇᆞᆰ이누' 는 그냥 소리 적기 방식을 따라 적은 것으로 보이는 '불구내' 와 얼마나 비슷한가? 그렇다면 '赫居世' 는 석독표기이고, '弗矩內' 는 음독표기임이 분명하다. 따라서 이 두 가지 표기는 신라 당시의 사람들에겐 똑같은 발음을 하는 하나의 낱말에 대한 각기 다른 표기 방법이었음을 분명히 깨닫게 된다. 그렇다면 신라의 첫째 임금을 '혁거세왕' 이라고 부르기보다는 '불구내왕' 이라고 부르는 것이 더 정확하다는 것도 깨닫게 된다. 그 뜻이 밝게 세상을 다스린다는 것이었다고 하니, 요즘 말로 바꾸면 '밝은 누리' 쯤 되는 낱말이 아니었을까 생각된다. 결국 '혁거세' 라는 말은 '밝은 세상' 이라는 보통명사이었는데, 그것이 사람의 이름, 특히 새로운 시대가 시작된다는 의미의 첫 번째 임금의 이름으로 굳어진 것임을 알 수 있다. 그 '혁거세' 라는 이름 앞에 '박(朴)' 이 다시 덧붙었는데, 어쩌면 이것도 'ᄇᆞᆰ' 을 뜻하는 소리 적기 방식의 글자가 덧붙으면서 성(姓)으로 고정된 것인지도 모르겠다.

삼국 시대의 모든 고유명사의 표기 방식이 이렇듯 석독표기와 음독표기를 아울러 가지고 있었고, 이것이 《삼국사기》와 《삼국유사》 같은 책에 나란히 적혀 있기 때문에 이 시대의 언어 연구가 비로소 구체성을 띠고 진행되었던 것이다.

향가를 통해 본 신라의 언어문화

앞에서도 말한 바와 같이 신라어 문장으로 적혀 있는 향가는 그 참 모습을 영원히 드러내지 않을는지 모른다. '향가의 참 모습' 이라는 말이 뜻하는 것은 향가를 신라 사람들이 그 당시에 말하던 대로 재구성하고 그 뜻을 완벽하게 이해한다는 것이다. '시간을 거슬러 올라가는 자동차(흔히 타임머신이라고 한다)' 를 타고 천삼백 년 전이나 천오백 년 전 서라벌 거리를 찾아가 향가를 노래하는 신라 사람의 노랫가락을 녹음기에 담아 오지 못하는 한, 향가의 참 모습은 우리의 연구가 아무리 정교하게 진행된다 할지라도 안갯속에 감추어진 보물일 수밖에 없다. 그렇다고 우리가 향가의 참 모습에 접근하려는 노력을 포기할 수도 없는 것이다. 무엇보다도 25수밖에 안 되는 빈약한 문학 재산이지만 그 속에 신라인의 숨결, 신라인의 정신이 깃들어 있기 때문이다. 그래서 향가는 국어학이나 국문학을 공부하는 사람들이 도전하는 가장 험난한 과제의 하나가 되어 있다.

그동안 많은 학자들이 향가의 보다 완벽한 풀이를 위하여 노력하였다. 불행하게도 향가의 풀이를 첫 번째로 시도한 사람은 우리나라 사람이 아니라 일본 학자였다. 1929년에 소창진평(小倉進平)이라는 경성 제국 대학교수가 《향가 및 이두의 연구》라는 책을 간행할 때까지 우리나라 사람들은 사실상 향가와 우리나라 옛날 언어에 대한 연구가 얼마나 중요한 것인지를 잘 모르고 있었다. 또 역사학을 연구하는 일부 민족주의 학자들, 가령 단재(丹齋) 신채호(申采浩)나 위당(爲堂) 정인보(鄭寅普) 같은 분들이 그 중요성을 깨닫고 있었다 해도 향가를 비롯한 우리나라 옛말 연구에 몸 바칠 사람을 구할 수가 없었다. 학자는 뜻이 있다고 하여 하루아침에 만들어지는 것이 아니기 때문이다. 그만큼 우리나라의 20세기 초반은 모든 면에서 일본에 뒤떨어지고 있었다.

《향가 및 이두의 연구》라는 책이 세상에 나오자 뜻있는 우리나라 학자들은 부끄러움을 느끼고 분발하기 시작하였다. 그 최초의 성과가 양주동(梁柱東)이 1935년에 발표한 〈향가의 해독, 특히 원왕생가(願往生歌)에 대하여〉라는 논문이었다. 양주동은 원래 영문학자로서 그 당시 어느 전문학교에서 영문학을 가르치고 있었는데, 향가 연구가 일본 사람에 의해 착수되었다는 사실에 민족적 의분을 느끼고 육당(六堂) 최남선(崔南善) 같은 학자의 책을 빌어다가 향가 연구를 시작하였다고 한다. 한국 사람이 예민한 한국어의 언어 감각을 가지고 신라시대의 향가를 연구한 것과, 일본 사람이 외국어로서 이해하는 한국어 실력을 가지고 향가를 연구한 것은 그 기본부터 다른 것이었다. 그리하여 양주동은 여러 해의 각고 끝에 1942년 《조선 고가 연구(朝鮮古歌研究)》라는 향가 풀이 책을 간행하였다. 이 무렵에 와서야 향가 풀이의 본격적인 연구에 불이 붙은 것이라고 할 수 있다. 양주동의 《조선 고가 연구》는 소창의 향가 풀이에서 저지른 많은 잘못을 바로잡아 놓았으나 아직도 미해결의 문제가 상당히 많이 남아 있었기 때문이다. 그로부터 반세기의 세월이 흐르는 동안 향가 연구에 정성을 쏟은 학자는 수십 명에 이르게 되었다. 지금 이 순간에도 어디에선가 남모르게 미해결의 향가 구절을 앞에 놓고 고민하는 학자가 있을 것이다.

향가 25수는 한마디로 신라 불교 문화의 꽃이다. 《삼국유사》에 실려 있는 14수 가운데 절반인 7수가 불교 신앙을 주제로 하여 애절하고 경건한 믿음을 노래하고 있다. 「혜성가(慧星歌)」, 「풍요(風謠)」, 「원왕생가(願往生歌)」, 「두솔가(兜率歌)」, 「제망매가(祭亡妹歌)」, 「천수대비가(千手大悲歌)」, 「우적가(遇賊歌)」가 불교 신앙에 바탕을 둔 노래이며, 《균여전(均如傳)》에 전하는 「보현십원가(普賢十願歌)」 11수는 모두 《화엄경(華嚴經)》의 〈보현행원품(普賢行願品)〉에 있는 수도의 단계를 차례대로 노래한 것이다.

그러면, 이들 향가는 비록 현재의 단계에서 완벽한 풀이가 불가능하다고 할지라도 그 목표를 향하여 나아가려면 어떤 방법론을 써야 할까? 그 기본 원칙 몇 가지를 알아둘 필요가 있겠다. 한자를 빌어 적은 것이라 할지라도 그 당시 사람들이 누가 보아도 알 수 있는 표기 원칙이 있었을 것으로 생각되기 때문이다.

첫째, 하나의 글자는 하나의 음으로 읽어야 한다.

둘째, 뜻 적기 방식, 곧 석독표기가 먼저이고 소리 적기 방식, 곧 음독표기가 뒤따르는 방식으로 읽어야 한다.

셋째, 문맥이 통하는 방향으로 풀이하면서 읽어야 한다.

넷째, 향가는 시(詩)이므로 시가 지니는 특이한 율조(律調)를 생각하면서 읽어야 한다.

다섯째, 문헌에 적혀 전해 내려오는 동안 여러 차례 옮겨 적는 가운데 혹 글자가 잘못 전해 왔거나 빠진 것도 있을 것이므로 이 점도 주의하며 읽어야 한다.

이와 같은 다섯 가지 원칙을 지켜 가면서 향가는 비록 완벽하게 미치지 못하지만 상당히 믿을 만한 정도의 풀이에 도달하였다. 향가 중 가장 일찍이 풀이가 된 「처용가(處容歌)」를 읽어 보기로 하자. 이해를 돕기 위하여 한자와 그 풀이된 것을 나란히 적기로 한다.

東京明期月　良
동경ᄇᆞᆯ기ᄃᆞ라라
夜入伊遊行如可
밤드리노니다가
入良沙寢矣見昆
드러ᅀᅡ자리ᄅᆡ보곤
脚烏伊四是良羅
가로리네히러라.

二肹隱吾下於叱古

두ᄫᅳ른내해엇 고

二肹隱誰支下焉古

두ᄫᅳ른누기핸 고

本矣吾下是如馬於隱

본ᄃᆡ내해 다마ᄅᆞᄂᆞᆫ

奪叱良 乙何如爲理古

아ᅀᅡᄂᆞᆯ 엇디ᄒᆞ릿 고.

먼저 적은 한자와 그다음 줄에 적은 우리 말 풀이를 대비해 보면서 앞에 말한 향가 풀이의 원칙이 어떻게 지켜지고 있는지 검토하면 이 풀이가 얼마나 정확을 기하려고 했는지 짐작이 될 것이다. 이것을 다시 현대어로 쉽게 풀어 보면 다음과 같다.

동경 밝은 달에

밤들이 노니다가

들어 자리를 보니

다리가 넷이러라.

둘은 내해었고

둘은 누구핸고
본디 내해다마는
빼앗은 것을 어찌하리오.

이 노래의 사연은 이러하다. 신라 49대 헌강왕(憲康王) 시대에 서울로부터 지방에 이르기까지 집과 담이 연이어져 있고 초가집은 한 채도 없었다. 풍악과 노래가 길거리에 끊이지 않고 비바람은 사철 순조로웠다. 이때 대왕이 개운포에 놀러 나갔다가 곧 돌아오려 하면서 물가에 쉬고 있는데 갑자기 구름과 안개가 자욱하여 길을 잃을 정도였다. 괴상히 여겨 좌우에 물으니, 일관(日官)이 아뢰기를 "이것은 동해 용의 조화이므로 좋은 일을 해 주어야 할 것입니다." 하였다. 이에 관원에게 명하여 용을 위하여 근처에 절을 세우도록 하였다. 왕령이 이미 내려지자 구름이 개고 안개가 흩어졌다. 그래서 개운포(開雲浦)라 이름 지었다. 동해의 용이 기뻐하여 아들 일곱을 데리고 임금 앞에 나타나서 덕을 찬양하여 춤을 추며 음악을 연주하였다. 그 가운데 자식 하나는 임금을 따라 서울에 와서 정사를 보좌하였는데, 이름을 처용이라 하였다. 왕이 미녀로서 아내를 삼게 하여 그를 머물게 하고 또 급간(級干)이란 벼슬도 주었다. 이 처용의 아내가 매우 아름다웠으므로 역신(疫神)이 흠모하여 사람으로 변하여 밤에 그 집을 찾아가 몰래 동침하였다. 처용이 밖에서 놀다가 집에 와 보니 자리에 두 사람이 누웠음을 보고 이 노래를 부르며 집 밖으로 나가려 하였다. 그랬더니 그 역신이 처용 앞에 꿇어앉아 말하기를 "내가 공의 아내를 사모하여 지금 잘못을 범하였는데, 공께서 노하지 아니하시고 노래 불러 물러나시니 감격하고 아름답게 여기는 바입니다. 앞으로는 공의 형용을 그린 것만 보아도 들어가지 않겠습니다." 하였다.

이 이야기를 어떻게 현실적으로 이해하느냐 하는 것은 우리에게 남겨진 또 다른 문제이다. 아내와 외간 남자의 부정한 행위를 너그럽게 용서하려는 처용의 행동에서 신라인의 여유 있는 생활상을 짐작해도 좋을 것이다. 어찌 보면 음란한 사랑 노래일 수도 있겠는데, 이러한 노래의 배경에는 반드시 불교 이야기(용을 위해 절을 세운다는 것)가 끼어 있다는 것도 주목해 보아야 한다.

다음은 「원왕생가(願往生歌)」다. 역시 원문과 풀이를 짝지어 적는다.

月下　伊底亦

ᄃᆞ라리엇뎨역

西方念丁去賜里遣

서방ᄭᆞ장가시리고

無量壽佛前乃

무량수불전의

惱叱古音多可支白遣賜立

ᄀᆽ　곰　함즉　ᄉᆞᆲ고쇼셔

誓音梁史隱尊衣　希　仰支

다딤기프신ᄆᆞᄅᆞ옷ᄇᆞ라울워러

兩手集刀花乎白良

두손모도고조ᄉᆞᆯᄫᅡ

願往生願往生

원왕생원왕생

幕人 有　如白遣賜立

그리리잇다ᄉᆞᆲ고쇼셔

阿邪比身 遣 也置遣

아야이모마 기텨두고

四十八大願成遣賜去

사십팔대원일고실가.

현대어로 바꾸어 보면 다음과 같다.

달님이 어찌하여
서녘까지 가시겠습니까?
무량수불전에
보고의 말씀 빠짐없이 사뢰소서
서원 깊으신 부처님을 우러러 바라보며
원왕생 원왕생(원컨대 돌아가 살겠나이다)
두 손 곧추 모아
그리워하는 사람 있다고 사뢰어 주소서
아아 이 몸 남겨두고
사십팔대원 이루실까?

오늘날 불교의 믿음을 이해하지 못하는 사람들에겐 이 노래의 참맛은 이해되지 않을는지 모른다. 그러나 그 사연은 이러하다.

문무왕(文武王) 시절에 광덕(廣德)과 엄장(嚴莊)이란 중 두 사람이 살고 있었다. 이들은 서로 다정한 친구 사이였다. 그래서 그들은 이런 약속을 하기까지 하였다. "우리 두 사람 중 누가 먼저 극락으로 가게 되면 반드시 남은 사람에게 그 사실을 알리도록 하세." (죽은 사람이 어떻게 자기의 죽음을 친구에게 알릴 것인가?) 그러나 그들은 이렇게 약속을 하였다. 광덕은 분황사 서쪽 마을에 숨어 살면서 신 삼는 것을 직업으로 하였는데, 아내를 데리고 있었다. 엄장은 남산에 암자를 짓고 살면서 숲속의 나무도 베어다 팔고 밭갈이도 하면서 생계를 이었다. 어느 날 석양 무렵, 소나무 그늘이 고요히 저물었는데, 창밖에서 소리가 났다. "나는 이미 서쪽으로 갔으니 그대는 잘 있다가 속히 나를 따라오도록 하게." 엄장이 문을 열고 나가 보니 구름 밖에서 하늘의 음악 소리가 나고 광명이 땅에 뻗쳐 있었다. 이튿날 광덕이 살던 곳을 찾아가 보니 과연 광덕은 죽어 있었다. 이에 엄장은 광덕의 아내와 함께 유해를 거두어 장사를 지내고 나서 그 아내에게 말하였다. "이제 남편이 죽었으니 나와 함께 사는 것이 어떠하오." 광덕의 아내가 좋다고 하므로 드디어 엄장은 그 집에 머물기로 하였다. 밤이 되어 잠자리에 들 때 엄장이 광덕의 아내와 관계하려 하니 그 부인은 깜짝 놀라 부끄러움을 감추지 못하면서 "스님이 서방 극락을 구하려 하는 것은 나무에 올라가 물고기를 얻으려 하는 것과 같습니다." 하였다. 엄장이 의아해하면서 말하였다. "광덕도 이미 그렇게 하며 살다 갔는데 난들 어찌 아니 된단 말씀이오?" 부인이 다시 정색을 하며 말하였다. "남편은 저와 십여 년이나 같이 살았으나 단 하루 저녁도 잠자리를 같이 하지 않았습니다. 하물며 추한 행동을 하였겠습니까? 다만 밤마다 단정히 앉아 한결같이 아미타불의 이름을 외우고 혹은 극락왕생할 생각으로 참선하여 어리석음을 깨뜨리고 진리를 깨닫고자 하는 데에만 힘을 썼습니다. 그래서 밝은 달이 창에 비치면 그 빛에 올라 정좌하였습니다. 그 정성이 이와 같았으니 비록 서방극락으로 가지 않으려고 한들 어디로 갔겠습니까? 대개 천리를 가는 사람은 그 첫걸음으로써 알 수 있는 것인데, 지금 스님의 하는 일은 동쪽으로 간다 할지언정 서쪽 극락세계와는 거리가 먼 것입니다." 엄장은 부끄러워 즉시 그 집을 떠나 원효 법사를 찾아가 열심히 불법을 닦았다. 일찍이 광덕이 그 아내와 더불어 밝은 달이 창문에 비칠 때 부른 노래가 바로 「원왕생가」이다.

이 노래와 그에 얽힌 이야기가 모두 지극한 불교 신앙을 말해 준다. 부부의 인연을 맺고 살면서도 하룻밤도 동침하지 않았다고 하는 재가승니(在家僧尼)들의 수도하는 모습이 눈에 선하다. 신라 시대에는 타락한 일부의 사람들이 없지 않았겠지만 광덕이나 광덕의 아내와 같은 남녀가 상당히 많이 살았던 것으로 생각할 수 있다. 그들의 고결한 수도 생활은 신라 사회를 건전하게 이끌어간 보이지 않는 힘이 되었을 것이다.

신라인의 불교 신앙을 짐작하기 좋은 또 하나의 노래가 있다. 월명사(月明師)라는 스님이 지은 「제망매가(祭亡妹歌)」이다. 경덕왕(景德王) 시절, 어느 해에 하늘에 해가 둘이 나타나 열흘 동안이나 없어지지 않은 적이 있었다. 이것을 보고 일관(日官)은 인연 있는 중을 청하여, 꽃을 뿌리며 정성을 드리면 그 재앙을 물리칠 것이라 하였다. 이에 궁궐 앞에 깨끗한 단을 만들고 인연 있는 스님이 나타나기를 기다렸다. 그때 마침 월명사가 남쪽을 향해 길을 지나가고 있었다. 임금이 심부름하는 사자를 보내 그를 청하여 기도문을 짓게 하니, 월명사는 「도솔가」를 지어 바쳤다. 그랬더니 신기하게도 조금 있다가 해의 괴변이 사라졌다. 이렇듯 노래를 잘 지어 천지자연까지도 감동시키는 월명사는 일찍이 죽은 누이동생을 위해서 재(齋)를 올리고 역시 향가를 지어 제사를 지냈다. 이것이 「제망매가」로서, 그 노래는 다음과 같다.

生死路隱
생사길흔
此矣有阿米次肹伊遣
이에이샤매머뭇그리고
吾隱去內如辭叱都
나는가ᄂᆞ다말ᄼ도
毛如云遣 去內尼叱古
몯니르고가ᄂᆞ닛 고
於內秋察 早隱 風未
어느ᄀᆞ술 이른 ᄇᆞᄅᆞ매
此矣彼矣淨良落尸葉如
이에뎌에ᄠᅥ러딜 닙곧
一等隱枝良 出古
ᄒᆞᄃᆞᆫ 가지라나고
去奴隱處毛冬乎 丁
가논 곧모ᄃᆞ론뎌
阿也彌陁刹良逢乎 吾
아야미타찰아맛보올나
道修良待是 古如
도닷가기드리고다.

현대어로 쉽게 풀어 다시 읽어 보자.

생사 길은
여기 있으매 머뭇거리고
나는 간다는 말도
못 다 이르고 어찌 갑니까?
어느 가을 이른 바람에
이에 저에 떨어질 잎처럼
한 가지에 나고
가는 곳 모르온저.
아아, 미타찰에서 만날 나
도 닦으며 기다리겠노라.

인생이 어차피 뜬구름 같은 것이므로 비록 사랑하는 가족, 형제를 두고 이 세상을 떠나는 것이 애달프고 서글픈 일이기는 하지만, 결국은 저세상 미타찰에서는 다시 만날 수 있으니 부지런히 도를 닦으며 슬픔을 삭이겠다는 이 노래에서 우리는 신라인들의 돈독한 불교 신앙, 미래에 대한 확고한 믿음을 발견한다. 이러한 믿음을 가진 사람들이라면 이 세상의 부귀영화를 위해서 남을 모함하거나 헐뜯는 짓은 결코 하지 않을 것이다. 그리고 어떻게 아름다운 인연을 만들며 도타운 정을 나눌 것인가에 보다 큰 관심을 기울이지 않았을까 싶다. 죽음을 애절하게, 그러나 순수하게 받아들이는 마음의 자세는 세상살이를 고결하고 청순하게 만드는 법이다. 월명사의 신앙심이 오늘날 모든 사람에게 되살아난다면 분명코 이 세상은 한결 밝고 명랑하게 될 것이다.

이상으로 우리는 몇 수의 향가를 통하여 신라인의 마음가짐, 정신적 깊이, 그리고 그들의 생활상을 짐작해 보았다. 몇 편의 노래로 신라인의 생활을 전부 헤아려 볼 수 있는 것은 아니지만, 이 노래에서 신라인이 지닌 심성이 비교적 온건하고 견실하였다는 것만은 확실히 믿을 수 있었다. 끝으로 신라 시대의 언어에 대해 한 가지만 더 정리해 보자.

앞의 노래의 풀이를 통해서 신라 시대의 언어가 오늘의 언어와는 사뭇 달랐다는 사실을 확인하였다. 그러나 그 다름이 전혀 엉뚱한 것이 아니고 거슬러 올라가면 그럴 것이라는 합당한 근거를 찾을 수 있으리라는 인상을 받았을 것이다. 가령 현대어에서 '들(野)' 은 15세기 훈민정음 창제 당시에는 '드르ㅎ' 였으며, 현대어에서 '거울(鏡)' 은 15세기에는 '거우루' 였다. 그러니까 오백 년 전에 2음절, 3음절짜리 낱말이 현대어에서는 음절수가 하나씩 줄어서 1음절, 2음절의 낱말이 되었다. 같은 방법으로 이미 15세기에 1음절이나 2음절로 구성된 낱말이 7세기나 8세기경의 신라어에서는 각각 2음절이나 3음절은 아니었을까 추정해 볼 수 있다. 앞의 향가 풀이에서는 '달(月)'을 'ᄃᆞ랄', '둘(二)'을 '두블', '몸(身)'을 '모마'로 풀이한 것이 그러한 예이다. 언어의 변천에 대해서는 다음에 더 자세히 논의하기로 한다.

청자 비색에 숨어 있는 고려 언어

신라보다 뒤에 생긴 나라이면서도 고려에 대하여는 무언가 더 멀고 오래된 나라인 것 같은 착각에 빠진다. 그것은 고려 문화에 대한 우리의 애정과 이해가 모자라기 때문이다. 삼국 통일의 위엄과 찬란한 불교문화에 대한 그리움이 신라를 보다 아름다운 환상의 세계로 만드는 반면, 고려는 원(元)나라의 지배를 받은 쓰라린 역사가 두드러져 보인다. 어느 왕조의 역사라고 영화와 굴욕이 엇갈리지 않았으랴. 고려를 깊이 이해하는 사람이라면 마땅히 고려자기와 금속활자로 대표되는 깊이 있는 문화를 생각하지 않을 수 없을 것이다. 이러한 고려의 언어는 어떤 것이었을까?

앞에서 잠시 언급한 바와 같이 10세기 초에 고려 왕조는 오늘의 개성(開城)을 중심으로 세워졌다. 정치적·군사적 목표는 고구려의 웅혼한 기상을 다시 펼쳐 보이려는 것이었고, 문화적·사회적 목표는 신라의 찬란한 불교 유산을 계승 발전시키려는 것이었다. 따라서 언어 역시 경주를 중심으로 했던 신라어를 고려의 공용어(말하자면 표준어)로 받아들였다. 그리하여, 비로소 한반도 동남쪽 경주 지역에 치우쳐 있던 언어가 한반도의 중심부 개성에 진출하게 된 것이다. 이 고려 중앙어의 확립은 그 후 천 년이 지난 오늘날까지 우리나라 표준어의 온상이 경기도를 벗어나지 않게 한 사건으로 주목된다. 그러면 그와 같은 고려어의 모습은 어디에서 찾을 수 있는가? 그러나 고려 시대엔 아직 훈민정음이 창제되지 않았었다. 그러므로 고려의 언어 자료로 믿을 만한 것은 하나도 없다고 해도 과언이 아니다. 아쉬운 대로 손꼽을 수 있는 몇 가지를 살펴보자.

12세기 초엽 중국 송(宋)나라 사람 손목(孫穆)이라 하는 이가 고려에 사신으로 왔다가 고려의 풍물, 자연, 제도, 언어를 보고 듣고 쓴 책에 《계림유사(鷄林類事)》라는 것이 있다. 여기에 고려어의 낱말 또는 어구 350여 항목이 적혀 있다. '天曰漢捺(천왈한날 : 天은 한날이라고 한다)' 과 같은 형식으로 고려 단어와 어구를 소개한 것이다. 이때에 '漢捺(한날)'을 어떻게 읽을 것이냐가 큰 문제다. 오늘의 한국 한자음으로 읽으면 '한날'이니까 이것이 15세기 훈민정음 창제 후에 표기된 '하늘'의 앞선 형태를 적은 것으로 이해되기는 하지만 정확하게 어떻게 한글로 표기할 것인지는 송나라 사람 손목에게 발음을 시켜 볼 수 없는 한, 불완전한 추정을 할 수 있을 뿐이다. 그러나 이 《계림유사》가 있기 때문에 향가의 풀이가 조금 더 정확을 기할 수 있게 되었다. 가령 「제망매가」에 '一等隱'을 'ᄒᆞᆫ'으로 풀이하여 읽었는데, 그 까닭은 《계림유사》에 '一曰河屯(일왈하둔 : 一은 하둔이라 한다)'이란 기록이 있기 때문이다. '河屯'을 정확하게 어떻게 읽어야 옳은지 알 수 없지만 'ᄒᆞᆫ'으로 읽는다면, 그것이 향가에 바로 연결될 수 있을 것이 아니겠는가? 물론 향가의 언어가 《계림유사》의 언어보다 앞선 시기의 것이지만 그 정도의 기간에는 아무 변화가 없다가 그 후 어느 시기에 'ᄒᆞᄂᆞ'가 되었다고 추측할 수 있기 때문이다. 이처럼 《계림유사》는 구체적인 고려의 언어 자료가 없는 형편에서 신라의 향가와 조선 왕조 시대의 훈민정음으로 표기된 문헌 사이의 징검다리 역할을 해 준다. 그 징검다리가 너무 엉성해서 불만스럽기는 하지만 아주 없는 것보다는 한결 다행스러운 것이다.

그다음으로 13세기 중엽 고려의 대장경을 찍은 대장도감에서 간행된 《향약구급방(鄕藥救急方)》이란 책이 있다. 그러나 처음에 찍은 책은 전하지 않고 조선 왕조 초기, 아직 훈민정음이 나오기 전에 간행된 책이 지금 전해지고 있는데, 여기에 약의 재료로 사용되는 우리나라 식물, 동물, 광물의 이름 180여 종이 한자를 빌어 적혀 있다. '桔梗鄕名道羅次, 俗云刀亽次(길경향명도라차, 속운도라차 : 길경을 우리나라 이름으로 도라차라 한다.)' 이 기록을 통하여 '도라지' 나물이 일찍이 약으로 쓰인 식물이었음과 '도라지' 는 고려 시대에 15세기와 마찬가지로 '도랒' 이라 했음도 짐작할 수 있다. 이 책은 순수한 우리 고유어가 어떻게 한자로 적혔는가 하는 한자 차용의 방법을 연구하는 데에 귀중한 자료가 되고 있다.

다음으로 중요한 자료는 《악학궤범(樂學軌範)》과 《악장가사(樂章歌詞)》에 실린 고려 가요이다. 그러나 이들 노래는 훈민정음이 창제된 15세기 후반에 와서 훈민정음으로 적혔으므로 고려어의 모습은 대부분 사라져 버린 것이다. 그렇지만 고려어의 흔적은 다소 남아 있다고 보아야 한다. 이제 《악학궤범》에 실려 있는 월령체 노래 「동동(動動)」의 앞부분을 옮겨 보자.

德으란 곰ᄇᆡ예 받ᄌᆞᆸ고
福으란 림ᄇᆡ예 받ᄌᆞᆸ고
德이여 福이여 ᄒᆞᄂᆞᆯ
나ᅀᆞ라 오소이다.
아으 動動다리

(덕일랑 뒤로 받들고
복일랑 앞으로 받들고
덕이여 복이여 하는 것을
드리려고 옵니다.
아으 동동다리)

正月ㅅ 나릿 ᄆᆞᄅᆞᆫ
아으 어져 녹져 ᄒᆞ논ᄃᆡ
누릿 가온ᄃᆡ 나곤
몸하 ᄒᆞ올로 녈셔
아으 動動다리

(정월달 시냇물은
아아 얼려고도 녹으려고도 하는데.
세상 가운데 태어나서는

몸이여 외롭게 살아야 하나.

아으 동동다리)

二月ㅅ 보로매

아으 노피 현 燈ㅅ불 다호라

萬人 비취실 즈ᅀᅵ샷다.

아으 動動다리

(이에 보름날에

아아 높이 켠 연등회(燃燈會)의 등불 같으셔라.

만인을 비추시는 모습이시로다

아으 동동다리)

三月ㅅ 나며 開ᄒᆞᆫ

아으 滿春 ᄃᆞᆯ욋고지여

ᄂᆞᄆᆡ 브롤 즈슬

디녀 나샷다.

아으 動動다리

(삼월달 되면서 핀

아아 한봄의 진달래꽃이여

남이 부러워할 모습을

지니고 나왔구나.

아으 동동다리)

四月 아니 니저
아으 오실셔 곳고리 새여
므슴다 綠事니믄
녯나롤 닛고신뎌.
아으 動動다리
(사월달 잊지 않고
아아 왔구나 꾀꼬리 새여
어찌하여 (나의 애인) 녹사님은
옛날을 잊고 계신가.
아으 동동다리)
五月 五日애
아으 수릿날 아춤藥은
즈믄 힐 長存ᄒᆞ샬
藥이라 받좁노이다.
아으 動動다리
(오월 오일
아 단오날 아침 약은
천 년을 사실 수 있는
약이기 때문에 드리옵니다.
아으 동동다리)

六月ㅅ 보로매
아으 별해 ᄇᆞ룐 빗 다호라.
도라보실 니믈
젹곰 좃니노이다.
아으 動動다리

(유월 보름 유두날에
아아 벼랑에 버린 머릿빗 같아라.
행여 돌아보실까 하여 님을
조금 뒤좇아갔었습니다.
아으 동동다리)

이 노래를 읽으면 고려 사람들의 남녀간 사랑이 얼마나 애틋하고 아기자기했었는가를 헤아려 볼 수 있다. 매달 절기가 바뀜에 따라 변화하는 자연 경물에 맞추어 사랑하는 님에 대한 간절한 심사를 그토록 간결하게 나타낼 수 있었다는 것은 진정 고려인이 정열과 낭만의 포로가 아니고서는 불가능하였을 것으로 생각된다. 그러면 여기에 나온 고려어의 모습은 어떤 것인가? 정확하게 해석하기 어려운 '곰비, 림비' 같은 낱말도 있지만, '시내〔川〕'를 '나리'라 하고, '세상〔世〕'을 '누리'라 한 것도 분명 고려어의 모습이다.

또 '천(千)' 을 '즈믄' 이라 한 것도 주목해야 한다. 《계림유사》에 보면 '百曰醞(백왈온 : 백을 온이라 한다)' 이라 했고, '千曰千(천왈천 : 천을 천이라 한다)' 이라 하여 '백' 은 '온' 이라는 낱말이 많이 쓰인 반면, '천' 은 이미 한자어의 침식으로 '즈믄' 이 잘 안 쓰이었음을 짐작케 하는데, 「동동」에는 '즈믄' 이 아주 자연스럽게 쓰이고 있다. 이것으로 미루어 보면 고려 시대에 이미 '천' 과 '즈믄' 이 함께 쓰이면서 어쩌면 '즈믄' 이 점차 세력을 잃어 가고 있었던 것이 아닌가 싶다.

고려 시대 낱말로 우리의 관심을 끄는 것은 몽고어로부터 차용해 온 관직의 이름, 말〔馬〕과 매〔鷹〕의 이름, 군사 용어 및 음식 이름들이다. 문화의 접촉은 언어의 접촉을 뜻하는 것이므로 몽고 문화와의 접촉은 몽고어로부터 차용어를 받아들이게 하였다. 우리가 잘 아는 '보라매' 는 공군을 가리키는 별명쯤으로 알고 있지만 사실은 '매' 의 일종으로 '보라' 색을 띤 것이다. 그러니까 '보라' 도 물론 몽고어로부터 차용된 말이다. 조선조 때에도 임금의 '진지' 를 더욱 높여서 '수라' 라 하였는데, 이 낱말도 몽고어의 차용어로 생각된다.

고려 사람들은 아름다움을 추구하는 데 특별한 재능을 발휘하였다. 고려자기에 배어 있는 그 은은한 가을 하늘빛은 천하에 짝이 없는 신비의 색으로 이름이 나 있거니와 그 청자 술잔에 받쳐 술을 마시고 읊었을 노래는 또 얼마나 탐미주의적인가?

> 어름우희 댓닙자리 보와 님과 나와 어러주글만뎡
> 어름우희 냇닙자리 보와 님과 나와 어러주글만뎡
> 정 둔 오ᄂᆞᆳ밤
> 더듸 새오시라. 더듸 새오시라.

이렇게 정염을 불태우며 사랑을 속삭인 고려 사람들, 그러나 고려 사람들은 사랑 타령만 한 것은 아니었다. 몽고 군사의 말발굽이 삼천리 방방곡곡을 누비고 다니는 동안에도 그 국난을 부처님의 위력으로 이겨 보고자 하는 갸륵한 불심으로 《팔만대장경》을 새겼고, 금속활자를 만들어 책을 찍어 낼 만큼 슬기롭고 강인하였다. 13세기 후반, 30여 년에 걸친 대 몽고 항쟁에 기진맥진한 고려 조정이 원나라에 항복하였을 때, 삼별초군은 항복을 거부하고 고려의 독립을 주장하며 지금의 진도(珍島)를, 그리고 나중에는 제주도를 거점으로 항쟁을 계속하기도 하였다. 이와 같이 고려인에게는 고구려적인 기질과 신라적인 기질이 조화를 이룬 모습을 볼 수 있다.

그러므로 고려어 가운데에는 고구려어의 잔재가 남아 있을 가능성이 있다. 더구나 개성 지방은 고구려의 옛터이므로 그 가능성은 더욱 높다고 하겠다. 고구려에서는 산골짜기, 또는 산골에 형성된 마을을 '呑, 旦, 頓(탄, 단, 돈)' 이란 글자를 표현하였다. (참고 水谷城縣一云買旦忽 수곡성현일운매단홀 : 수곡성현은 다른 이름으로 매단홀이라 한다. 여기에서 '수곡성' 은 뜻 적기 방식이고, '매단홀' 은 소리 적기 방식에 따른 표기이다.) 그런데 《조선관역어(朝鮮館譯語)》는 조선조 초에 중국에서 한국 관계 통역관을 양성하기 위하여 만든 교재에 '村. 呑(촌, 탄 : 촌을 탄이라 한다)' 이란 기록이 보인다. 우리가 지금 흔히 쓰고 있는 '마을' 이란 낱말이 신라 계통의 것이라면 그 마을을 나타내는 '村' 을 '탄' 이라 한 것은 골짜기〔谷〕를 '탄' 이라 한 고구려의 계통의 것과 일치한다고 볼 수밖에 없다. 혹시 이 '탄' 이라는 낱말이 지금도 더러 '웃마을', '아랫마을' 이라고 할 때에 사용되는 '웃뜸', '아랫뜸' 과 관련이 있는지 더 궁리하고 조사할 필요가 있겠다.

고려어의 조각들을 살펴보면서 우리가 놓쳐서는 안 될 고려의 노래는 「청산별곡(靑山別曲)」일 것이다. 이제 이 노래를 읊조리며 청자 비색에 스며 있을 고려 사람들의 감정을 헤아려 보기로 하자.

살어리 살어리랏다.
청산에 살어리랏다.
멀위랑 ᄃᆞ래랑 먹고
청산에 살어리랏다.
얄리얄리 얄라셩 얄라리 얄라.

우러라 우러라 새여
자고 니러 우러라 새여
널라와 시름 한 나도
자고 니러 우니노라.
얄리얄리 얄라셩 얄라리 얄라.

가던 새 가던 새 본다.
물 아래 가던 새 본다.
잉무든 장글란 가지고

물 아래 가던 새 본다.
얄리얄리 얄라셩 얄라리 얄라.

이링공 뎌링공 ᄒᆞ야
나즈란 디내와손뎌
오리도 가리도 업슨
바므란 ᄯᅩ 엇디 호리라.
얄리얄리 얄라셩 얄라리 얄라.

어듸라 더디던 돌코
누리라 마치던 돌코
믜리도 괴리도 업시
마자셔 우니노라.
얄리얄리 얄라셩 얄라리 얄라.

살어리 살어리랏다.
ᄇᆞᄅᆞ래 살어리랏다.
ᄂᆞᄆᆞ자기 구조개랑 먹고
ᄇᆞᄅᆞ래 살어리랏다.
얄리얄리 얄라셩 얄라리 얄라.

가다가 가다가 드로라.
에정지 가다가 드로라.
사ᄉᆞ미 짒대예 올아셔
ᄒᆡ금을 혀거를 드로라.
얄리얄리 얄라셩 얄라리 얄라.

가다니 ᄇᆡ브른 도긔
설진 강수를 비조라
조롱곳 누로기 ᄆᆡ와
잡ᄉᆞ와니 내 엇디ᄒᆞ리잇고
얄리얄리 얄라셩 얄라리 얄라.

아직도 풀이할 수 없는 어려운 낱말이 있으니 해석해 볼 생각은 말고 그냥 암송하는 것이 가장 좋은 감상의 방법일 수가 있다. '널라와' 에서 '-라와' 가 비교의 뜻을 나타내는 '-보다' 라는 것, '돌코' 가 '돌인고' 의 뜻이라면 '돌ㅎ고' 로 보아야 하고, 결국 '돌멩이' 는 '돌ㅎ' 이라는 형태를 취했다는 것, 'ᄆᆡ다', '괴다' 가 '미워하다', '사랑하다' 의 뜻이라는 것 등의 단편적인 지식은 이 노래가 지닌 높은 상징적 수법에 비긴다면 아주 얄팍한 표면적인 지식에 불과하다. 이 노래 속에 스민 그윽한 애수가 개인의 것이기에는 너무나 서러운 것이 아닌가? 그런데 이 노래는 개인의 것이라기보다는 고려 시대 전반을 나타내는 것이니, 그렇다면 고려 사람들은 이 서러움을 씹어 삼키기 위하여 얼마나 끈질긴 투쟁을 지속하였을 것인가? 오늘을 사는 우리에게도 고려의 조상들은 이 노래를 통하여 전해 주는 메시지가 있으리라. 귀 기울여 들을 일이다.

한글이 나오기까지 일천오백 년

황하 유역에서 발생한 중국 문명이 적어도 서력기원전 15세기 경(즉, 지금부터 3500여 년 전)에는 갑골문자(甲骨文字)를 쓰는 상당 수준의 정신문화를 형성하였을 무렵, 한반도와 만주에 흩어져 살던 우리 조상들은 어떤 정도의 문화생활을 누리고 있었을까? 우거진 밀림 여기저기에 아직도 석기(石器)와 즐문토기(櫛文土器)를 쓰며 수렵을 즐기고 있었는지 모른다. 좀 더 시대를 따라 내려오면서 생각해 보자. 중국의 서주(西周) 시대(B.C. 1027~771)쯤이면 우리 조상은 어떤 모습으로 살고 있었을까? 이 무렵만 해도 우리 조상이 어떤 형태의 마을을 형성하며 무슨 말을 쓰며 살았는지 기록에 전하는 것이 전혀 없다. 더 시대를 내려와 본다. 춘추 전국 시대(B. C. 770~221)의 중국은 공자 · 맹자를 위시하여 오늘날 손꼽히는 성현들이 나타나고, 또 현대의 관점으로 보아도 중국의 문화는 어떤 의미에서건 일단 완성된 최고도의 정신적 깊이를 보여주는 찬란한 문화를 수립한다. 공자 · 맹자의 기록(소위 《사서삼경(四書三經)》에 적혀 있는 것)에 따른다면 서주 시대(西周時代)에 이미 중국으로서는 인류가 쌓을 수 있는 상당히 정비된 상태의 사회적 질서와 인간 양심의 승리를 노래하였다고 말한다. 다시 또 공자 · 맹자의 기록을 믿어 본다면 그들이 말하는 주(周)나라 시대 이래 인간 사회는 말세적 징후들을 계속 확대하여 오고 있다고 개탄한다. 이 무렵 우리 한반도와 만주 일부에는 우리들의 직계 조상인 부여계 여러 부족과 한계의 여러 부족이 중국에 비교한다면 훨씬 뒤떨어진 단계의 취락 생활을 하고 있었던 것으로 되어 있다.

지리적 여건으로 보아 중국의 한자 문화와 가장 일찍 관계를 맺은 나라는 고구려일 것이다. 그다음이 백제이고, 신라는 중국 문화와 교섭을 맺은 마지막 나라였다. 우선 불교의 전래 과정을 보면(불교의 전래와 한자의 보급은 매우 밀접한 관계에 있다. 한자로 적힌 불경이 들어오기 때문이다.)

고구려는 서기 372년(소수림왕 2년), 백제는 서기 384년(침류왕 1년), 신라는 이보다 훨씬 늦은 눌지왕 때(417~457)에 고구려를 통해 민간에 전파되기는 했으나 이차돈의 순교가 있은 527년(법흥왕 14년)에 가서야 공인된 종교로 인정받는다. 대체로 불교가 들어오고 좀 지난 때부터 우리 조상들은 한자를 이용하기 시작하였다.

고유한 문자를 가지지 못하였던 우리 조상들이 한자를 접하고 학습하게 되었을 때의 심경은 어떤 것이었을까? 한문화에 대한 동경과 선망은 형언할 수 없을 만큼 큰 것이었으리라. 그러나 한자와 한문화에 대한 찬탄과 부러움이 크면 클수록 고유 문자가 없다는 안타까운 마음도 비례하였을 것은 상상하기 어렵지 않다. 그리하여 그 압도된 한자 문화의 분위기 속에서 우리 선조들이 취했던 문자 문화 활동은 다음과 같은 두 가지 반응으로 나타났다.

그 첫째는 한자로 쓰인 문헌을 어떻게 올바로 이해하느냐 하는 것이요, 둘째는 한자를 가지고 어떻게 하면 우리말을 적을 수 있느냐 하는 것이었다. 첫 번째 목적을 위해서는 문장 구조가 다른 두 언어 사이의 간격을 메꾸기 위한 번역의 방편이 고안되었을 것이요, 두 번째 목적, 즉 우리말을 적기 위해서는 한자의 두 가지 특성(즉, 뜻과 소리를 가지고 있는 것)을 이용하여 어떤 때는 뜻을 빌어 적는 뜻 적기 방식을 쓰고, 어떤 때는 소리를 빌어 적는 소리 적기 방식을 써서 우리말을 적는 방안이 고안되었을 것이다. 그러나 이러한 방안들이 하루아침에 갑자기 이루어지지는 않았을 것이고 여러 해에 걸쳐 점진적인 발전을 하였으리라고 생각된다. 그 발전의 단계를 다음과 같이 추정해 볼 수 있다.

첫째 단계 : 중국에서 사용하는 한문의 문장 구조를 그대로 답습하였을 것이다. 읽은 방법도 음독(音讀)하였으리라 짐작된다. 중국에서 사용하는 것과 다를 것이 없다. 이것이야말로 외국 문물이 수입된 첫 번째의 가장 순수한 모습이다. 그러므로 백제 개로왕 18년(A. D. 472)에 백제가 위(魏)나라로 보낸 국서나 일본 나라(奈良)의 「칠지도명문(七支刀銘文)」이 완벽한 한문으로 되었다는 것은 그 당시에 한문에 능통했다는 관점에서보다는 아직 한문을 우리말과 관련시켜 활용할 여유가 없었던 것이라고 보아야 한다. 일본의 석상신궁(石上神宮)에 소장되어 있는 「칠지도명문」은 다음과 같다.

泰和四年九月十六日內午正陽 造百錬鐵七支刀 世辟百兵宜供侯王 □□□□ 作, 先世以來未有此刀, 百濟王世子奇生聖音 故爲倭王旨造 傳示後世.

(태화 4년(A. D. 369) 병오 한낮에 백련 강철의 칠지도를 만들었다. 이는 백병을 물리칠 수 있으므로, 마땅히 왜왕에게 줄 만한다. □□□□가 만들었다. 선세 이래로 아직 이 칼이 없었던 바, 백제 왕세자 기생 성음이 짐짓 왜왕 '지'를 위하여 만들었으니 후세에 전하여 보일지로다.)

둘째 단계 : 여기에 이르러 한자의 차용이 이루어진다. 그 첫 단계로 한자음으로 우리 말 이름을 적는 방안이 나타난다. 즉, 음독(소리 읽기)에 의한 고유명사의 표시 방식이 생긴 것이다. 땅 이름의 예로 아차성(阿且城), 임나가라(任那伽羅), 미구루(味仇婁), 비자대(比子代), 비리(非里), 아랑촌(阿良村) 같은 것을 들 수 있겠고 사람 이름의 예로 추모왕(鄒牟王), 거칠부(居七夫), 내부(內夫), 비지부(比知夫) 같은 것을 들 수 있으며 벼슬 이름의 예로 급간(及干) 내말(奈末) 같은 것을 들 수 있다.

셋째 단계 : 한자 차용의 두 번째 단계로서 한자를 뜻읽기

〔석독(釋讀), 훈독(訓讀)〕에 따라 적어 나가되 우리 말 순서에 따르는 방법이 고안되었다. 그 대표적인 예로는 임신서기석(壬申誓記石)을 손꼽을 수 있다. 임신서기석은 1940년 5월 경주군 견곡면 금척리 석장사 절터에서 발견된 돌 위에 새겨진 것으로, 그 원문을 옮겨 보면 다음과 같다.

壬申年六月十六日 二人并誓記 天前誓今自三年以後 忠道執持 過失无誓 若此事失 天大罪得誓 若國不安大亂世可容行誓之 又別先辛未七月二十二日誓 詩尙書禮傳輪得誓三年.

(임신년 6월 16일 둘이 함께 맹서하여 기록한다. 하늘 앞에 맹서한다. 지금부터 3년 이후 충도를 집지하여 과실이 없기를 맹서한다. 만일 이 일을 어기면 하늘에 큰 죄를 얻을 것이라고 맹서한다. 만일 나라가 편안치 않고 크게 세상이 어지러우면 가히 모름지기 충도를 행할 것을 맹서한다. 또 따로 앞서 신미년 칠월 이십이일에 크게 맹서하였다. 시, 상서, 예기, 좌전을 차례로 공부하기를 맹서하되 삼 년으로써 하였다.)

넷째 단계 : 한자의 음과 뜻을 빌어서 우리말을 적는 표기

법을 생각할 수 있다. 앞의 첫째와 둘째 단계가 결합된 것으로 흔히 이두문(吏讀文)이라 하는 것이 여기에 해당한다. 한문이라고 하기에는 우리말의 조사(助詞) 어미(語尾) 등 토가 들어 있으며, 또 순수히 우리말이라고는 할 수 없는 한문 요소가 들어 있는 것으로서 한문 문장과 우리 말 문장의 중간 형태를 나타내는 표기 방식이다. 멀리는 5세기 중엽부터 가까이로는 조선 시대 끝 무렵까지 이런 형태의 글은 우리 민족에게 있어서 매우 중요한 표기 방식이었다. 특히 지방 관청에서 하급관리들이 사용하는 공문서, 재산권을 표시하는 땅문서, 집문서, 노비문서 등은 모두 이두문으로 작성되었다. 다음 예를 보기로 하자.

남산신성비문(南山新城碑文)

南山新城作節(디위) 如法以(으로)作 後三年崩破者(는) 罪敎(이신) 事爲(하야) 聞敎(이샤) 令(시겨) 誓事之(이오)

(남산신성을 만들 제 법대로 만들었다. 이후로 삼 년 무너지거나 파괴되는 것은 죄 주실 것임을 명령하였으므로 이를 맹서합니다.)

위의 남산신성비는 진평왕(眞平王) 13년(A.D. 591)에 세운 것이므로 6세기 말의 기록이다.

다섯째 단계 : 위와 같은 네 가지 단계를 거쳐 마지막 단계에 와서는 두 가지 방향으로 한자를 이용한 우리말 표기 방안이 완성되는데, 그 하나는 노래를 적는 향찰표기(鄕札表記)이며, 다른 하나는 한문을 우리말로 번역하는 데 쓰이는 구결표기(口訣表記)이다.

향찰표기가 문장 전체를 한자를 빌어 적기는 하되 우리말 문장을 적는 것임에 반하여 구결표기는 한문 원문을 우리말로 바꿀 때에 더 들어가는 조사(助詞) 어미(語尾) 등을 덧붙임으로써 가능한 한 우리말로 바꾸는 것이다. 향찰표기가 통째로 우리말을 적은 것이라 한다면, 구결표기는 한문 원문을 그대로 두고 번역에 필요하여 덧붙인 토만을 구결표기라고 하는 점이 향찰표기와 다른 점이다. 따라서 구결은 번역의 정도에 따라서 아주 자세한 구결표기로부터 한문의 이해가 높아짐에 따라 절반 정도만 번역을 해 놓은 구결표기에 이르기까지 그 수준이 다양하다. 그렇지만 오늘날 우리가 알고 있는 대부분의 구결표기는 절반 정도만 번역해 놓은 구결표기들이다. 자세한 구결표기의 예로는 1975년에 세상에 알려진 《구역인왕경(舊譯仁王經)》의 구결인데, 여기에 적힌 구결은 한자의 약자(略字)로 되어 있고 워낙 자료가 제한되어 있어서 그 풀이가 향가의 경우처럼 만족스러운 상태에 있지 못하다. 절반 정도만 번역해 놓은 보통의 구결표기의 예는 다음과 같다.

天地之間 萬物之衆涯(애) 唯人伊(이) 最貴爲尼(하니) 所貴乎人者隱(는) 以其有五倫也羅(라).

(천지지간 만물 가운데에 오직 사람이 가장 귀하니 사람이 귀중한 까닭은 사람에게 오륜이 있기 때문이니라.)

이와 같이 훈민정음 곧 한글이 창제되기 이전, 우리 조상들의 문자생활은 오로지 한자에 의존한 것이었다. 공부할 수 있는 능력과 조건이 갖추어진 상류 계층의 사람들이 공부한다는 것은 결국 한자를 습득한다는 것을 의미하였고, 그 한자로 중국 사람처럼 글을 짓는 것이 가장 바람직한 학문의 길인 것처럼 인식되기도 했었다. 그리하여 지식층이란 한문을 읽고 쓸 줄 아는 사람을 가리키게 되었다. 그러면서도 그러한 문자 생활이 실제 생활에서 사용하는 말과는 다르기 때문에 발생하는 불편은 이만저만 큰 것이 아니었다. 이 불편, 즉 말과 글이 서로 다름으로 말미암아 생기는 불편(이것을 언문 불일치(言文不一致)의 불편이라 한다)을 없애려는 노력이 위에 언급한 바와 같은 한자 빌어쓰기 방안을 낳게 한 것이었다. 그러나 남의 돈을 꾸어 쓰면 언젠가는 갚아야 마음이 편한 것처럼, 남의 글자를 빌어 쓰면 그것은 언젠가는 되돌려주고 우리 것을 사용해야 우리의 마음이 평화로울 것은 두말할 필요도 없는 정한 이치라 하겠다.

우리 조상들이 신라 천 년, 고려 오백 년, 그 오랜 세월 한자를 빌어 우리말을 표기해 오면서, 어떻게 하면 우리 문자를 가져 볼까 염원했을 것 또한 짐작하기 어려운 일이 아니다. 한자를 배워 중국 사람보다 더 능숙하게 한문을 쓸 줄 안다고 해서 고유한 문자를 가지고자 하는 열망이 없었다고 생각할 수는 없다. 1984년 미국 로스앤젤레스에서 올림픽이 열렸을 때, 그곳을 방문한 우리나라 옛 선수 손기정 선생을 만난 우리 교포가 유창한 영어로 손기정 선수를 환영하면서 오랜 외국 생활로 우리 한국어가 서툴러서 미안해하는 모습이 텔레비전에 소개된 적이 있었다. 그때 우리나라 사람이라면 어느 누구도 그 교포의 유창한 영어 실력을 장하다고 생각하지는 않았을 것이다. 오히려 서투른 한국어로 환영의 뜻을 표하려는 그 마음가짐을 장하다고 여기며 좀 더 우리말을 부드럽게 하면 얼마나 좋을까 하고 안타까워했을 것이다. 이와 비슷한 현상이 고려 시대 문자 생활의 경우에서도 발견된다.

그러므로 적어도 고려 오백 년은 한자와 한문에 능숙한 사람과 함께 그것을 이용해서 우리말을 적는 한자 차용 표기에 능숙한 사람, 또는 그런 방안을 개발하는 사람도 상당히 많았던 시대요, 그렇기 때문에 고려 오백 년은 어쩌면 훈민정음이 나오기 위한 몸부림의 시대, 진통의 시대로 보아도 좋을 것이다. 1923년에 《조선어문경위(朝鮮語文經緯)》라고 하는 책을 쓴 권덕규(權悳奎) 선생은 고려 시대에 훈민정음을 만들기 위한 진통의 모습을 보다 적극적으로 생각하여 훈민정음이 이미 고려 시대에 어느 정도 만들어진 것이 아닌가 하는 의미의 글을 쓰기도 하였다. 이제 그렇게 해석할 수 있는 구절을 인용해 본다.

> 훈민정음은 보통 이조 세종 시대에 발명된 것이라 하여 이래의 사씨(史氏)와 학자들은 정음은 세종조에 창시한 것

으로 고성인(古聖人)이 미처 구득치 못한 것이라고 떠들어 찬송하나 이에 몇 가지 의문을 베풀어 정음이 세종 때에 처음으로 발명된 것이 아님을 증명하건대 활자는 지식을 보급하는 중요한 것으로 우리 인류의 자랑거리로 그 창의자가 누구냐 하면 물론 조선 사람이요, 따라서 그 창의된 시대도 또한 세계에 있어 조선이 가장 오래거니와 조선의 활자는 전언(傳言)에 신라조에 시(始)하였다 하나 아직 자세치 못한 것이요, 그 실용한 시대는 고려 고종 이전일지니 이상국집(李相國集)에 보이는 바 고종 22年(A. D. 1235)에 상정예문(詳定禮文)을 인쇄하였다 함이 이것이라, 내려와 공양왕 시에는 서적원(書籍院)을 관설하여 서적 인쇄를 맡게 하도록 그 사용이 성대하였은즉 활자의 기원이 그 이후라고는 말하지 못할지라, 하거늘 조선의 사씨(史氏)는 태종 3년(A. D. 1403)에 활자가 창조되었다고 힘써 당조(當朝)에 납미(納媚 : 아첨하여 끌어다 붙임)한 것을 보면 정음도 반드시 고려 또는 그 이전에 창조된 것임을 짐작할지니 아무튼지 그 창조는 세종 이전에 된 것으로 그때에 비로소 발명한 것처럼 반포한 것이라.

〈조선고대문(朝鮮古代文)의 유무(有無)〉라는 이 글에서 권덕규 선생이 주장하고자 한 참 내용은 훈민정음이 그렇게 간단히 이루어진 것이 아니고 고려 시대 전반에 걸친 문자 생활이 바탕이 되었다는 것으로 이해하여야 할 것이다.

구결이 적힌 구역인왕경

국어를 공부할 때, 우리는 한두 번쯤은 다음과 같은 허망한 생각을 하는 수가 있다. '888년에 편찬되었다고 전하는 향가집인 《삼대목(三代目)》이 오늘날까지 전해 온다면 신라 문학의 참 모습을 알 수 있을 터인데….' 향가를 공부할 때, 혹은 찬란했던 신라 문화에 대하여 공부할 때, 우리는 모두 이러한 공상을 하며 지나간 문화의 진면목을 알아보려는 진지한 마음으로 가슴을 태운 기억을 갖고 있다. 무수히 많은 전쟁에 시달렸고 게다가 과거의 유물 유적을 알뜰하게 보존하려는 마음가짐조차 부족하여, 우리는 비교적 오랜 역사를 지닌 민족이면서 옛날 물건을 그렇게 많이 간수하고 있지 못하다. 고구려 · 백제 · 신라의 것이라면 대개 임금의 무덤에서 출토된 유물이 조금 전해 올 뿐이다. 그것은 대체로 그릇이나 장식류들이 대부분이요, 그 시대의 책이 전해지는 것은 하나도 없다. 다만 일본에 전해 오는 신라장적(新羅張籍)이란 것이 책은 아니고 몇 장에 불과한 문서 조각이지만 그것이 신라 시대에 유일하게 종이에 적혀 남아 있는 기록물일 뿐, 고구려와 백제의 경우에는 그런 것조차 없다. 그러면 고려에 내려오면 어떤가? 고려 시대에는 인쇄술이 발달하여 많은 책이 간행되었을 것이므로 오늘날 전해 오는 서적이 꽤 있을 것 같지만 사실에 있어서는 그렇지 못하다. 1377년 흥덕사(興德寺)라는 절에서 인쇄하여 펴낸 《직지심체요절(直指心體要節)》이란 책이 오늘날까지 전하는 세계에서 가장 이른 시기에 활자로 인쇄되어 전해 오는 것으로 그나마 프랑스 파리의 국립 도서관에 보관되어 있고 그 외에 몇 권이 있을 뿐이다. 이 《직지심체요절》은 독일 사람 구텐베르크(Johann Gutenberg)가 1440년대 말에 발명한 금속 활자에 비해 80년을 앞선다.

이러한 형편에 분명히 고려 시대의 책으로 그 일부분이라도 남아 있다면 그것은 필경 나라의 보물이 되고도 남는 것이다. 그런데 아주 우연한 경위로 그러한 보물이 발견되었다. 게다가 거기에는 한문을 우리말로 풀어 읽는 데 중요한 구실을 했던 구결(口訣)이 적혀 있었다.

1973년 12월, 충청남도 지방 문화재 위원회는 관내에 있는 문화재 조사의 일환으로 서산군 운산면(瑞山郡雲山面)에 있는 문수사(文殊寺)를 조사하게 되었다. 그때 문화재 위원들은 대웅전 한 쪽 구석에 특별한 관심도 두지 않은 채 방치되어 있는 고려 시대의 금동여래좌상(金銅如來座像)을 보게 되었다. 자연히 조사 위원들은 그 불상에 관심을 보였고, 주지의 요청에 따라 조사에 착수하게 되었다. 고려 시대의 불상으로서는 드물게 보는 우수한 작품임에도 불구하고 허술하게 보관되어 있는 것에 조사 위원들은 놀라움을 감출 수 없었으나 그런 내색도 비치지 않으면서 복장 유물(腹藏遺物)을 점검하였다고 한다. 불상은 대체로 속이 비어 있는 소상(塑像)이므로 바닥을 들추면 그 안에 동공(洞空)이 있게 마련이다. 대개 그 공간에는 불상을 만들 당시 시주(施主)의 발원문(發願文) 같은 것을 넣고 한지로 봉해 놓는다. 그 불상도 텅 비어 있는 동공의 배 속에 불상을 만들 당시의 여러 가지 물건이 들어 있었다. 발원문을 적은 비단 조각, 옷, 나무로 만든 그릇, 구슬, 거울 같은 물건과 함께 고려 시대에 간행된 불경 책이 낙장으로 몇 종류가 나왔다. 그 가운데 '구역인왕경상(舊譯仁王經上)' 이라 적힌 목판본의 불경 다섯 장이 있었다. 그런데 한자로 된 불경의 원문만 있었다면 이것은 단지 고려 시대의 불경의 일부라는 것 이외에 다른 가치를 찾을 수 없었을 것이지만, 이 구역인왕경에는 붓으로 원문의 왼쪽과 오른쪽에 한자의 약자로 적어 놓은 구결(口訣)이 적혀 있었다. 이 구결이야말로 고려 시대 언어 자료가 빈약한 우리에게 고려 때의 언어를 추정하게 하는 또 하나의 자료로서, 그리고 한문을 우리말로 번역하여 읽는 방법이 어떤 것이었는가를 알려 주는 움직일 수 없는 귀중한 증거 자료로서의 가치를 지니는 것이다.

흔히 이두를 설총(薛聰)이 만들었다 하나, 역사책의 기록을 종합해보면 설총은 한자를 이용하여 우리말을 적는 능력이 뛰어났고, 또 한문을 우리말로 번역하는 능력 또한 특출하였음을 가리키는 것으로 생각된다. 다음 내용을 읽어 보자.

> 설총의 자(字)는 총지(聰智)요, 그의 할아버지는 내마담날(奈麻談捺)이고, 그의 아버지는 원효(元曉)이다. 원효는 처

음에 불가에 들어가 중이 되었는데 불교 서적, 불교 이론에 해박하였으나, 다시 세속에 돌아와서 스스로 소성거사(小性居士)라 이름하였다.

설총은 성품이 명민하고 나면서부터 도리를 깨달은 인물이었다. 장성한 뒤에는 우리말로 구경(九經)을 풀어 읽게 하여 후생들을 가르쳤으므로 지금에 이르기까지 학자들이 그를 으뜸으로 모신다. 또 글을 짓는 데 특별한 재주가 있었으나 세상에 전하는 것이 없고 다만 지금 남쪽 지방에, 혹 설총이 지었다고 하는 비명(碑銘)이 있으나 문자가 희미하여져서 제대로 읽을 수가 없으므로 마침내 그것이 어떤 내용인지를 알 수가 없는 것이 유감스럽다.(《삼국사기》 권 46, 설총 항목)

설총은 나면서부터 총명하기가 남다르더니 커서는 경사(經史)에 널리 통하였으므로 신라의 십현(十賢) 가운데 한 사람으로 손꼽혔다. 우리말로 중국과 이웃 나라의 풍속 물건 이름들을 풀이하는 데 능하였고, 육경(六經)과 그 외의 책들의 뜻을 우리말로 풀이하였다. 그래서 오늘날에도 경서(經書) 해석을 업으로 하는 사람이 그 방법을 전수하여 끊이지 않고 있다.(《삼국유사》 권 4, 원효 불기 항목)

위의 내용을 보면 설총은 한자를 빌어 우리말을 적는 재능이 특출하였고, 동시에 한문으로 된 경서를 우리말로 번역하는 재주 역시 비상하였음을 알 수 있다. 바꾸어 말하면 향찰식 표기법과 구결(口訣)에 능통하였다는 말인데, 중국의 문화를 수입하여 소화하는 과정에서 설총과 같은 인물이 나온다는 것은 필연적인 것이라 할 수 있다. 그리하여 설총의 글짓기 방법과, 한문 해석 방법은 하나의 학풍(學風)을 이루고 그 전통이 확립되어 후세에 전하여졌던 것이다. 그런데 문제는 설총이 총정리하고 확립해 놓은 그 글짓기 방법과, 한문 해석 방법의 실제 모습을 짐작할 수가 없었다는 점이다.

이러한 형편에서 구역인왕경에 나타난 구결 그것은 바로 설총이 확립해 놓은 한문 해석 방법이었음을 추정하게 하였던 것이다. 한문은 다 아는 바와 같이 영어처럼 동사가 앞에 나오고 목적어가 뒤에 있어서 우리말의 어순과는 다른 구조를 갖고 있다. 따라서 번역을 할 때에는 중간에 놓인 술어동사(述語動詞)를 건너뛰었다가, 목적어를 해석한 다음에 끝에 가서 풀이를 해야 하는 번거로움이 따르게 된다. 그 번거로움의 이치를 깨닫는 것이 한문과 우리 말(영어와 우리말도 마찬가지임)의 차이를 바로 이해하는 것이다. 그러면 구역 인왕경에는 이렇게 번거로운 번역의 방법이 어떻게 처리되었는가를 살펴보기로 하자.(원문은 위에서 아래로 적혔으나 여기서는 왼쪽에서 오른쪽으로 옮겼으므로 위쪽이 원문의 오른쪽이 됨을 주의할 것.)

人中ミヒ 師子ㄱ 爲ミ支 衆ラ、 說ロハニㄱ
① ② ③ ④ ⑤

(사람들 가운데의 스승은 무리들을 위하여 말씀하시니)
① ② ④ ③ ⑤

大衆ㄱ 歡喜ソミ 散ソ白ロ飞乙ㄅ 金花乙、
① ② ③ ④

(큰 무리는 기뻐하면서 금꽃을 흩뿌리며)
① ② ④ ③

번역된 우리말을 보면 ③과 ④가 바뀌어 있음을 보게 된다. 그런데 나중에 번역되는 ③번은 예외 없이 아래쪽에 구결 약자를 적었고, ④번에는 그 구결 끝에 ⸌이 찍혀 있음을 볼 수 있다. 그러니까, 구결이 적힌 반대로 위쪽만을 읽어나가다가 ⸌(점)이 찍힌 자리에서 아래쪽 구결을 찾아 거슬러 올라가 읽고 다시 위쪽을 읽어 나간다면 그것이 그대로 우리말로 번역이 된다는 사실을 알 수 있다. 참으로 절묘한 방법이 아닐 수 없다. 설총은 아마 이러한 방법을 체계적으로 확립해 놓은 분일 것이다. 우리 민족이 한문을 번역하는 데 이처럼 쉬운 방법을 창안하였기 때문에 중국 문화의 토착화가 예상 밖으로 빨리 이루어졌고 우리나라 사람들이 스스로 소중화(小中華), 곧 '작은 중국' 이라고 말하게 된 것이 아닌가 싶다.

구역인왕경의 구결은 이처럼 우리에게 한문 문화의 토착화의 모습을 보여주는 소중한 자료로서 우리의 주목을 모은다.

훈민정음의 창제

민족 슬기의 금자탑
-훈민정음의 창제

만일에 우리 민족이 지금 '한글'이라는 우리의 고유 문자가 없었다면, 우리는 어떤 문자를 사용하고 있을까? 한낱 부질없는 공상이기는 하지만 이런 생각을 해 볼 때, 한글이야말로 우리 민족을 증명하는 가장 강력한 문화유산임을 깨닫게 된다. 이 깨달음이 강렬하면 할수록 우리는 세종대왕에 대한 존경심이 더욱 깊어진다는 것도 숨길 수 없는 사실이다.

그러면 세종대왕이 훈민정음(여기서는 '한글'과 '훈민정음'을 우리 문자의 이름으로 구별 없이 쓰기로 하자.)을 창제하던 당시의 시대적 상황은 어떠했으며, 훈민정음을 창제하는 과정에는 어떤 일이 있었는가를 살펴보기로 하자. 앞에서도 여러 번 언급한 바와 같이 고려 왕조 오백 년은 한자를 이용하여 우리말을 적는 기술이 상당히 발달되어 있었다. 그러나 그것은 한문을 능숙하게 이해하는 사람에게나 통용되는 기술이었으며, 또한 그 글자는 어디까지 한자를 기초로 하는 것이므로 결코 우리 문자라고 할 수는 없는 것이었다. 게다가 고려 시대 후반은 몽고의 침입을 받아 대대로 고려의 임금은 몽고족의 나라인 원나라 왕실의 사위가 되어야 하는 굴욕을 감내하여야 했었다. 그러는 동안 오랑캐라고 업수히 여겼던 몽고인들이 자기네 문자를 가지고 있다는 사실도 알게 되었다. 이것은 고려인들에게 엄청난 충격이었다. 민족적 자주성은 정치적으로 힘이 센 나라를 만들어 이웃 나라에 의젓하게 행세하는 것만으로 이룩되는 것이 아니라 고유한 언어를 표기하는 문자를 가지고 문화적으로도 자주성을 얻어야 비로소 완전하다는 것을 고려인들은 뼈아프게 인식하였을 것이다. 이러한 고려 오백 년이 막을 내리고 조선 왕조가 시작되었다. 건국 초기에는 나라의 기틀을 다져야 하는 급한 일들이 많아 문화 사업에 속하는 문자 문제를 생각할 겨를이 없었다. 그리고 세종대왕 시절에 이르렀다.

세종대왕의 빛나는 치적은 한두 가지가 아니다. 군사적으로는 동북 방면에 육진(六鎭)을 개척하고 서북 방면에 사군(四郡)을 차렸으며, 경제적 · 사회적으로는 전제(田制)와 세제(稅制)를 개혁하여 나라의 기틀을 다졌다. 신하를 부리되 그 재주와 바탕에 따라 알맞은 자리에서 재능이 빛나게 하였으니 정초(鄭招)에게 천문을 연구케 하고, 장영실(蔣英實)에게 물시계를 만들게 하고, 박연(朴堧)으로 하여금 음악을 정리하게 하는 등 자연 과학 분야의 업적 또한 놀라운 것이었다. 1442년에 완성된 측우기는 서양보다 200년이나 앞섰다는 것도 잊어서는 아니 된다. 세종대왕의 능력과 수완이 이런 정도이었으니 고유 문자에 대한 착상을 아니 했다면 그것이 이상한 일이 될 수밖에 없었을 것이다.

우선 세종대왕은 집현전에 젊고 명민한 학자들을 불러 모았다. 최항(崔恒), 박팽년(朴彭年), 신숙주(申叔舟), 이선노(李善老), 이개(李塏), 성삼문(成三問) 등과 동궁[뒤에 문종(文宗)이 된 분]을 비롯한 여러 대군들이었다. 이들은 세종대왕의 명을 받들어 새로운 고유 문자의 제작을 위한 기초 연구에 들어갔다. 그리고 훈민정음이 만들어졌던 것이다. 자, 여기에서 우리가 분명히 밝히고 지나가야 할 것이 한 가지 있다. 지금까지 우리는 훈민정음을 세종대왕이 단독으로 창제한

개인적 업적으로 칭송하여 왔는데 사실에 있어서는 집현전 학사들과의 공동 연구의 결과라는 점이다. 여러 가지 정무에 바쁜 임금이 훈민정음 창제에만 오로지 마음을 쏟는다는 것이 현실적으로 가능한 일이었을까를 생각할 필요가 있다. 그러나 훈민정음이 세종대왕과 그 왕자들, 그리고 집현전 학사들과의 공동 연구의 결과라고 하여 우리가 세종대왕께 향하는 존경과 애정이 조금도 줄어들 수가 없는 것이며, 세종대왕의 위대함이 조금도 손상되는 것이 아니다. 훈민정음 창제에 있어서 최대의 공적은 여전히 그 일에 주도적 임무를 수행한 세종대왕에게로 돌아가는 것이기 때문이다.

그리고 우리들이 그동안 깊이 생각하지 않았던 또 한 가지 중요한 사항을 짚고 넘어가야 하겠다. 그것은 훈민정음 창제의 목적이 우리가 흔히 알고 있는 바와 같이 단순히 고유 문자의 필요성, 다시 말하면 우리말을 적기 위한 수단으로서만 만들어졌는가 하는 점이다.

한 나라의 문자를 새로 만든다고 하는 엄청난 사건은 그 나라 문화 전반과 긴밀한 관계 속에서 이루어진다는 것은 두말할 필요도 없는 일이다. 그러면 세종대왕 시절에 세종대왕께서 자주독립 국가로서 이웃 나라와 대등한 지위를 확보하고 문화적 자주성을 드러내기 위해서만 고유한 문자가 필요했었는지 엄정하게 따져 보아야 한다. 우리들이 다 아는 바와 같이 조선 왕조 오백 년은 비록 정치적으로 중국과의 국제 관계에서 독립 국가로서 인정은 받았지만 중국(처음엔 명나라, 나중엔 청나라)으로부터 다소간의 정치적 간섭에서 벗어나지 못했던 시절이었다. 특히 명나라의 간섭을 받을 때에는 그것이 큰 나라에 대한 정당한 외교적 예의라는 사대 모화(事大慕華)의 정신이 조선 왕조 양반들 사이에 당연한 것으로 받아들여지고 있었다. 그것은 공자 · 맹자를 위시하여 많은 중국 성현과 학자들의 사상을 즐겨 받아들인 것과도 관계가 깊은 것이다. 더구나 한자를 사용한다는 것은 문화 민족의 긍지라고까지 생각하는 양반 관리들이 많이 있었다. 이러한 상황에서 세종대왕은 고유 문자의 창제를 구상하였다. 그렇다면 정치 지도자로서 탁월한 역량을 지닌 세종대왕은 분명히 고유 문자가 여러 가지 목적에 부합하여야 창제의 명분이 서리라는 것을 알고 있었을 것이다. 그러던 중 마침 세종대왕은 그 명분을 찾게 되었다. 원래 학문을 좋아하고, 특히 중국 운학(韻學 : 한자음을 연구하는 중국식 음운학)에 조예가 깊던 세종대왕은 우리나라의 한자음이 중국의 한자음과 너무나 많은 차이를 보인다는 점에 관심을 갖게 되었다. 한자음의 문제는 중국에서도 오랜 골칫거리의 하나였다. 방대한 중국 전 지역에 시대의 흐름에 따라 하나의 한자가 여러 개의 음으로 읽혀진다는 것은 어쩔 수 없는 자연스런 현상이었다. 그러나 문화적 통일을 염원하는 관점에서는 모든 한자음이 통일되어 하나의 글자는 온 나라가 하나의 음으로 읽히는 것이 좋겠다는 생각을 하게 마련이다. 그리하여 명나라가 자리를 잡자, 한자음의 통일을 이룩하기 위하여 《홍무정운(洪武正韻)》이라는 책을 만들게 되었다. 이 책은 그 당시 중국 명나라의 통일 한자음 사전이라고 할 수 있는 책이었다. 세종대왕께서는 바로 이 책에 관심을 두신 것이었다. 우리나라는 비록 중국 명나라와는 다른 민족이요, 언어도 다르지만, 같은 한자를 쓰는 처지에서 가능하다면 명나라가 사용하는 한자음과 같거나 비슷한 한자음을 사용한다면 얼마나 국제 문화 교류에 편리할까 하는 생각을 하신 것이었다. 그래서 우리 조선도 명나라의 《홍무정운》과 같은 책을 만들면 좋겠다는 착안을 하기에 이르렀다. 그리하여 우리나라의 통일된 한자음 사전이라고 할 수 있는 《동국정운(東國正韻)》이란 책을 구상하게 되었던 것이다. 그러자니 한자음을 표기할 발음 기호가 필요하게 되었다. 여기에 이르러 세종대왕의 머릿속에 떠오른 고유 문자의 필요성은 여러 가지 목적에 부합한다는 명분을 찾기에 이르렀던 것이 아닐까 싶다. 오백여 년이 지난 오늘에 와서 세종대왕께서 마음속에 어떤 결정을 하셨기에 훈민정음이 창제되었던 것일까 하는 것을 가볍게 추측한다는 것은 대단히 경솔한 일임에 틀림없다. 그러나 그 당시에 일어났던 모든 사건을 면밀히 검토하면 세종대왕의 심중에 있었던 탁월한 치세의 경륜을 헤아려 봄직도 한 것이다. 우선 세종대왕의 결의를 우리는 다음과 같이 정리해 보기로 하자.

우리 배달민족은 수천 년 동안 독자적인 나라를 이룩하고 고유한 우리말을 사용하며 우리 나름의 독특한 문화생활을 누려 왔다. 그러므로 우리 민족도 이웃해 있는 중국 민족이나 몽고 민족처럼 고유한 우리말을 적는 우리 민족만의 문자를 가져야 하겠다. 이웃 나라가 모두 자기네 문자가 있는 터에 우리가 고유 문자가 없다는 것은 말이 안 된다. 이제 만일 새로운 문자를 만든다면 그것을 훈민정음(訓民正音 : 백성을 가르치는 바른 소리글자)이라고 하자. 그러면 이 문자는 다음의 세 가지 방면으로 활용이 될 수 있을 것이다.

첫째, 한자를 모르는 무식한 일반 백성들이 쉽게 이 글자를 익혀서 자기의 생각과 느낌을 나타낼 수 있을 것이 아닌가. 한자를 배우지 않고도 일반 백성들이 글을 안다는 자부심을 심어 주고 또한 생활에 편의를 준다면 이 얼마나 좋은 일인가?

둘째, 우리나라도 오랜 세월 한자음이 제멋대로 변천해 왔으므로 한자음을 통일할 필요가 있다. 가능한 한 중국 명나라의 한자음과 같게 하되 우리나라 사정에 맞추어 개혁해야겠다. 이때에 새로 만든 훈민정음으로 그 한자음을 적도록 하면 좋을 것이다. 종래에 한자음을 표시하기 위하여 다른 한자를 이용하는 반절법(反切法)을 써 왔는데, 이런 방법은 부정확을 면하기 어려우니 훈민정음의 필요성은 대단히 시급한 것이다.

이제 그 한자음 사전을 《동국정운(東國正韻)》이라 하고 거기에는 훈민정음으로 한자의 음을 적도록 해야 하겠다.

셋째, 우리나라도 국제 사회의 일원인 만큼 이웃 나라와의 외교 관계가 원활해야 하고 문화 교류도 활발해야 한다. 우리나라는 중국의 명나라하고만 상대하고 살 수는 없다. 그러므로 다른 이웃 나라의 말도 배워야 하고 풍습도 익혀야 하겠다. 이때 그 나라의 말을 새로 지은 훈민정음으로 적는다면 역관(譯官 : 통역을 맡아 보는 조선 시대의 관리)들이 얼마나 쉽게 외국어를 배울 수 있을 것인가?

세종대왕의 이러한 생각은 세종대왕이 아니고서는 상상할 수도 없는 탁견이었다. 간단히 요약하자면 훈민정음을 창제하여 (가) 고유어 (나) 외래어(즉 한자) (다) 외국어의 세 가지를 두루 적자고 하는 것이니, 이 얼마나 효율성이 높은 문자인가?

훈민정음이 고유어를 적는다고 하는 것은 훈민정음 창제의 첫 번째 목적이었거니와 그 목적을 분명하게 밝힌 글은 훈민정음 서문을 보면 알 수 있다. 먼저 원문대로 적고 풀이하면 다음과 같다.

나랏말ᄊᆞ미 中國에 달아 文字와로 서르 ᄉᆞᄆᆞᆺ디 아니ᄒᆞᆯᄊᆡ 이런 젼ᄎᆞ로 어린 百姓이 니르고져 홇 배 이셔도 ᄆᆞᄎᆞᆷ내 제 ᄠᅳ들 시러펴디 몯홇 노미 하니라 내 이ᄅᆞᆯ 爲ᄒᆞ야 어엿비 너겨 새로 스물여듧字ᄅᆞᆯ ᄆᆡᇰᄀᆞ노니 사ᄅᆞᆷ마다 ᄒᆡᅇᅧ수ᄫᅵ 니겨 날로 ᄡᅮ메 便安킈 ᄒᆞ고져 홇 ᄯᆞᄅᆞ미니라.

(우리나라의 말은 중국과는 달라서 중국말을 적는 한자와는 서로 통하지 아니하므로, 이런 까닭으로 배우지 못한

어리석은 백성이 말하고자 할 것이 있어도 결국은 자기 생각을 제대로 나타내지 못하는 사람이 많으니라. 내가 이것을 생각하고 가엾게 여기어 새로 스물여덟 글자를 만들었으니, 사람마다 하여금 쉽게 익혀 매일같이 사용하기에 편안하게 하고자 할 따름이니라.)

두 번째 목적인 한자음 표기를 위해서는 《동국정운》을 간행한 것이 첫째로 꼽혀야 한다. 이 책은 얼마 전까지만 하여도 첫째 권과 여섯째 권, 두 권만 전해 오고 있었으나 전질 6권이 최근에 발견됨으로써 그 책의 완전한 모습도 알게 되었다. 이 《동국정운》을 간행하는 것과 더불어 중국 운학(韻學)에 관한 다른 책들도 간행되었다. 《사성통고(四聲通故)》, 《홍무정운역훈(洪武正韻譯訓)》 같은 책이 모두 《동국정운》이 간행된 뒤에 나온 중국 운학에 관한 책들이다. 《운회언해(韻會諺解)》란 책도 간행하기로 결정하였으나 이 책은 최만리(崔萬里)의 상소에 부딪쳐 세상에 빛을 보지 못하였다.

세 번째 목적인 외국어의 표기를 위한 서적의 간행은 세종대왕 당시에는 실현을 보지 못하였다. 아마 뜻만 있었을 뿐 책을 간행하는 데까지는 힘이 미치지 못했던 것이 아닌가 싶다. 《용비어천가(龍飛御天歌)》, 《석보상절(釋譜詳節)》, 《월인천강지곡(月印千江之曲)》과 그 외의 많은 불경 언해들, 그리고 《동국정운》, 《홍무정운역훈》 같은 책을 간행하기 위해 쏟은 정력이 그 당시로서는 벅찬 사업이 아니었을까 추측된다. 그 후 17세기 이후부터는 《어록해(語錄解)》, 《왜어유해(倭語類解)》, 《동문유해(同文類解)》, 《몽어유해(蒙語類解)》 등 중국어, 일본어, 만주어, 몽고어 학습서들이 쏟아져 나와 세종대왕의 세 번째 목적이 실현을 보게 되었다.

그러면 다시 한 번 돌이켜 보자. 세종대왕이 훈민정음을 만들기로 결정한 생각은 오늘날 우리가 한글에 대하여 가지고 있는 생각과 비교해 볼 때 같은 점은 무엇이며, 다른 점은 무엇일까? 고유 문자가 없는 우리나라에 문화 민족으로서 긍지를 지닐 수 있는 고유 문자를 가져야겠다는 점에 있어서는 세종대왕이나 오늘을 사는 우리들이나 다를 바가 없다. 그러나 분명히 다른 것이 하나 있다. 세종대왕은 훈민정음을 창제함으로써 그때까지 사용하던 한자를 전면적으로 폐지하려는 생각은 꿈에도 가져 보지 않았다. 그것은 사대모화의 정신에 위반되어서라기보다 진정한 의미에서의 문자는 한자(漢字)뿐이라는 고정관념을 벗어나지 못하고 있었기 때문이다. 오히려 세종대왕은 한자 사용을 보다 원활히 하기 위하여 한자음의 통일화 작업을 펴기 위한 수단으로 훈민정음을 이용하려고 하였고 실제로 《동국정운》을 만들면서 훈민정음을 유효적절하게 이용하였다. 그렇다면 세종대왕에게 있어서 한자가 제1 문자라면, 훈민정음은 제2 문자의 역할을 담당하였다고 할 수 있다. 20세기 말에 이른 오늘에 와서 우리들이 한글을 우리 민족의 제1 문자로 삼아 한글만 쓰기 운동을 벌이는 것은 오늘의 시대사상에 맞는 것이요, 역사의 흐름에 따르는 것이지만, 이러한 생각이 세종대왕 시절에도 있었다고 생각하는 것은 잘못이라고 하겠다. 그러면 그렇다고 하여 세종대왕의 위대한 업적이 과소평가되는 것인가? 결코 그렇지는 않다. 그 시대에 이미 민족의 장래를 염려하고 백성들의 불편을 덜어 주기 위하여 비록 제2 문자의 자격을 준 훈민정음이지만 그것을 만들었다는 사실은 우리 민족의 영원한 미래와 함께 길이 기억되어야 할 사건이요, 훈민정음은 우리에게 있어 민족 슬기의 금자탑으로 존속한다는 것은 움직일 수 없는 진리로 남아 있어야 하겠다. 이러한 결론에 도달했을 때, 세종대왕에 대한 애정이 컸던 사람들은 그래도 세종대왕이 한글 전용주의자이었을 것이라는 착각에서 헤어나지 못하는 수가 있다. 그러나 그런 생각은 하나의 낭만적인 감상주의이지 역사적 사실을 냉철하게 바라보는 지성인의 태도가 아니다. 세종대왕 당시에 간행된 어떤 책을 보아도 한자를 내버리고 한글만 쓰기를 주장한 흔적은 하나도 찾을 수가 없다.

보다 중요한 것은 현재의 시점에서 한글을 더욱 아끼고 사랑하면서 한글 전용을 실현시킴으로써 세종대왕의 이상을 한 차원 높이 실현시키는 일이라고 하겠다. 이것이 진정으로 세종대왕을 사랑하는 바른길이라고 생각된다.

훈민정음의 제자 원리

한글의 글자 모양은 무엇을 바탕으로 하고 어떤 원리에 의하려 결정된 것일까? 이러한 의문은 한글이 창제된 후로부터 학자들 간에 끊임없이 제기되었던 문제였다. 한글이 만들어진 경위를 소상하게 설명해주는 기록이 없기 때문에 이 의문은 시대를 내려오면서 계속하여 추측에 추측을 더하여 왔었다. 지금까지의 흐름을 보면 대략 네 가지로 나누어 볼 수 있다.

첫째는, 고전 기원설(古篆起源說)이다.

이것은 세종실록 25년 12월 초에 있는 기록 ('이 달에 임금께서 친히 언문 28자를 지으셨는데 그 글자는 고전(古篆)을 본뜬 것이다.')을 근거로 한다. 실록에 적혀 있는 내용이니 가장 신빙성 있는 것이라 할 수 있으나 고전을 도대체 어떻게 본뜬 것인지 알 수가 없어서 의문은 여전히 해결이 되지 않은 채 남아 있는 형편이다. 고전(古篆)은 옛날 중국 사람들이 사용하던 한자 모양의 한 가지로 글자 모양이 다분히 예술적인 모습을 띠고 있다. 원래 한자는 사물의 모양을 그린 상형(象形)을 기본으로 하는데, 그 상형에 새로운 조형미를 보태어 변형시킨 것이 '전(篆)' 이라는 글자이다. '고전' 은 옛날에 쓰던 '전' 이라는 뜻이다. 정인지(鄭麟趾)도 《훈민정음》 뒷글에 한글이 고전을 본뜬 것이라 하였고 이덕무(李德懋)의 《청장관전서(靑莊館全書)》에도 고전 기원설을 주장하였다.

둘째는, 범자 기원설(梵字起源說)이다.

성현(成俔)의 《용재총화(慵齋叢話)》, 이수광(李睟光)의 《지봉유설(芝峰類說)》, 홍윤석(黃胤錫)의 《운학본원(韻學本源)》, 이능화(李能和)의 《조선불교통사(朝鮮佛敎通史)》 같은 책에는 한결같이 한글이 고대의 인도 문자인 산스크리트(sanskrit) 문자[이것을 범자(梵字)라 함]를 본뜬 것이라고 주장하였다. 이 학설은 19세기에 이르러 서양 학자들에게 인기를 끌었고, 최근에 미국 학자도 여기에 동조하여 상당히 생명력이

질긴 학설이 되었다. 대체로 불교와 관련지었을 때 설정해 볼 수 있는 가설이라고 생각된다. 그러나 우리나라 사람들이 불경의 원문인 산스크리트 경전을 직접 읽고 풀이하는 경우가 없지는 않았을 터이지만 대부분의 경우에 한문으로 번역된 불경을 읽었을 것이므로 산스크리트가 우리나라 사람들에게 널리 알려지지는 않았을 것이다. 비록 승려라 할지라도 산스크리트로 경문을 읽는 예는 극히 제한되어 있었고 그것도 한자나 한글로 음역(音譯)된 것을 사용하였다. 따라서 우리나라 사람들에게 일반적으로 생소한 문자인 산스크리트 문자, 곧 범자가 한글 글자의 본보기가 되었다고 하기에는 많은 무리가 따른다. 물론 한글 문자를 만드는 데 관여한 학자들이 산스크리트 문자를 잘 알고 있었고 또 그것을 참조하였을 가능성은 얼마든지 있을 수 있다. 그러나 한두 글자의 모양이 비슷하다 하여 그것을 모방하였다고 말하는 것은 지나친 비약이 아닐 수 없다.

셋째는, 몽고자 기원설(蒙古字起源說)이다.

이익(李翼)의 《성호새설(星湖僿說)》에서 비롯한 설이다. 이 책에는 신숙주가 요통에 귀양 가 있던 명나라 학자 황찬(黃瓚)에게 찾아간 것은 반드시 망한 지 얼마 안 되는 원나라의 파스파 문자에 대하여 물으러 갔으리라는 추측을 하고 있다.

유희(柳僖)의 《언문지(諺文誌)》에도 '세종대왕 시절에 신하들에게 명하여 몽고 글자를 본떠 언문을 지었다. 이 언문은 비록 몽고에서 시작되었으나 우리나라에 와서 완성되었다.' 는 기록이 보인다. 이것이 몽고자 기원설의 시작이다. 그러나 유희의 이 글은 이익의 설을 논증 없이 인용하고 있어서 무책임한 발설이라는 인상을 풍긴다. 혹시 몽고 문자가 소리글자이고, 고려 시대에 우리나라 사람의 상당수가 몽고 문자를 익혔을 것이므로 몽고 문자와 같은 소리글자에 대한 필요성이 항간에 두루 유포되어 있다가 한글이 창제되자 이것을 몽고 문자에 연관시킨 세간의 속설을 유희가 《언문지》에 적은 것이나 아닌가 짐작하게 한다.

넷째는 그 밖의 여러 가지 설이다.

한글 문자의 기원에 관한 추측은, 서장(西藏) 문자, 팔리(Pali) 문자와의 관련설까지 낳게 하였다. 심지어 우리나라 한옥(韓屋)의 창살을 보고 지었을 것이라는 민간의 속설도 어린이들 사이에서는 심심치 않게 전파되던 적이 있었다. 하기는 창살을 부분적으로 끊어 보면 거기에 ㄱㄴㄷㄹㅁㅂ, ㅏㅑㅓㅕㅗㅛㅜㅠ 같은 글자를 찾아낼 수 있는 것은 사실이다.

그러나 단순히 모양이 비슷하다고 하여 그것이 그대로 문자가 되었다고는 할 수 없다. 거기에는 기역자가 'ㄱ' 이 되고, '아' 자가 'ㅏ' 로 되어야 할 필연적인 이유가 있어야 한다.

그러므로 우리가 현재 가장 신빙성 있는 기원설로 믿어야 할 것은 세종실록에 적혀 있는 대로 고전(古篆) 기원설밖에 없다. 우리말의 자음(훈민정음의 초성)과 모음(훈민정음의 중성)을 올바로 이해하고 그 체계를 수립해 놓은 훈민정음 창제의 종사자들이 그들 각 음소(音素 : 소리의 단위)를 대표할 문자를 정하려 할 때 이미 잘 알고 있는 문자들 속에서 찾으려 하는 것은 가장 자연스런 일이라고 생각된다. 그런데 그 당시 훈민정음 창제자들이 가장 잘 아는 문자는 무엇보다도 한자였다. 한자는 상형(象形) 초기의 갑골문자(甲骨文字 : 거북의 등이나, 짐승 뼈에 적힌 초기의 한문 글자)로부터 금석문(金石文)에 새길 때 쓰던 전(篆)자, 도장을 새길 때나 현판(縣板) 같은 데에 쓰이는 예(隸)자, 그리고, 해서자(楷書字 : 또박또박 붓글씨 쓸 때 쓰는 글자), 행서자(行書字 : 반흘림체 글자), 초서자(草書字 : 완전한 흘림체 글자)에 이르기까지 하나의 한자에 수십 가지 글자 모양을 그분들은 잘 알고 있었다. 그러나 그러한 글자에서 직접 훈민정음 글자 모양을 쉽게 얻어낼 수 있었던 것이 아니었다. 다만 기본이 되는 글자 형태를 찾으려고 애썼을 터인데, 이때에 고전(古篆)자 가운데에 혹 훈민정음의 초성자나 중성자의 모양과 비슷한 것이 있어서 거기에서 어떤 착상을 얻었을 가능성이 있다. 그렇지 않다면 다음과 같은 상상도 가능하다.

우리 인간이 생각할 수 있는 가장 단순한 도형(圖形)이 무엇일까를 먼저 생각해 본다. 그것은 두 가지 계열이 있다. 하나는 평면성을 띤 것이고, 또 하나는 단순히 선으로 된 것이다. 평면성을 띤 것으로 가장 단순한 도형은 동그라미, 네모꼴, 세모꼴(○ □ △)일 것이며, 선으로 된 것으로 가장 단순한 것은 선의 기초가 되는 점과 수평선, 수직선(• ㅡ ㅣ)일 것이다. 따지고 보면 훈민정음의 글자 모양은 이들 여섯 가지 도형의 다양한 변형과 복합에 지나지 않는다. 동그라미와 네모, 세모는 훈민정음 초성자의 기초가 되었고, 점, 수평선, 수직선은 훈민정음 중성자의 기초가 되었다. 이들 도형의 여러 가지 변형이 결과적으로 고전(古篆)자와 비슷하였으므로 훈민정음의 글자 모양이 고전을 닮았다고 기록했을 것이 아닌가 추측해 볼 수 있다. 그러나 그 어떠한 것도 단정해서 말할 수는 없다.

한편 훈민정음의 초성자와 중성자들이 각각 그러한 모양을 지니게 된 이론적 배경에 대해서는 1940년에 《해례본 훈민정음(解例本訓民正音)》이 발견되기까지 자신 있게 말하는 사람이 없었다.

《해례본 훈민정음》은 서적으로서는 첫손에 꼽히는 국보급 문화재로서 서울 성북동에 있는 간송(澗松) 미술관에 소장되어 있는데, 그 내용은 본문, 해례(解例) 및 정인지의 뒷글〔後序〕로 되어 있다. 본문은 어제 서문(御製序文)과 예의(例義)로 나뉘어 있고, 해례는 제자해(制字解), 초성해(初聲解), 중성해(中聲解), 종성해(終聲解), 합자해(合字解), 용자례(用字例)의 여섯 부분으로 나뉘어 있으며, 정인지의 후서에는 새 글자를 창제한 이유와 창제자, 그리고 새 글자의 우수성을 밝히고 있다.

이 책에 따르면 훈민정음의 글자를 지은 원리는 상형(象形)임을 알게 된다. 초성인 자음은 발음 기관을 상형한 것이고, 중성인 모음은 하늘, 땅, 사람을 가리키는 삼재(三才)를 상형한 것으로 되어 있다. 자음의 기본은 입안에서 소리를 만드는 다섯 개의 기관에 근거하였다. 첫째, 'ㄱ'은 어금니 소리로 혀뿌리가 목구멍을 막는 모양을 본뜬 것이요, 둘째,

'ㄴ' 은 혀 소리로 혀끝이 위쪽 입천장에 붙는 모양을 본뜬 것이요, 셋째, 'ㅁ' 은 입술소리로 입의 모양을 본뜬 것이요, 넷째, 'ㅅ' 은 잇소리로 이빨 모양을 본뜬 것이요, 다섯째, 'ㅇ' 은 목구멍소리로 목구멍 뚫린 모양을 본뜬 것이라 하였다. 그리고 이 다섯 개의 기본 자음이 획을 덧보태면서 더 거센 소리로 바뀌는 것을 나타내도록 배려한 것이라 하였다. 한편, 모음의 기본자 '•' 는 둥근 점으로서 하늘의 둥근 모양을 본뜬 것이고, 'ㅡ' 는 평평한 선으로 땅의 모양을 본뜬 것이며, 'ㅣ' 는 곧게 세운 선으로 사람이 땅 위에 서 있음을 나타낸 것이라 하였다. 《해례본 훈민정음》의 제자해(制字解)에 풀이해 놓은 위의 내용들을 가만히 검토하느라면 훈민정음 창제자들의 심오한 슬기에 저절로 고개가 숙여진다. 그 당시 중국에서 발전한 높은 수준의 음운학과 철학을 유효적절하게 응용하여 이토록 우리말을 거의 완벽하게 적을 수 있도록 했다는 것은 문자 그대로 신령(神靈)의 능력이지 도저히 인간의 지혜로 이룩된 것이라고 하기 어려울 정도다. 그러나 훈민정음은 분명 우리 조상이 지은 것이요, 자손만대에까지 우리 민족과 함께 영속할 우리의 문자이다.

한글날은 언제인가?

한국 사람이라면 10월 9일이 한글날이요, 이 날을 공휴일로 정하고 우리나라가 독자적인 문자를 갖고 있는 문화 민족임을 스스로 축하한다는 것을 모르는 사람은 없다. 그러면, 10월 9일이 정말로 한글날인가? 한글 창제를 기념하기 위하여 어떤 날 하루를 정해 놓고, 그날 하루를 즐겁고 기쁜 마음으로 쉰다는 것은 어느 모로 보나 합당한 일임에 틀림없다. 그러나 그렇게 정해 놓은 날이 그럴 만한 충분한 이유가 없을 때에는 그 날짜는 잘못 잡은 것이 된다. 우리의 한글날도 자세히 검토해 보면 잘못 잡았다는 느낌이 들 때가 있다.

불행하게도 우리는 한글이 어떤 과정을 거쳐서 오늘날 우리가 사용하는 한글의 형태를 갖게 되었는지 모른다. 또 불행하게도 우리는 한글이 완성된 날을 알 수 없다. 한글, 즉 훈민정음(訓民正音)의 창제에 관한 가장 정확하고 믿을 만한 기록은 세종실록(世宗實錄)에 나오는 다음의 두 가지뿐이다.

첫째, 세종 25년(A. D. 1443) 12월의 기사.

이 달에 상(上, 즉 세종)께서 친히 언문 28자를 지으셨다.

둘째, 세종 28년(A. D. 1446) 9월의 기사.

이 달에 훈민정음이 완성(成)되었다.

현재의 한글날은 둘째 기록을 근거로 하고 있다. 그런데 얼핏 보아 이 두 기록은 서로 모순되는 것처럼 보인다. 세종 25년에 세종대왕께서 친히 한글을 지으셨다고 해 놓고, 다시 세종 28년에 훈민정음이 완성되었다고 했으니, 이렇게 엇갈리는 기록이 있을 수 있는가? 더구나 세종 27년(A. D. 1445) 4월 5일 자의 실록 기사에는 '용비어천가(龍飛御天歌)의 원고가 탈고되어 출판할 것을 명하였다.' 는 기록이 있고 보면 우리의 혼란은 걷잡을 수가 없게 된다. 그래서 한때 이 기록을 합리적으로 해석해 보려는 노력으로 다음과 같은 추정을 했던 적이 있었다.

"훈민정음은 원래 세종 25년 12월에 완성되기는 했으나 아직 고쳐야 할 점이 남아 있었으므로 세종 27년에 용비어천가를 시험 삼아 지어 보기로 하였다. 그랬더니 과연 수정할 점이 많이 있어서 그것을 고치고 다듬어 세종 28년 9월에 드디어 완결된 훈민정음을 세상에 선포하였다."

세종실록에 적혀 있는 세 군데 기사를 꿰어 맞추어 소설을 꾸며 놓은 이 이야기는 한때 국어 선생님들의 입에서 입으로 전해지면서 움직일 수 없는 정설로 굳어 가는 듯하였다. 그러나 이 이야기의 잘못됨은 세종 28년 9월의 기사 '이 달에 훈민정음이 완성되었다(是月訓民正音成).' 는 기록을 잘못 해석함으로써 발생된 것임이 드러났다. 흔히 무엇이 완성되었다고 할 때에 쓰는 이룰 성(成)자는 책의 원고가 완성되었거나, 책이 다 만들어져서 임금님께 보고하는 뜻에서 그 원고나 책을 바칠 때에 사용한 것임이 밝혀졌기 때문이다. 따라서 세종 28년 9월에 완성된 것은 《훈민정음》이라는 책, 또는 아직 책이 되기 전에 붓으로 쓴 원고 뭉치였다. 오늘날 이 책은 《해례본 훈민정음(解例本訓民正音)》이라 하여 훈민정음이 어떤 철학적 배경과 언어학적 이론을 가지고 만들어졌는가를 알려 주는 유일한 근거가 되고 있다. 그러니까 '훈민정음' 이란 낱말은 한편으로는 문자의 이름이지만 다른 한편으로는 그 문자의 이론 배경을 해설한 책이기도 하다. 그래서 국어학을 공부하는 사람들은 책을 뜻하는《훈민정음》을 말할 때에는 반드시 '해례본' 이라든가, '언해본' 이라는 말을 관형어로 붙여서 그것이 책이라는 점을 분명하게 한다.

그런데 앞에서도 밝혔듯이 우리가 기념하는 10월 9일 한글날은 세종 28년 9월의 기사와 해례본에 적힌 정인지의 글에 9월 상순(10일)이라고 한 것에 근거하여 그것을 양력으로 환산하여 정한 것이다. 그렇다면 이날은 정확하게 말하면《해례본 훈민정음》의 원고가 완성되어 세종대왕께 보고한 날을 기념하는 것이 된다. 그래서 이 날보다는 차라리 세종 25년 12월에 이미 '언문 28자를 임금께서 친히 지으셨다' 는 기록이 있으니, 그것을 근거로 하여 한글날을 정하는 것이 보다 사실에 가까운 한글날이라고 주장하는 학자도 있다. 만일 이 주장에 따르면 양력으로 1월에 한글날을 두게 된다. 정확을 기하려면 당연히 한글날이 1월로 옮겨져야 할 것이다. 그렇지만 10월 9일도 한글과 관련이 깊은 것이고,

또 계절로 보아서 한로(寒露) 무렵의 삽상한 가을날, 들과 산으로 놀려 나가 우리 민족이 이 세상에서 유일하게 고유문자 제정 기념일을 갖고 있는 문화 민족임을 자각하는 것도 좋으리라는 관점에서 한글날을 옮기자는 논의는 설득력을 잃고 있는 실정이다. 우리는 10월 9일 한글날을 맞을 적마다, 이 사실을 분명하게 알고 지내야 할 것이다.

만일 우리가 세종대왕을 만난다면

갖가지 꽃이 흐드러지게 피어 있는 맑고 따뜻한 어느 봄날, 아니면 소슬한 가을바람이 옷깃을 여미게 하고 단풍든 나뭇잎이 꽃처럼 아롱진 어느 가을날, 다정한 친구 몇이서 창덕궁의 비원을 거닌다고 상상해 보자. 그러다가 문득 어느 뜨락에서 오백칠십여 년 전의 세종대왕을 뵈었다고 가정해 보자. 세종대왕을 흠모하고 사랑하여 마지않는 우리들은 대왕을 뵙게 된 것이 얼마나 영광스럽고 감격할 일인가! 그래서 우리는 대왕 앞에 부복하며 "전하, 이렇게 지척에서 뵙게 되오니 무한한 광영이옵니다."라고 배알의 인사를 드리게 될 것이다. 자상하신 대왕은 우리를 가까운 정자로 부르실 것이고 즐거운 담소가 시작될 것이다.

그런데 문제는 여기서부터 비롯한다. 과연 우리는 세종대왕과 불편 없는 대화를 나눌 수 있을 것인가 하는 문제를 생각해 보아야 한다. 다 같은 한국말이지만 15세기의 말과 21세기의 말은 같을 수가 없다. 10년이면 강산도 변한다고 하는데 자그마치 오백칠십여 년의 세월이 흐르는 동안 우리 한국말은 실로 몰라보게 변했을 것임에 틀림없다. 외국어를 배우듯이 몇 년씩 고생할 필요는 없겠지만 그래도 최소한 몇 달 동안의 집중적인 공부를 하지 않는다면, 그토록 존경하는 세종대왕이지만 우리는 그분과 대화를 나눌 수가 없다.

자, 이제는 세종대왕과 대화를 나누기 위한 수련을 쌓는다는 기분으로 15세기 우리말의 특성을 간략하게 살펴보기로 하자. 하나의 언어를 전반적으로 정리하는 방법은 여러 가지가 있겠지만 전통적으로 말소리, 낱말, 문장 만들기의 세 가지 방면으로 검토하는 것이 일반화되어 있다. 말소리 분야는 음운(音韻)론이라 하여 한 언어가 지닌 자음과 모음, 그리고 소리의 높낮이와 세고 여림을 따진다. 낱말 분야는 어휘(語彙)론이라 하여 어떤 낱말이 언제 생기고, 언제 없어졌으며, 그 뜻은 어떻게 변했는가를 따진다. 문장 만들기 분야는 문법(文法)론이라 하여 어떤 문장이 그 시대 환경에 가장 좋은 문장인가를 따진다.

그러면 이제 15세기 국어의 음운론 문제를 생각해 보자. 무엇보다도 현대 국어와 비교하여 가장 두드러지는 것은 15세기 말에는 성조(聲調)가 있다는 점이다. 이 성조를 가진 외국어로는 중국어, 월남어 같은 것들이 있는데, 우리 한국어도 15세기에는 성조를 가지고 있었다. 물론 현대의 경상도 말에는 이 성조의 흔적이 남아 있으나 서울을 중심으로 한 중부 지방 사람들은 경상도 방언의 성조를 구별하지 못한다. 경상도 사람들이 표준어를 빨리 배우지 못하는 것도 이 성조 때문이 아닌가 싶다. 15세기의 성조는 크게 두 가지가 있었다. 하나는 평성(平聲)이라고 하는 낮은 소리이고, 또 하나는 거성(去聲)이라고 하는 높은 소리이다. 그런데 처음에는 낮았다가 나중에는 높은 소리를 가진 복합 성조가 더 있어서 결국은 세 가지 성조가 있었던 셈이다. 처음엔 낮았다가 나중에 높은 소리는 상성(上聲)이라 하였는데, 이런 성조를 가졌던 낱말은 현대어에서 모두 소리가 길게 발음되는 장음을 갖게 되었다. 이 성조의 중요성은 같은 소리라도 그 소리가 낮으냐 높으냐에 따라 뜻이 다른 낱말이 된다는 점이다. 가령 평성의 '손〔賓〕' 은 손님이란 뜻의 낱말이며, 거성의 '손〔手〕' 은 손발의 손을 뜻하는 낱말이다. 거성과 상성의 차이도 평성과 거성의 차이처럼 중요하다. 높은 소리인 거성의 '말〔斗〕' 은 한 말, 두말하는 분량의 단위이며, 긴 소리인 상성의 '말〔言〕' 은 우리가 사용하는 언어를 가리킨다. 15세기 문헌에는 이들 성조가 방점(傍點)이란 것으로 글자의 왼쪽에 점을 찍어 표시하였다. 점이 없는 것은 평성이었고, 점이 하나면 거성이며, 점이 둘 있으면 상성을 표시하였다. 《해례본 훈민정음》의 예의(例義) 편에는 이 성조에 대한 설명이 다음과 같이 간결하게 적혀 있다.

> 왼쪽에 점이 하나면 거성이요, 둘이면 상성이고, 점이 없으면 평성이다. 입성(入聲)은 점찍는 것은 같으나 그 발음이 급하게 끝난다.

이것을 보면, 성조의 이름으로 거성, 상성, 평성, 입성의 네 가지가 있음을 알 수 있다. 입성은 음절 끝에 'ㄱ', 'ㄷ', 'ㅂ' 을 받침으로 가진 모든 소리를 가리키는 것으로서 입성이면서 반드시 거성, 상성, 평성 가운데 하나를 가지게 되어 있으므로 입성은 실질적으로 성조는 아니다. 그런데 '평성, 거성, 상성, 입성' 의 네 가지 이름을 만든 것은 그 당시 중국의 표준 성조가 네 개였기 때문에 우리나라의 성조도 명칭으로나마 네 개를 만들어 중국어와 짝을 맞추려 한 때문이다. 문화적으로 독자성을 추구하려고 하면서도 이처럼 중국적인 사고방식에서 과감하게 벗어나지 못한 것은 역시 그 당시 지성인들의 한계라고 하겠다.

15세기 우리말에서 또 한 가지 두드러진 음운 현상은 모음조화(母音調和)이다. 현대어에서도 모음조화 현상이 전혀 없는 것은 아니지만, 15세기에는 그것이 더욱 엄격하였다. 모음조화는, 밝은 느낌을 주는 양성(陽性)모음은 양성모음끼리 어울리고, 어두운 느낌을 주는 음성(陰性)모음은 음성무음끼리 어울리는 현상인데, 15세기의 양성모음에는 '• ㅗ ㅏ' 의 세 가지가 있었고, 음성모음에는 'ㅡ ㅜ ㅓ' 의 세 가지가 있었다. 그리고 중성모음에 'ㅣ' 하나가 있어서 단모음(單母音 : 홑홀소리)은 모두 7개였다. 그런데 어떤 낱말의 첫 음절이 양성모음으로 시작되면 그다음 음절의 모음도 양성이어야 하고, 또 그다음에 오는 조사(助詞)도 역시 양성모음이어야 한다. 그러니까 '가솜〔胸〕' 이란 낱말은 'ㅏ와 •' 로 어울린 것이고, 그다음에 '이'라는 조사가 오는 것은 중성이니까 상관없으나 '운'과 '은' 두 개의 조사 중에서 '가숨'과 결합할 수 있는 것은 '운' 뿐이다. 이렇게 엄격하게 지켜지던 모음조화 현상은 그 후 점차 사라지기 시작했는데, 그 중요한 원인의 하나는 '·'의 음가(소릿값)가 불안정해졌기 때문이다. 현대어에서는 '부드럽다'는 낱말이 하나뿐이지만 15세기에는 '보ᄃᆞ랍다'와 쌍을 이루고 있으면서 각기 다른 느낌을 나타내는 데 사용되었다. 현대어에서의 모음조화는 의성 의태어(擬聲擬態語 : 소리시늉말과 태도 시늉말)에서 비교적 잘 보존되어 있다. '아장아장'과 '어정어정', '달랑달랑'과 '덜렁덜렁', 그러나 '깡총깡총'은 어느새 부자연스런 표현이 되었고 '깡충깡충'이 자연스럽게 느껴지는 것으로 보아 의성 의태어에서 잘 지켜지던 모음조화도 그 위력을 점차 상실하는 듯한 인상을 준다.

15세기에는 첫소리로 쓰이던 단자음(單子音 : 홑닿소리)이 16개 아니면 17개쯤 되었을 것으로 짐작된다. 'ㄱㅋㆁ, ㄷㅌㄴㄹ, ㅂㅍㅁㅸ, ㅈㅊㅅㅿ, ㆆㅇ'의 17개 중에서 'ㅇ'이 음절 첫소리에 음가가 없는 것이므로 빼 버린다면 16개가 된다. 훈민정음 초성 체계에는 각자 병서(並書)라 하여 'ㄲ,

ㄸ, ㅃ, ㅆ, ㅉ, ㆅ' 이 들어 있었으나 이것들의 음가가 정확하게 무엇을 나타내는 것이었는지는 알 수가 없다. 오늘날 우리는 된소리의 표기로 이것들을 사용하지만, 15세기에는 된소리의 표기가 'ㅺ, ㅼ, ㅽ ; ㅳ, ㅄ, ㅶ, ㅷ ; ㅴ, ㅵ' 같은 것으로 되어 있었다. 음절 끄트머리에 낼 수 있는 소리는 'ㄱㄴㄷㄹㅁㅂㅅㆁ' 의 8개가 있었다. 현대어와 비교하여 보면 하나가 더 많은 셈이다. 현대어에서는 '장소' 를 나타내는 '곳' 과 '즉시' 를 뜻하는, '곧' 을 똑같이 발음하지만 15세기에는 이들의 발음이 구별되었다는 표기를 보여주고 있어서 결국 현대보다 받침소리가 하나 더 많았다고 할 수 있다. 이것을《해례본 훈민정음》에는 팔종성(八終聲 : 여덟 개의 받침소리)이라 하였다. 앞에서도 말했지만 15세기의 단모음은 'ㅏㅗㆍㅓㅜㅡㅣ' 의 7개였다. 그러니까 현대어에서 단모음으로 발음되는 'ㅐ, ㅔ' 같은 것은 15세기에는 '아이, 어이' 로 발음되었다는 말이 된다. 자, 이 정도의 지식을 갖추고 세종대왕과 이야기를 한다면 우선 발음에 관한 부분에선 대강 알아들을 수 있을 것이다. 그러나 그다음에는 어휘 문제가 해결해야 할 높은 장애물이다. '강(江)' 을 'ᄀᆞᄅᆞᆷ' 이라 하고, '저녁' 을 '나조ㅎ' 라 하며, '원숭이' 를 '납' 이라 하고, '돈

이 많다'를 'ᄀᆞᅀᆞ멸다'라고 할 것이니, 갑자기 이렇게 생소한 낱말들을 어떻게 일일이 기억할 것인가? 우리는 할 수 없이 영어 공부를 할 때처럼 단어장을 만들어 놓고 자주 쓰이는 낱말부터 하나하나 외워 나아가야 할 것이다. 이때에 요즈음엔 거의 사용되지 않거나 아주 안 쓰이는 낱말도 기억해야 하고 어려운 한자말도 알아두어야 한다. 아마 세종대왕께서 쓰시는 한자말의 대부분을 우리는 낯선 외국 낱말처럼 알아듣지 못할 것이다. 그러나 이런 것도 모두 공부해서 알아듣게 되었다고 하자. 그래도 또 문제는 남아 있다. 문장을 만드는 규칙이 현대어와 비교해서 다른 것이 있기 때문이다. 한국어의 문장 구조를 형성하는 기본적인 틀이 달라졌다고는 할 수 없지만 세부적인 항목에서는 엄청난 변화가 계속되었다. 내용은 자세히 언급하지 않더라도 중요한 항목만 몇 가지 들어보기로 하자. 첫째, 특수한 명사가 있어서 조사와 결합할 때에 형태가 두 가지로 갈라진다. 명사의 끝에 'ㅎ'음을 가진 것도 현대의 안목에서 보면 특수 명사이다. 둘째, 격조사(格助詞)가 현대어와 비교하면 그 수가 엄청나게 많다. 주격 '-가'는 15세기에 아직 나타나지 않았었다. 셋째, 새로운 낱말을 만드는 방법으로는 현대어와 마찬가지로 파생법과 복합법이 있는데, 파생법은 접미사의 수도 현대보다 많으며 결합의 방식도 훨씬 까다로웠다. 복합법에서는 이른바 복합동사가 현대어보다 훨씬 풍부하였다. '빌먹다〔乞食〕', '딕먹다〔啄食〕', '긁쥐다〔刮掘〕', '것곶다〔折揷〕', '듣보다〔聞見〕', '죽살다〔死生〕', '일큳다〔云謂〕' 등이 모두 복합동사들인데 현대어에서는 '빌어먹다, 찍어 먹다' 와 같은 형식을 취한다. 넷째, 동사의 활용도 현대어보다 복잡하였다는 느낌을 준다. 특히 보조어간 '오/우' 의 기능은 정확하게 무엇이었는지를 지금도 모르고 있는 실정이다. 다섯째, 강조를 나타낼 때에 여러 가지 접미사가 사용되었다. 여섯째, 존경을 뜻하는 데 쓰이는 보조어간에 {-시-}, {-숩/솝/줍-}, {-이-} 등이 있었다. 현대어와 비교하여 크게 다른 것만 손꼽아도 이 정도에 이른다.

그러고 보면, 존경하여 마지않는 세종대왕께 문안 인사를 여쭙고 한두 마디 대화를 나눈다는 것이 따지고 보면 쉽게 이루어질 수 있는 꿈이 아니란 것을 우리는 분명하게 깨달은 셈이다. 그러나 더욱 분명한 것은 그 꿈이 불가능한 것은 아니며, 정상적인 교육을 받은 사람이면 노력 여하에 따라 단시일 내에 성취할 수 있다는 점이라 하겠다.

한글문화의 발흥

유교의 그늘에서 빛을 본 불경 언해

조선왕조가 억불숭유(抑佛崇儒 : 불교를 억압하고 유교를 존중함)를 나라 정책의 으뜸으로 내걸었다는 것은 누구나 다 아는 사실이다. 그러나 조선 왕조 초기부터 왕실이나 일반 백성들은 암암리에 불교를 숭상하여 왔다. 백성들이 일상생활에 깊이 뿌리를 내린 불교문화가 하루아침에 없어진다는 것은 상상할 수 없는 일이다. 더구나 왕실에서도 비빈(妃嬪)들 간에는 거의 공공연히 불공을 드렸다는 것은 민속의 전통적인 뿌리가 얼마나 끈질긴 것인가를 잘 말해 준다. 심지어 세종과 세조 같은 임금님은 불교를 내놓고 옹호하였기 때문에 신하들과 이 문제로 사이가 나쁜 적이 한두 번이 아니었다. 세종 30년 7월에는 내불당(內佛堂)이라는 암자를 궁궐 서북

쪽에 짓고 승려 일곱 사람으로 하여금 불공을 드리게까지 하였다. 그래서 성균관과 사부학당의 유생들이 들고일어나 시위를 벌이고 학업을 중단하는 사건이 생기기도 했었다. 생각해 보면, 훈민정음의 창제 목적에는 불경을 쉬운 우리 글자로 번역하여 한자를 모르는 부녀자들에게 읽힘으로써 부녀자와 일반 백성으로 하여금 독실한 불교 신자가 되게 하려는 것도 들어 있었던 것 같다. 그렇지 아니하다면 훈민정음이 창제된 후에 그 훈민정음으로 번역한 책 대부분이 불경일 리가 없지 않은가? 세종 시절에는 《석보상절(釋譜詳節)》과 《월인천강지곡(月印千江之曲)》의 두 종류가 불교 관계 서적으로 출간되었으나 세조 시절에 오면 《월인석보》가 간행되고, 뒤이어 간경도감(刊經都監)에서 《능엄경언해》, 《묘법연화경언해》, 《금강경언해》, 《불설아미타경언해》, 《영가집언해》, 《원각경언해》, 《목우자수심결》 등이 집중적으로 간행되기에 이른다.

사람의 심성을 온유하게 하고 삶의 자세를 경건하게 가다듬는 것으로 종교의 가르침만큼 절실한 것이 또 있을 수는 없을 것이다. 고려 왕조를 뒤엎고 새로운 이씨 왕조가 시작되자, 고려를 그리워하는 많은 사람들이 이씨 왕조에 대해

적대 감정을 품고 산골로 피해 가기도 하였고, 대문을 걸어 잠그고 세상과 인연을 끊기도 하였다. 겨우 일부의 동조자를 얻어 나라의 틀거지를 세워 놓기는 했으나, 뒤미처 임금 자리를 놓고 어린 동생을 죽이는 참변이 벌어졌다. 이처럼 연이은 정변의 소용돌이를 치르고 나서야 세종의 시대가 되었다. 영특한 지도자로서 세종대왕은 일반 백성들이 깊은 신앙으로 정서적 안정을 얻어야 한다고 생각했을 듯하다. 불경 언해 사업은 세종대왕의 이와 같은 정치적 문화적 정책의 산물일 가능성이 높다. 세조 때에 이르러서는 부왕인 세종의 유업을 계승한다는 의미 외에도 세조 대왕 자신이 많은 살생을 벌인 끝에 임금의 자리에 앉았으므로 스스로 부처를 찾고 가까이하고자 하는 마음이 컸을 것이다. 이러한 내면적인 사정이 없고서야 그토록 많은 불경이 언해 될 수는 없었을 것이다.

그러면 이제 《석보상절》에 나오는 이야기 하나를 읽어 보기로 하자. 기독교 구약성서에 나오는 아담과 이브의 이야기를 염두에 두면서 읽으면 더욱 흥미 있을 것으로 생각된다.

녜 阿僧祇劫時節(아승지겁시절)에 혼 菩薩(보살)이 왕ᄃᆞ외야 겨샤 나라홀 아ᅀᆞ 맛디시고 道理(도리) ᄇᆡ호라 나ᅀᅡ가샤 瞿曇婆羅門(구담파라문)을 맛나샤 ᄌᆞ걋 오ᄉᆞ론 밧고 瞿曇(구담)ᄋᆡ 오ᄉᆞᆯ 니브샤 深山(심산)에 드러 果實(과실)와 믈와 좌시고 坐禪(좌선)ᄒᆞ시다가 나라해 빌머그라 오시니 다 몰라보ᅀᆞᆸ더니 小瞿曇(소구담)이라 ᄒᆞ더라. 菩薩(보살)이 城(성)밧 甘蔗園(감자원)에 精舍(정사) ᄆᆡᆼᄀᆞᆯ오 ᄒᆞ오ᅀᅡ 안자 잇더시니 도ᄌᆞᆨ 五百(오백)이 그 웱거슬 일버ᅀᅥ 精舍(정사) ㅅ 겨ᄐᆞ로 디나가니 그 도ᄌᆞᄀᆞ 菩薩(보살)ㅅ 前世生(전세생)ㅅ 怨讐(원수) ㅣ 러라. 이틄나래 나라해 이셔 도ᄌᆞᄀᆞ 자최 바다 가아 그 菩薩(보살)ᄋᆞᆯ 자바 남ᄀᆞ 모ᄆᆞᆯ 뻬ᅀᆞᄫᅡ 뒷더시니 大瞿曇(대구담)이 天眼(천안)으로 보고 虛空(허공)애 나라 와 묻ᄌᆞᄫᅩᄃᆡ 그ᄃᆡ 子息(자식) 업더니 므슷 罪오. 菩薩(보살)이 對答(대답)ᄒᆞ샤ᄃᆡ ᄒᆞ마 주글내어니 子孫(자손)ᄋᆞᆯ 誡論(계론)ᄒᆞ리여 그 왕이 사ᄅᆞᆷ 브려 쏘아 주기ᅀᆞᄫᆞ니라. 大瞿曇(대구담)이 슬허 ᄢᅳ리여 棺(관)에 녀ᅀᆞᆸ고 피무든 흘ᄀᆞᆯ 파 가져 精舍(정사)애 도라와 왼녁 피 단 담고, 올ᄒᆞᆫ녁 피 단 다마 두고 닐오ᄃᆡ 이 도사(道士) ㅣ 精誠(정성)이 至極(지극)ᄒᆞ돈디면 하ᄂᆞᆯ히 당다이 이 피를 사ᄅᆞᆷ ᄃᆞ외에 ᄒᆞ시리라. 열ᄃᆞᆲ마내 왼녁 피ᄂᆞᆫ 男子(남자) ㅣ 다외오 올ᄒᆞᆫ녁 피ᄂᆞᆫ 女子(여자) ㅣ ᄃᆞ외어

늘 姓(성)을 瞿曇氏(구담씨)라 ᄒᆞ더니 일로브터 자손이 니ᅀᅳ시니 瞿曇氏(구담씨) 다시 니러나시니라.(원문에는 한자음이 《동국정운》에 나온 대로 적혀 있으며, 방점도 찍혀 있었으나, 여기서는 한자음을 현행 한자음으로 고치고 방점은 생략하였음.)

(옛날 옛날 아득한 옛날에, 한 보살이 원래는 왕이었었는데, 나라를 동생에게 맡기고 자기는 도리를 배우겠다고 왕궁을 버리고 길을 나섰다. 도중에 구담파라문을 만나 자기의 옷을 벗어 구담에게 주고 자기는 구담의 옷으로 바꾸어 입은 뒤에 깊은 산에 들어가 과실과 물만 먹으면서 참선을 하다가 다시 나라에 빌어먹으려 내려오니 아무도 그가 전의 왕이었던 분인 줄을 모르고 작은 구담이라고 하였다. 이 보살은 성 밖 감자원이라 하는 곳에 정사(작은 암자) 하나를 짓고 혼자 거기서 도를 닦으며 앉아 있었는데, 그때 마침 도둑놈 오백이 관청의 물건을 도둑질하여 보살이 거처하는 정사 곁으로 지나갔는데, 그 도둑놈은 보살이 전생에 살 때의 원수였다. 그 이튿날 나라에서는 도둑놈이 도망간 자취를 따라가다가 참선하고 있는 보살의 정사에까지 오게 되었다. 그래서 그 보살을 범인으로 알고 잡아 나무에 묶어두었었다. 이때 옷을 바꾸어 입은 큰 구담이 도통한 눈으로 보

니 작은 구담이 잡혀 있는지라 허공을 타고 날아와 묻기를 "그대는 자식도 없이 이 지경이 되었으니 도대체 무슨 죄를 지으셨오?" 하고 물었다. 보살은 대답하기를 "이제 죽을 몸이니, 자식의 있고 없음을 따져야 무엇하겠소." 하였다. 보살의 동생인 왕은 사람을 시켜 자기의 형님인 줄도 모르고 그 보살을 활로 쏘아 죽여 버렸다. 큰 구담이 슬퍼하며 시신을 관에 넣고 피 묻은 흙을 파 가지고 돌아와 왼쪽에도 한 그릇 담아 놓고, 오른쪽에도 한 그릇 담아 놓고 말하기를, "이 도사가 지극한 정성으로 도를 닦았으면 하늘이 마땅히 이 피를 사람이 되게 하실 것이다." 하였다. 과연 열 달 만에 왼쪽 그릇의 피는 남자가 되고, 오른쪽 그릇의 피는 여자가 되었으므로 그 두 남녀를 구담씨라 하였더니 이로부터 자손이 이어나가 구담씨가 번창하게 되었다.)

전생의 원수가 이 세상에 와서도 복수를 하게 되어 인과응보가 줄기차게 이어진다는 사상과 새로운 남녀의 탄생이 죽은 이의 피에서 비롯한다는 생사윤회의 사상을, 우리는 이 이야기를 통해서 아주 쉽게 접해 보게 된다.

다음은 석가모니의 아내 야수(耶輸)가 아들마저 산으로 들여보내라는 석가의 전갈을 받고, 어찌 그럴 수가 있느냐고 심부름 온 사람에게 하소연하는 구절이다.

야수ㅣ 니ᄅᆞ샤ᄃᆡ 여래 태자ㅅ시절에 나ᄅᆞᆯ 겨집사ᄆᆞ시니 태자ᄅᆞᆯ 섬기ᅀᆞᄫᆞᄃᆡ 하ᄂᆞᆯ 섬기ᅀᆞᆸ듯 ᄒᆞ야 ᄒᆞᆫ번도 디만ᄒᆞᆫ 일 업수니 처권ᄃᆞ외얀디 삼년이 몯 차이셔 세간 ᄇᆞ리시고 성 나마 도망ᄒᆞ샤 차닉이 돌아보내샤 맹서ᄒᆞ샤ᄃᆡ 도리일워ᅀᅡ 도라오리라ᄒᆞ시고 녹피옷 니브샤 미친사ᄅᆞᆷᄀᆞ티 뫼고래 수 머겨샤 여ᄉᆞᆺ히ᄅᆞᆯ 고행하샤 부텨 ᄃᆞ외야 나라해 도라오샤도 ᄌᆞ올아비 아니ᄒᆞ사 아랫 은혜ᄅᆞᆯ 니저ᄇᆞ리샤 길녏사람과ᄀᆞ 티 너기시니 나ᄂᆞᆫ 어버ᅀᅵ 여희오 ᄂᆞᄆᆡ그에 브터사로ᄃᆡ 우 리 어ᅀᅵ아ᄃᆞ리 외롭고 입게 ᄃᆞ외야 인생 즐겨본 ᄠᅳ디 업고 주구믈 기드리노니 목수미 므거본 거실씨 손소 죽디 몯호 야 셟고 애왇븐 ᄠᅳ들머거 갓가ᄉᆞ로 사니노니 비록 사ᄅᆞ미 무레 사니고도 즁싱마도 몯호이다. 설본 인생이 어딋던 이 ᄀᆞᄐᆞ니 이시리잇고.(여기에는 한자, 동국정운식 한자음 표기, 방점을 모두 생략하였음.)

(야수가 말씀하시기를, 여래가 태자이시던 때에 나를 아내로 삼으시니 내가 태자를 섬기기를 하늘 받들 듯하면서도 한 번도 잘못한 일이 없었는데, 아내가 된 지 삼 년이 채 못 되어 태자는 인간 세상을 버리고 성을 넘어 도망하여 차

닉이를 심부름시켜 돌려보내어 맹서하시기를 도리를 깨달아야 돌아올 것이라고 하시고, 사슴가죽 옷을 입으시고 미친 사람처럼 산골에 숨어 사시기 여섯 해나 힘겨운 생활을 하신 뒤에 부처가 되시어 나라에 돌아오신 뒤에도 나를 친근하게 대하지 아니하시어 옛날의 은혜를 잊어버리시고 길 가는 사람처럼 여기시니, 나는 어버이를 이별하고 남에게 의지하여 살되 우리 어미와 아들이 외롭고 갈 바를 몰라 인생의 즐거움을 모르고 단지 죽기를 기다릴 뿐이니, 목숨이 무거운 것이므로 손수 죽지도 못하여 서럽고 원통한 마음을 갖고 가까스로 살아가노라니 비록 사람들 가운데에 살고는 있으나 짐승만도 못합니다. 서러운 인생, 어디에 또 이 같은 사람이 있겠습니까?)

이러한 글을 읽으면서 조선 왕조 왕실의 부녀자들은 이 세상의 부귀영화를 어떻게 생각하였을까? 곰곰 생각해 볼 일이다.

드디어 꽃피는 한글문화

앞에서 언급한 바 있거니와 훈민정음의 창제는 돌이켜 보면 그 시대가 당면한 필연적인 요청의 결과로 생각된다. 신라 시대부터 싹터서 고려 오백 년간 지속적으로 우리말을 적으려고 노력해 온 한자 차용 표기법의 발달, 이웃한 여러 나라들이 모두 자기네 문자를 가지고 있었던 점, 한자를 배울 수 없는 부녀자나 일반 백성들도 간편하게 배워 사용할 수 있는 문자가 절박하게 필요했던 점 등에다가 한자음의 표준화 작업이라는 목적까지 곁들이게 되어 있었으니, 세종과 같이 학문 좋아하고 경륜이 뛰어난 임금이 해박한 음운학 지식을 가지고 훈민정음의 창제를 주도하였다는 것은 너무도 당연한 귀결이었다.

따라서 훈민정음이 세상에 생겨난 지 30년 정도밖에 안 된 1475년(성종 6년)에 이르러 왕실의 어른인 인수대비(仁粹大妃, 성종대왕의 어머니)가 《내훈(內訓)》이라 하는 부녀자를 위한 교양 교과서를 훈민정음으로 편찬했다는 것도 마땅히 그럴 만한 일이었다고 받아들여야 할 것이다. 그런데 인수대비의 《내훈》이 나온 것을 분수령으로 하여 훈민정음(앞으로는 '한글' 이라고 하자)으로 간행되는 책이 질과 양에 있어서 커다란 변화를 갖게 된다. 그전에는 고작 왕실과 불교사찰에서 불경 언해를 간행하는 것이었는데, 《내훈》이 나온 뒤로는 의약서로서 《영험약초(靈驗略抄)》, 《구급간이방(救急簡易方)》 같은 책이 나왔고, 유교의 기본 이념을 생활화하는데 도움을 주는 《삼강행실도(三綱行實圖)》, 《번역소학(飜譯小學)》 같은 책이 간행되는가 하면, 중국 당나라 시인 두보(杜甫)의 번역 시집인 25권짜리 《분류두공부시언해(分類杜工部詩諺解)》라는 문학 책까지 나오게 된다. 성종 대왕 이후의 시기가 조선 왕조 전반기에서 문화적으로 가장 난만한 성숙성을 보여주었다고 말하는데, 이런 말을 할 수 있는 근거 가운데 이와 같은 한글 출판물의 다양화가 중요한 몫을 하는 것은 두말할 필요가 없다.

그러면 이제 달리는 말 위에서 산천 구경하듯 하는 것이지만 이들 한글 문헌의 글 내용을 한두 가지씩 음미하여 보기로 하자. 먼저 최초의 한글 문학 작품이라 할《용비어천가(龍飛御天歌)》를 살피는 것이 정당한 순서이겠다.

해동육룡(海東六龍)이 ᄂᆞᄅᆞ샤
일마다 천복(天福)이시니
고성(古聖)이 동부(同符)ᄒᆞ시니.(제1장)
(우리나라에 여섯 용이 날으시어 하시는 일마다 하늘에서 복을 내리시고 옛날 중국의 역대 임금님의 사건과 같으셨도다.)

조선 왕조의 건국은 그 유래가 멀고 오랜 것이었음을 세종 이전의 6대조의 사적(事蹟)이 증명한다는 내용으로서《용비어천가》의 서문에 해당한다. 6대조는 목조(穆祖), 익조(翼祖), 도조(度祖), 환조(桓祖), 태조, 태종을 가리킨다. 이 책은 세종의 명을 받아 정인지(鄭麟趾), 안지(安止), 권제(權提) 등이 세종 27년(1445년)에 초고가 완성되었으나 그 뒤 수정을 거쳐 세종 29년(1447년)에 간행되었다. 이 씨의 역성(易姓)

혁명이 단순한 정권 찬탈이 아니라 역사와 시대의 부름에 따른 것이었음을 강조하면서 후세의 왕들은 이 사실을 깊이 이해하고 사직(社稷)과 자손을 잘 지켜 길이 번영할 것을 당부하는 125장을 마지막으로 삼고 있다. 특히 이 노래의 제 1, 2, 3, 4, 125의 5장에는 곡을 붙여 치화평(致和平), 취풍형(醉豊亨), 봉래의(鳳來儀), 여민악(與民樂) 등의 악보를 만들어 나라에 잔치가 있거나 제사가 있을 때 사용하였다. 이러한 것을 악장(樂章)이라고 불렀다. 이 노래에서 우리가 요즈음에도 즐겨 암송하는 것은 다음에 적는 제2장이다.

불휘 기픈 남ᄀᆞᆫ ᄇᆞᄅᆞ매 아니 뮐ᄊᆡ 곶 됴코 여름 하ᄂᆞ니.
ᄉᆡ미 기픈 므른 ᄀᆞᄆᆞ래 아니 그츨ᄊᆡ 내히 이러 바ᄅᆞ래 가ᄂᆞ니.(제2장)

(뿌리가 깊은 나무는 바람에 아니 움직이므로
꽃 좋고 열매 많으니,
샘이 깊은 물은 가뭄에 아니 그치므로
냇물이 되어 바다로 흘러가느니.)

이 노래를 읊으면서 우리는 생각하게 된다. 근원이 깊어 좋은 것이 어찌 나무와 냇물뿐이랴. 이 노래는 물론 나라의 기반이 튼튼함을 나무와 냇물에 비유한 것이려니와 이 세상 어느 것인들 근원이 깊어 나쁠 것이 없다. 아니 마땅히 근원을 멀고 오랜 곳에 두고 앞으로 지향해야 할 목표 역시 멀고 높은 곳에 두어야 함을 깨우쳐야 하겠다. 개인 · 사회 · 국가 모두 이러한 토대 위에 섰을 때 건전한 발전을 기대할 수 있는 것이다. 이제 《용비어천가》의 마지막 장을 읽어 보자.

천세(千世)우희 미리 정(定)ᄒᆞ샨 한수(漢水) 북(北)에 누인개국(累仁開國)ᄒᆞ샤 복년(卜年)이 ᄀᆞᇫ업스시니, 성신(聖神)이 니ᅀᆞ샤도 경천근민(敬天勤民)ᄒᆞ샤ᅀᅡ 더욱 구드시리이다. 님금하 아ᄅᆞ쇼셔, 낙수(洛水)에 산행(山行)가 이셔 하나빌 미드니잇가.(제125장)

신라 말기에 도선(道詵)이란 승려의 비결에 삼각산 남쪽에 도읍을 정하면 나라가 흥왕하리라 하였다. 또 중국 하(夏)나라 우왕(禹王)의 손자 태강왕(太康王)은 정사를 돌보지 아니하고 사냥을 즐겼다. 한번은 낙수(洛水) 남쪽까지 사냥을 나가 백 날이 지나도록 돌아올 줄을 몰랐다. 유궁후 예(羿)가

참다 못하여 하북(河北)에서 태강왕을 막아 돌아오지 못하게 하고 왕의 자리에서 내몰아 버렸다. 이 두 가지 사건을 알고 나면 제125장은 쉽게 이해된다.

(천세 전 옛날부터 미리 정해 놓은 한강 북쪽 땅에 여러 선조가 어진 덕을 쌓아 나라를 세우시니 이러한 왕조의 운명은 끝이 없으리니, 왕위를 이어받을 거룩한 왕손들이 나라를 계승해 간다 할지라도 하느님을 공경하고 백성을 다스림에 부지런하여야 나라의 기반이 더욱 견고해질 것이옵니다. 앞으로 임금 노릇을 하실 분들이시여! 알아두시옵시서. 낙수 땅에 사냥가 있으면서 옛날 할아버님이 훌륭한 임금이셨던 것만 믿고 계시겠습니까?)

이렇게 경계하였건만 조선 왕조 27대 임금 가운데 자리를 지키지 못하고 쫓겨난 임금이 두 분이나 있었다. 연산군(燕山君)과 광해군(光海君)이 바로 태강왕의 전철을 밟은 분들인데 지하에서 세종대왕을 뵙고 무엇이라 여쭈었는지 자못 궁금한 일이다.

《용비어천가》 다음으로 간행된 한글 문헌은 《석보상절》, 《월인천강지곡》이고, 세조 시절에 와서 《월인석보》를 위시하여 많은 불경이 간경도감에서 인쇄되어 나온다. 앞에서 우리는 《석보상절》의 한 대목을 읽었으므로 여기서는 전통 불경의 언해들은 생략하고 1467년(세조 13년)에 간행된 《목우자수심결(牧牛子修心訣)》의 한 대목을 살펴보기로 하자.

목우자(牧牛子)는 고려 시대 12세기 말, 13세기 초에 걸쳐 우리나라 불교에 일대 혁신을 성취한 보조국사(普照國師) 지눌(知訥)의 호이다. 그러므로 《목우자수심결》이란 지눌이 불심을 닦는 요령을 적은 글이다. 지눌은 일곱 살에 출가하여 여러 절을 전전하며 공부하다가 스물다섯 살에 승과(僧科)에 급제했으나 중으로서의 출세를 단념한 뒤 불경 공부에만 전념하였다. 그러다가 중국 선종(禪宗)의 새 기풍을 연 혜능(慧能) 선사의 이야기를 적은 《육조법보단경(六祖法寶壇經)》을 읽고 크게 깨달아 중생을 구원한다는 것은 먼저 자기 자신이 부처와 같이 된 후에야 가능함을 깨치고 더욱더 수도에 힘쓰다가 스물여덟 살에 《권수정혜결사문(勸修定慧結社文)》을 발표함으로써 독자적인 사상을 확립하기에 이른다. 그 후로도 뼈를 깎는 참선을 계속하여 선(禪)의 참다운 경지에 도달하면서 종전까지의 은둔 생활에서 벗어나 현실에 깊이 참여하는 적극적인 보살행을 실천하였다. 43세인 1200년

(고려 신종 2년)에 송광산(松廣山) 길상사(吉祥寺)에 자리 잡고 중생을 떠나 따로 부처가 있을 수 없다고 설파하면서 그의 사상의 핵심인 돈오점수(頓悟漸修)와 정혜쌍수(定慧雙修)를 주장하기에 이른다. 더 나아가 선(禪)을 체(體)로 하고, 교(敎)를 용(用)으로 삼는 선교(禪敎) 합일을 모색하였다. 그 결과 그때까지 존속해 온 구산선문(九山禪門)을 조계종(曹溪宗)으로 통합하여 종단을 이끌어가는 첫 번째 조사(祖師)가 되었다. 고려 시대 승려로서는 천태종(天台宗)을 창시한 대각국사(大覺國師) 의천(義天)과 함께 고려 불교의 양대 산맥으로 오늘날까지 우리나라 불교계에 지울 수 없는 자취를 남기신 분이다.

무르ᄃᆡ 네 니ᄅᆞ시는 돈오(頓悟)와 점수(漸修)왓 두 문(門)이 천성(千聖)ㅅ법(法)이라 ᄒᆞ니 아로미 ᄒᆞ마 문득 아닌댄 엇뎨 漸修를 브트며 닷고미 점점 닷ᄀᆞ린댄 엇뎨 頓悟ㅣ라 니ᄅᆞ리오. 頓과 漸괏 두 ᄠᅳ들 다시 펴 닐어 나ᄆᆞᆫ 의심을 긋게 ᄒᆞ라. 대답호ᄃᆡ 頓悟ᄂᆞᆫ 범부(凡夫)ㅣ 모ᄅᆞᆫ ᄢᅴ 사대(四大)로 몸삼고 망상(妄想)으로 ᄆᆞᅀᆞᆷ사마 자성(自性)이 이 진실(眞實)ㅅ 법신(法身)인돌 아디 몯ᄒᆞ며 자기(自己) 영지(靈知)

ㅣ이 진실ㅅ 부텬ᄃᆞᆯ 아디 몯ᄒᆞ야 심외(心外)에 부텨ᄅᆞᆯ 얻녀 쇽절업시 ᄃᆞᆫ니다가 홀연 선지식(善知識)의 드롤길 ᄀᆞᄅᆞ쵸ᄆᆞᆯ 니버 ᄒᆞᆫ 념(念)에 광(光)을 두르혀제 본성(本性)ᄋᆞᆯ 보니 이 性이 본래 번뇌(煩惱) ㅣ 업서 누(漏)업슨 지성(智性)이 본래 제 ᄀᆞ자 곧 제불(諸佛)와 분호(分毫)도 다ᄅᆞ디 아니ᄒᆞᆯᄉᆡ 닐오ᄃᆡ 頓悟라. 漸修ᄂᆞᆫ 비록 本性이 부텨와 다ᄅᆞ디 아니ᄒᆞᆫᄃᆞᆯ 아나 무시습기(無始習氣)ᄅᆞᆯ ᄆᆞᆫ득 다 니루미 어려운 젼ᄎᆞ로 아로ᄆᆞᆯ브러 닷가 점점 훈수(勳修)ᄒᆞ야 공(功)이 이러 성인(聖人)ㅅ 태(胎)ᄅᆞᆯ 길어 오라ᅀᅡ 聖人이 다월ᄉᆡ 닐온 漸修ㅣ라. 가ᄌᆞᆯ비건댄 아ᄒᆡ ᄀᆞᆺ난나래 제근(諸根)이 ᄀᆞ초미 ᄂᆞᆷ과 다ᄅᆞ디 아니컨마ᄅᆞᆫ 그러나 그 ᄒᆡ미 충실(充實)티 몯ᄒᆞ야 세월ᄋᆞᆯ 해 디내야ᅀᅡ 비르서 사ᄅᆞᆷᄃᆞ외ᄃᆞᆺ ᄒᆞ니라.

(묻고자 합니다. 당신께서 말씀하시는 '문득 깨닫는다'는 돈오와 '점차로 닦아 간다'는 점수의 두 가지 방법이 모든 성인의 법이라 하니, 안다는 것이 이미 갑자기 알게 되는 것이라 한다면 어찌 점차로 닦아 간다는 것을 벗어나지 못하며, 또 닦는다는 것이 순서를 따라 점차로 닦는 것이라면 어찌 문득 깨닫는다고 말씀하십니까. '문득'과 '점차로'의 두 뜻을 다시 자세히 설명하여 나머지 의심을 그치게 하여 주십시오. 대답합니다. '문득 깨닫는다'는 것은 범상한 사

람들이 모르는 사이에 손발 몸뚱이가 우리의 몸이라 생각하며 망령된 생각을 우리의 마음이라 여기면서 자기 스스로 지니고 있는 본성이 바로 진실된 법신일 줄을 알지 못하며, 자기가 지니고 있는 영험한 슬기가 바로 진실된 부처인 줄을 알지 못하여, 마음 바깥에서 부처를 얻으려고 부질없이 방황하다가 갑자기 올바른 생각으로 들어가도록 가리키는 길로 들어와 한 가지 생각이 빛을 받아 자기의 본성을 보게 되니, 이 본성이라는 것은 원래 번뇌가 없어 빠진 것 없는 앎의 슬기가 본래부터 스스로 갖추어 여러 부처와 조금도 다르지 아니하므로 이것을 '문득 깨닫는다' 고 말한 것입니다. '점차로 닦아 간다' 는 것은 비록 우리의 본성이 부처와 다르지 아니한 줄을 알지만 처음을 알 수 없이 익힌 것들을 갑자기 다 없애기가 어렵기 때문에, 아는 것부터 수련하면서 점점 깊이 있는 수련을 쌓아 성인의 싹을 길러 오래되어서야 성인이 될 것이므로 이것을 '점차로 닦아간다' 고 말한 것입니다. 비유하여 말한다면 어린아이가 갓 태어난 날에는 모든 능력의 잠재력이 제대로 갖추어진 것이 다른 사람들과 다르지 아니하지만, 그러나 그 당장은 어린아이의 힘이 충실치 못하므로 세월을 많이 지내야 비로소 사람이 되는 것과 같습니다.)

이와 같은 '돈오 점수' 의 이론은 현대에 이르기까지 불교 사상계에 커다란 영향을 미치고 있다. 이 《목우자수심결》에도 여전히 한자음은 《동국정운》식 표기를 했으며 방점도 충실하게 찍혀 있다. (頓 : 돈 悟 : 옹 漸 : 쪔 修: 슣) 그러나 동국정운식 한자음 표기라는 것은 우리나라 현실 한자음과는 너무나 동떨어진 가상적인 표기였으므로 현실화하기에는 불가능한 것이었다. 따라서 이러한 표기는 조만간 사라질 운명에 놓인 것이었다. 그래서 결국 1485년(성종 16년)에 나온 《영험약초(靈驗略抄)》를 마지막으로 동국정운식 한자음 표기는 사라지고 만다.

이번에는 인수대비의 《내훈(內訓)》을 살펴보기로 하자. 성종의 어머니인 인수대비 한 씨는 세조(世祖)의 맏며느리로 뒤에 소혜왕후(昭惠王后)로 추존된 분인데 부덕(婦德)이 높기로 이름이 났었다. 이러한 분이 동양의 수신 교과서라고 할 수 있는 《소학(小學)》, 《열녀(烈女)》, 《여교(女敎)》, 《명감(明鑑)》의 네 책에서 부녀자의 덕성에 도움이 되는 요긴한 내용들을 간추려 일곱 장(章)으로 편집하고, 이것을 다시 우리말로 풀이하여 놓은 책이 《내훈》이다. 궁중에는 항상 많은 비빈(妃嬪)이 있어 그들 사이에는 엄정한 규율과 법도가 있어야 하는데, 오히려 여인들의 가벼운 성정(性情)에 이끌려 질투하고 모함하는 일이 잦으므로 이를 경계할 목적으로 지은 것이다. 이 책은 그 후 궁중의 부녀자들뿐 아니라 양반 사대부 집안의 부녀자들에게도 널리 읽히는 책이 되었다.

맹가(孟軻)ㅅ 어마님이 그 지비 무더메 갓갑더니, 맹자 ㅣ 져머 겨실 제 노ᄅᆞᆺ노리ᄅᆞᆯ 무덤 서리옛 이ᄅᆞᆯ ᄒᆞ야 봄뇌며 달고질ᄒᆞ야 묻논 양 ᄒᆞ신대, 맹모 ㅣ 니ᄅᆞ샤ᄃᆡ 이 ᄡᅥ 아ᄃᆞᆯ 살욜 배 아니라 ᄒᆞ시고 가 져제 가 지블 ᄒᆞ야시ᄂᆞᆯ 그 노ᄅᆞᆺ노리ᄅᆞᆯ 홍정ᄒᆞ야 ᄑᆞ로ᄆᆞᆯ ᄒᆞ신ᄃᆡ 맹모 ㅣ 니ᄅᆞ샤ᄃᆡ 이 ᄡᅥ 아ᄃᆞᆯ 살욜 배 아니라 ᄒᆞ시고 올마 학궁(學宮) 겨틔 가 지블 ᄒᆞ야시ᄂᆞᆯ 그 노ᄅᆞᆺ노리ᄅᆞᆯ 제기(祭器) 버리고 읍(揖)ᄒᆞ야 사양(辭讓)ᄒᆞ며 나ᅀᆞ며 무르신ᄃᆡ 맹모 니ᄅᆞ샤ᄃᆡ 이 진실로 어루 ᄡᅥ 아ᄃᆞᆯ 샬욜 ᄃᆡ라 ᄒᆞ시고 인ᄒᆞ야 사ᄅᆞ시니라. 맹자 ㅣ 아ᄒᆡᆺ ᄢᅴ 무르샤ᄃᆡ 동녁 지븨셔 돋 주교ᄆᆞᆫ ᄆᆞ슴호려 ᄒᆞᄂᆞ뇨 어마님이 니ᄅᆞ샤ᄃᆡ 너를 머교려 ᄒᆞᄂᆞ니라 그리코 뉘우쳐 니ᄅᆞ샤ᄃᆡ 나ᄂᆞᆫ 드로니 네ᄂᆞᆫ 비여셔도 ᄀᆞᄅᆞ쵸미 잇거늘 이제 뵈야ᄒᆞ로 아로미 잇거늘 소기면 이ᄂᆞᆫ 유신(有信)티 아니호ᄆᆞ로 ᄀᆞᄅᆞ치논 디라 ᄒᆞ시고 도ᄐᆡ 고기ᄅᆞᆯ 사아 ᄡᅥ 머기시니 ᄒᆞ마 ᄌᆞ라 글비호매 나ᅀᆞ가 ᄆᆞᄎᆞ매 큰 션비 ᄃᆞ외시니라.

(맹가의 어머님이 그 집이 무덤에 가깝더니, 맹자가 어렸을 때에 흉내하며 노는 놀이를 좋아하였는데, 무덤 사이에서 벌어지는 일을 흉내 내어 뛰놀고 달구질하여 땅에 시체를 묻는 시늉을 하시므로 맹자의 어머님이 말씀하시기를 여기는 아들을 살릴 데가 아니라 하시고 집을 옮겨 시장으로 가 집을 정하시니까 이번에는 흉내 놀이를 하는 데 물건 흥정하여 파는 일을 하시므로, 맹자의 어머님이 말씀하시기를 이곳도 역시 아들을 살릴 데가 아니로구나 하시고 집을 옮겨 학궁 옆으로 이사하시니까, 맹자의 흉내 놀이가 이제는 제사 그릇을 벌려놓고 읍하여 사양하고 나아가며 물러서는 제사 놀이를 하시므로 맹자의 어머님이 말씀하시기를 여기야말로 진실로 아들을 살게 할 곳이로구나 하시면서 오래 사시었다.

맹자가 어린아이 시절에 묻기를 "동쪽 집에서 돼지를 잡으니 무엇을 하려 그럽니까?" 하므로, 그 어머님이 말씀하시기를 "너를 먹이려고 한단다." 이렇게 농담으로 대답하시고는 곧 후회하면서 말씀하시기를, 내가 듣기로는 옛날에는 아기를 배었을 때도 가르침이 있다고 하였는데, 이제 바야흐로 내 아들이 철이 들어가는데 그 아이를 속이면 이미 어미가 신용을 지키지 않음을 가르치는 것이로구나 하시고 돼지고기를 사다가 아들을 먹이시니 그 아들이 장성하여 글을 배워 발전하여 마침내 큰 선비가 되셨다.)

맹모삼천(孟母三遷)이라 일컫는 고사가 간결하게 묘사되어 있다. 이러한 글을 읽으면서 양반집 부녀자들은 한 집안의 딸이 되고 한 지아비의 아내가 되며 또한 자식들의 어미가 되기 위해서 어떻게 몸과 마음을 다스려 아름다운 여성으로 온전한 인생을 살아갈 것인지를 깨우쳤을 것이다. 부덕(婦德)을 강조하는 다음 글을 하나만 더 읽어 보자.

女教애 닐오ᄃᆡ 겨지비 네 힝뎌기 잇ᄂᆞ니 ᄒᆞ나ᄒᆞᆫ 겨지븨 德이오. 둘흔 겨지븨 마리오, 세흔 겨지븨 양ᄌᆡ오 네흔 겨지븨 功이라. 겨지븨 德은 구틔여 ᄌᆡ조와 聰名이 ᄀᆞ장 달오미 아니오. 겨지븨 마ᄅᆞᆫ 구틔여 이비 ᄀᆞᆯᄒᆡ나며 말ᄉᆞ미 ᄂᆞᆯ카오미 아니오. 겨지븨 양ᄌᆞᄂᆞᆫ 구틔여 顔色이 됴ᄒᆞ며 고오미 아니오. 겨지븨 功은 구틔여 工巧호미 사ᄅᆞ미게 너무미 아니라. 조ᄒᆞ며 ᄌᆞ녹ᄌᆞ녹ᄒᆞ며 正ᄒᆞ며 安靜ᄒᆞ야 節介ᄅᆞᆯ 자바 整齊ᄒᆞ며 몸行ᄒᆞ요매 븟그러우믈 두며 뮈욤과 ᄀᆞ마니 이쇼매 法 이쇼미 이 닐온 겨지븨 德이라. 말ᄉᆞᄆᆞᆯ ᄀᆞᆯᄒᆡ야 닐어 모딘 마ᄅᆞᆯ 니ᄅᆞ디 아니ᄒᆞ며 시졀인 後에ᅀᅡ 닐어 사ᄅᆞ미게 아쳗

브디 아니호미 이 닐온 겨지븨 마리라. 더러운 거슬 시서 옷과 ᄲᅮ뮤미 조ᄒᆞ며 沐浴을 시절로 ᄒᆞ야 모몰 더럽게 아니호미 이 닐온 겨지븨 양ᄌᆡ라. 질삼애 ᄆᆞᅀᆞᄆᆞᆯ 專一히 ᄒᆞ야 노롯과 우수믈 즐기디 아니ᄒᆞ며 술과 밥과ᄅᆞᆯ 조히 ᄒᆞ야 손ᄋᆞᆯ 이바도미 이 닐온 겨지븨 功이라. 이 네희 겨지븨 큰 德이라 업수미 몯 ᄒᆞ리니 그러나 ᄒᆞ요미 甚히 쉬우니 오직 ᄆᆞᅀᆞᆷ 두매 이실 ᄯᆞᄅᆞ미라. 녯 사ᄅᆞ미 닐오ᄃᆡ 仁이 머녀 내 仁을 코져 ᄒᆞ면 仁이 니를리라 ᄒᆞ니 이ᄅᆞᆯ 니ᄅᆞ니라.

('여교'에 이르기를 여자에게는 네 가지 행적이 있으니 첫째는 여자의 덕이요, 둘째는 여자의 말이요, 셋째는 여자의 모양이요, 넷째는 여자의 재능이라. 여자의 덕은 구태여 재주와 총명이 남보다 뛰어남이 아니요, 여자의 말은 구태여 구변이 좋으며 말씨가 날카롭게 비평적일 필요가 없는 것이며, 여자의 모양은 구태여 얼굴이 남보다 아름답고 예쁨이 아니요, 여자의 재능은 구태여 솜씨가 남보다 훌륭한 것이 아니다. 깨끗하며, 조용하며, 바르며, 고요하여 절도를 지켜 가지런히 하며 몸을 움직임에 있어 부끄러운 듯이 하며, 움직일 때나 가만히 있을 때에 법도대로 하는 것이 이른바 여자의 덕이라 한다. 말하기를 골라 하여 모진 말을 말하지 아니하며, 때에 맞추어 기회를 보아 말하면서도 남에게

아첨하지 아니하는 것이 여자가 말할 때 지킬 바이다. 더러운 것을 깨끗이 하여 옷과 몸치장을 깨끗이 하며, 목욕을 때맞추어 하여 몸을 더럽게 하지 않는 것이 여자의 모양이라 한다. 길쌈에 정성을 쏟아 열심히 하며, 놀이와 웃음을 즐기지 아니하며, 술과 밥을 정갈하게 만들어 손님을 대접하는 것이 이른바 여자의 재능이라 한다. 이 네 가지가 여자의 큰 덕이라 업수이 여기지 못할 것이다. 그러나 하기가 대단히 쉬운 것이니, 오직 마음먹기에 달린 것일 뿐이다. 옛날 사람이 말하기를 인(仁)이라 하는 것이 멀겠느냐, 내가 스스로 인코자 하면 인이 내게 가까이 다가오리라 하였으니, 이것이 곧 마음먹기에 따라 훌륭한 인품을 가질 수 있음을 일컫는 것이다.)

이 글을 읽으면서 우리는 조선조 시대에 바람직한 여인상이 무엇이었는가를 생각하게 된다. 현대화와 사회 참여라는 이름으로 여성답지 못한 여성들이 점차 늘어 가는 현대 사회에서 전통적인 여성상에 대한 재평가가 절실히 요구된다 하겠다. 한편 《내훈》의 간행은 마땅한 여성 교육 기관이 없던 조선조 사회에서 아쉬운 대로 여성들이 쉽게 접근할 수 있는 교과서를 제공했다는 점에서 중요한 의미를 지니는 것이다.

다음으로 우리는 당나라 시인 두보(杜甫)의 25권이나 되는 방대한 양의 시집이 한글로 번역 출간되었다는 사실에 주목하여야 한다. 《두시언해(杜詩諺解)》가 출간되기 이전까지의 한글 문헌은 《용비어천가》를 뺀다면 불교 관계 서적이 대부분이었고, 그 외의 문헌은 앞에 소개한 《내훈》 정도에 지나지 않았다. 왕실을 중심으로 하고 주로 부녀자들을 상대로 했던 한글이, 유학자들이 애독하는 두보의 시 작품을 번역하는 데에 사용되었다는 것은 한글의 활용이 그만큼 폭이 넓어졌음을 뜻하는 것이다. 조선조 때에 두보의 시가 지니는 위치는 대단히 중요한 것이었다. 그 당시 과거는 관리 등용의 가장 중요한 수단이었고, 그 과거 시험에서 훌륭한 시를 짓는다는 것은 무엇보다도 유능한 인재임을 증명하고 평가하는 기준이었다. 따라서 두보의 시는 관리가 되고자 하는 모든 선비가 교양으로서뿐만 아니라 시 짓는 능력을 함양하기 위한 연구서로서도 중요한 몫을 지니는 것이었다.

《두시언해》는 1481년(성종 12년)에 유윤겸(柳允謙) 조위(曺偉) 승 의침(義砧) 등에 의하여 25권 17책의 활자본으로 간행되었다. 그러나 이때에 간행된 초간본 중에는 현재 그 모습을 볼 수 없는 것이 여러 권이나 된다. 그 후 1632년(인조 10년), 그러니까 초간본이 간행된 지 150년이나 지난 뒤에 목판본으로 중간(重刊)되었다. 그래서 우리는 《두시언해》 초간본과 중간본을 갖게 되었는데, 이 두 종류의 책은 150년간의 우리말의 변화를 보여주고 있어서 국어학자들의 지대한 관심을 끌었었다. 초간본 때에 볼 수 없었던 현상으로 중간본 때에 나타나는 것은 'ㅿ', 'ㆁ' 같은 표기가 없어졌다든가, 방점이 없어졌다든가 하는 것 외에 구개음화 현상이 나타났다는 점이다.

그러면 초간본을 중심으로 언해된 두보의 시를 두 편만 감상하기로 하자.

狂夫

萬里橋ㅅ 西ㅅ 녀긔 ᄒᆞᆫ 새 지비로소니
百花潭ㅅ 므리 곧 滄浪 ᄀᆞᆮ도다.
ᄇᆞ롬 머근 프른 대ᄂᆞᆫ 娟娟ᄒᆞ야 寂靜ᄒᆞ얏고
비 저즌 불근 蓮ㅅ 고ᄌᆞᆫ 冉冉히 곳답도다.
祿 해 타 먹ᄂᆞᆫ 녯 버든 書信이 그처 업고
ᄆᆡ양 주렛ᄂᆞᆫ 져믄 아ᄃᆞ른 ᄂᆞᆺ 비치 서의ᄒᆞ도다.

굴헝에 몃귀여 주구리라 호매 오직 疎放ᄒᆞᆯ ᄯᆞᄅᆞ미로소니
미친 노미 늘거도 ᄯᅩ 미츄믈 내 웃노라.

萬里橋西草一堂
百花潭水卽滄浪
風含翠篠娟娟靜
雨裏紅蓮冉冉香
厚祿故人書斷絶
恒飢稚子色凄凉
欲塡溝壑唯疎放
自笑狂夫老更狂

미친 늙은이

(만리교 서쪽에 작은 초가집 한 채
백화담 연못물이 바다처럼 커 보이네.
바람 머금은 푸른 대나무는 고요히 하늘거리고
비에 젖은 붉은 연꽃은 아련히 향기롭네.
벼슬 높아 잘 사는 옛날 친구와는 편지조차 끊기고
언제나 굶주린 어린 자식은 몰골이 처량하구나.
구렁에 처박혀 죽으면 그뿐 걸릴 것이 없으매

미친놈이 늙어서 또 미친 것을 스스로 웃을 수밖에.)

두보의 시가 특별히 조선조 선비들에게 사랑을 받은 이유는 한두 가지가 아니다. 우선 이 시의 형식상의 짜임새로부터 내용의 깊이를 간추려 살펴보자. 8행으로 된 이 칠언 율시(七言律詩)는 2행씩의 기승전결(起承轉結)이 맺고 끊은 듯 깨끗하다. 기(起)에 해당하는 처음 두 줄은 멀리 보이는 초가집 한 채를 원경(遠景)으로 묘사한다. 승(承)에 해당하는 셋째 줄과 넷째 줄은 집 뒤의 대나무 숲과, 연못 위의 연꽃을 묘사하여 작자의 시선이 좀 더 가깝게 접근했음을 보인다. 그러니까 근경(近景)을 그린 셈이다. 여기까지가 외부 환경의 묘사이다. 다섯째, 여섯째 줄인 전구(轉句)에 이르러 작자는 자신의 주위의 인물에 대해 말한다. 먼저 이제는 출세하여 죽마고우의 옛정을 까맣게 잊어버린 옛날 친구에 대하여 말한다. 그 친구가 지금쯤 호화스러운 생활에 도취해 있을 것을 암시하면서 굶주려 비실거리는 자기 자식을 대비시켜 말한다. 그리고 일곱째, 여덟째 줄로 넘어와 작자 자신의 심경을 노래한다. 구렁에 고꾸라져 죽으면 어떠랴 싶은 심정, 그러나 그것이 진실로 자유롭고 마음 편함을 느끼니, 이것이 미쳐도 단단히 미친 것이 아니냐는 냉엄한 자기반성을 끝마무리로 하고 있다. 과연 이 시인이 미친 시인일까? 염량세태(炎涼世態)의 흐름대로 세속의 유행과 권세를 따르면서 옛날의 우정도 돌아보지 않는 친구가 미친놈이 아니냐는 역설적인 욕설을 감추고 있는 이 시인은 자기 자신을 초가집 앞에 세워 두고 또 하나의 자기가 멀리 서서 자신을 응시하고 있다. 조선조의 양반들은 두보의 이런 시를 읽으면서 몇 번이고 자기 자신만은 출세하여 잘 살게 되더라도 절대로 옛날의 정리를 잊지 않을 것임을 맹서하였을 것이다.

江 村

ᄆᆞᆯᄀᆞᆫ ᄀᆞᄅᆞᆷ ᄒᆞᆫ 고ᄫᆡ ᄆᆞᅀᆞᆯᄒᆞᆯ 아나 흐르ᄂᆞ니,
긴 녀ᄅᆞᇝ 江村애 일마다 幽深ᄒᆞ도다.
절로 가며 절로 오ᄂᆞ닌 집 우흿 져비오,
서르 親ᄒᆞ며 서르 갓갑ᄂᆞ닌 믌 가온딧 ᄀᆞᆯ며기로다.
늘근 겨지븐 죠ᄒᆡᄅᆞᆯ 그려 쟝긔파ᄂᆞᆯ ᄆᆡᇰᄀᆞᆯ어ᄂᆞᆯ
져믄 아ᄃᆞᄅᆞᆫ 바ᄂᆞᄅᆞᆯ 두드려 고기 낫ᄀᆞᆯ 낙ᄉᆞᆯ ᄆᆡᇰᄀᆞᄂᆞ다.
한 病에 얻고져 ᄒᆞ논 바ᄂᆞᆫ 오직 藥物이니
져구맛 모미 이 밧긔 다시 므스글 求ᄒᆞ리오.

清江一曲抱村流
長夏江村事事幽
自去自來堂上燕
相親相近水中鷗
老妻畫紙爲碁局
稚子敲針作釣鉤
多病所須唯藥物
微軀此外更何求

강마을

(맑은 강 한 굽이가 마을을 안고 흐르는데
긴 여름 강 마을에는 일이 없는 듯 그윽하네.
절로 가며 절로 오는 것은 집 위의 제비요,
서로 친하고 서로 가까운 것은 물 가운데 떠 있는 갈매기로다.
늙은 아내는 종이 위에 장기판을 그려 주고,
어린 아들은 바늘을 두드려 고기 낚을 낚시를 만든다.
병 많은 처지에 얻고자 하는 것은 오직 약일 뿐,
조그마한 이 몸이 그 외에 또 무엇을 구할 것인가?)

강, 마을, 제비, 갈매기, 아내, 아들, 약, 그리고 작은 몸으로 행이 바뀔 때마다 이어지는 대상들의 변화는 참으로 치밀하게 짜인 한 폭의 그림이다. 처음 네 줄은 자연환경을 묘사하고, 나중 네 줄에는 그 자연환경을 배경으로 하여 인물들이 나와 움직인다. 처음엔 아내와 아들이, 그리고 마지막에는 작자 자신의 허심탄회한 심경을 읊음으로써 세상을 등지고 자연과 벗하여 사는 병든 늙은 시인을 초라한 듯, 그러나 스스로를 즐기는 의젓한 한 인간을 노래하고 있다. 일마다 그윽할 뿐이라 하였으니, 몇 해를 지나도 바깥사람의 발그림자가 없는 아주 궁벽한 강 마을이 연상된다. 우리나라로 친다면 강원도 정선쯤 된다고 해야 할까? 거기에서 미천한 인생이 구차하게 조금 더 살기를 바라는 것 같은 안간힘. 그러나 돌이켜 보면 하늘이 내어 준 인생을 끝까지 고결하고 겸허하게 받아들이려는 자세를 보게 된다고는 말할 수 없을 것인지, 깊이 생각하게 한다.

두보의 시 세계는 같은 시기의 당나라 시인 이태백과 대조적이라는 점이 주목된다. 이태백을 시선(詩仙)이라 하였음에 반하여, 두보를 시성(詩聖)이라 하였다. 이태백이 호탕하고 귀족적이며 낭만적이라면, 두보는 돈후 인자(敦厚仁慈)하고 평민적이며 사실적이라고 말할 수 있다. 현실 생활에 직면하여 나라 일을 걱정하며 세상 돌아가는 모습에 괴로워하면서 한 자 한 구도 정성을 들여 시를 짓는 두보의 작품을 조선조 선비는 깊이 사랑하였다. 모름지기 시를 짓고자 하는 사람이라면 두보의 시 세계를 이해하지 아니할 수 없었다. 이 점이 150년이 지난 뒤에도 중간본을 다시 간행하게 한 중요한 이유이다. 말하자면, 《두시언해》는 조선조 선비들에게 있어서 세상을 보는 안목과 시 짓는 기술을 익히는 교과서였던 것이다.

첫 번째의 한글 탄압 사건

한글이 창제된 지 육십 년이 된 1504년(연산군 10년)은 한글이 첫 번째의 수난을 받은 해였다. 연산군 치세의 말기에 해당하는 이 시기에 연산군이 잘못하는 처사가 한두 가지가 아니었지만, 그 가운데 하나가 바로 언문(한글)의 학습과 사용을 금지한 명령을 내린 일이었다.

사건의 발단은 연산군의 처남 신수영(愼守英)의 밀고에서 시작된다. 신수영은 연산군 10년 7월 19일 자기 집에 투서가 들어왔다고 연산군에게 고한다. 투서의 내용은 한글로 임금의 학정을 비난하는 것이었다.

개금(介今)이가 말하되, 옛날 임금은 난시라 하여도 이렇게까지 사람을 죽이지는 아니하였는데, 지금의 주상(主上)은 도대체 어떤 주상이기에 신하들 죽이기를 파리 목을 자르듯 하는고! 아 언제나 이런 세상이 끝나리오.

이러한 투서의 내용을 알게 된 연산군은 그 투서에 나오는 이름을 가진 여인들을 빈청에 잡아다 놓고 정승 이하 여러 고관들을 시켜 조사하였으나 범인은 잡히지 않았다. 이 무렵 연산군은 부왕 성종 시설에 폐비가 되어 죽은 자기의 생모 윤씨(尹氏)의 원한을 갚는다고 많은 사람을 죽이거나 유배시키는 등 실로 이성을 잃고 포악한 행동을 자행하고 있었다. 연산군은 당일로 범인을 잡아내라고 다그치면서 막대한 현상금까지 내걸었지만 범인은 잡히지 않았다. 그러나 그 다음날부터 연산군은 언문을 탄압하는 명령을 내리기에 이른다. 그 내용은 다음과 같다.

첫째, 차후로는 언문은 가르치지도 말고 배우지도 말 것.
둘째, 이미 언문을 배워 아는 자는 절대로 사용하지 말 것.
셋째, 언문을 사용하는 자는 기훼제서율(棄毁制書律)로 처단함.

넷째, 무릇 언문을 아는 자는 한성(漢城) 오부(五部)에 신고하여야 하며, 알고도 고하지 않는 자는 이웃과 함께 죄를 주되 제서유위율(制書有違律)로 처단함.

다섯째, 조정 고관 집에 소장된 언문 구결의 책은 모조리 불사르도록 할 것.

단, 중국어를 번역한 것은 금하지 말 것.

여기에서 기훼제서율은 나라의 법령과 문서를 훼손하거나 버렸을 때 받는 벌이요, 제서유위율은 나라의 법령이나 문서의 내용을 어겼을 때 받는 것으로 곤장 일백 대를 맞는 중벌이었다. 백성들의 문자 생활에 도움을 주기 위해 한글을 창제하였던 세종대왕과 비교하여 본다면 연산군의 이와 같은 명령은 한심하기 짝이 없는 행위였다. 그러나 그 당시 이미 연산군은 이성을 잃고 행동하는 것이었으므로 그처럼 엄한 임금의 명령이 있었다고 해도 그것이 실질적으로 효력이 발생하였다고는 보기 힘들다. 설혹 임금의 명령이 무서워 잠시 언문 교육이 중단되었다고는 볼 수 있으나, 이것은 반대로 해석한다면 양반집의 부녀자들은 물론 노비들까지도 언문(곧 한글)이 상당히 광범위하게 보급되어 그야말로 한자를 배울 기회가 없는 계층에서는 언문에 의한 문자 생활이 일반화되어 있었음을 반증하는 것이라 하겠다. 실제로 언문 사용의 금지를 명한 이후에 두 가지 언문 편지 사건이 발생하였다. 하나는 어떤 운평(運平 : 연산군 시대에 각 지방에서 뽑혀온 얼굴이 고운 기생)을 좋아하는 벼슬아치가 그 운평에게 연산군의 눈에 띄지 않으려면 화장에 힘쓰지 않아야 한다고 언문 편지를 써 보낸 사건이고, 또 하나는 흥청(興淸 : 운평 중에서 재주가 뛰어나고 얼굴이 고와 임금의 시중을 들게 되어 있는 기생)들이 궁중에서 억류 생활하는 것을 한탄하여 언문 편지로 서로 위로하고 있었는데, 그 편지 왕래가 탄로 난 사건이었다. 이와 같이 언문 사용이 금지된 이후에도 기생들 사이에는 여전히 언문 사용이 활발하였음을 알 수 있다. 이것으로 미루어 보면 연산군의 언문 사용 금지 명령은 언문을 사용하는 백성들에게 일시적인 충격은 주었으나 봇물이 터지듯 언문의 보급은 전국 방방곡곡에 계속 확대되고 있었다고 보아야 한다. 한편 연산군은 스스로 언문 사용의 금지를 명령해 놓고 그 후에 언문으로 역서(曆書)를 번역하게도 하였으며, 새로 지은 악장(樂章)에 한글로 '높낮이' 를 표시하도록 명하기도 하였다. 또 새로 채용된 흥청이나 운평이 궁중 용어를 몰라 실수할 때가 있으므로 어전에서 사용하는 말을 언문으로 번역하여 가르치라고 명하기도 하였다. 결국 한글 사용을 금지한 것은 자신을 비방하는 여론이 한글로 표현된 것을 싫어하여 일시적으로 내린 명령일 뿐, 그것이 제대로 시행되지도 않았으며, 더구나 그의 행동에 일관성이 없었던 사실로 보아 이 한글 탄압은 연산군 말기 2년간에 있었던 하나의 에피소드로 보아야 할 것이다.

도도한 역사의 흐름이, 온전치 못한 정치를 하던 임금의 말 한 마디에 영향을 받을 수 있을 것인가?

영그는 민족 문학

한 나라의 민족 문학은 엄격하게 말한다면 그 나라말을 제대로 적을 수 있는 문자가 있어야 제대로 발전할 수가 있다. 우리 민족의 역사가 반만 년을 헤아린다고 해도 우리말을 제대로 적을 수 있는 한글이 창제된 것은 겨우 오백칠십 년 안팎에 지나지 않으니 결국 민족 문화의 역사는 오백칠십 년을 넘어설 수는 없게 되어 있다.

물론 우리 조상들은 한글이 창제되기 이전에도 문학 활동을 하였다. 이야기도 지었고 시도 읊었다. 그러나 그것을 완벽하게 기록할 수는 없었다. 더러는 한문으로 그 뜻을 옮겨 놓는 것이었고, 더러는 향가와 같이 한자를 빌어 불완전한 상태의 우리말을 적어 놓는 것이었으며, 또 더러는 다만 입에서 입으로 옮겨 전할 뿐이었다. 이렇게 입에서 입으로 옮겨 전하다가 그 맥이 끊기면 그 이야기나 노래는 이 세상에서 영원히 사라져 버리는 것이었다.

제 나라 제 민족의 말을 바르게 적을 수 있는 문자가 생겼다는 것은 민족 문학을 제대로 담을 수 있는 좋은 그릇이 생겼음을 뜻한다. 문학은 언어의 예술이며, 언어는 곧 제대로 된 문자에 의해서 제대로 표현될 수 있기 때문이다.

선조 대왕 시절- 이제 한글이 창제된 지 백여 년의 세월이 흘렀다. 그동안 세조 · 성종 · 연산군 · 중종 · 명종의 시대를 거쳐 선조의 시대에 이른 것이다. 세조 때에는 주로 불경 언해가 간행되었고, 성종 때에는 《내훈》, 《두시언해》, 《삼강행실도》 같은 책이 나왔다. 중종 때에 이르러 《속삼강행실도》, 《번역소학》, 《여씨향약언해》, 《정속언해》, 《이륜행실도》, 《효경언해》 같은 책이 나와 나라 전체에 미풍양속을 진작시켰다. 그러다가 선조 때에 오면 비로소 유교의 경전인 《사서삼경(四書三經)》까지 한글로 번역한 이른바 《칠서언해(七書諺解)》의 간행을 보게 된다. 당대 동양 문화의 핵심적인 사상이 거의 전부 한글로 번역된 셈이다. 이러한 번역 사업에 발맞추어 한글은 온 나라 안에 골고루 전파되었을 것이다. 만

40년의 재위 기간을 누린 선조 대왕(1567~1607)은 후반부의 7년간을 왜란에 시달려 시련을 겪기는 했으나, 왜란을 만나기 전까지는 조선 왕조 전반기 사회의 난숙한 문화를 마음껏 누린 행복한 임금이었다. 따라서 16세기 후반은 조선 왕조의 문화적 업적이 일단 총정리 되었던 시대라고 할 수 있다. 이 시대를 기준으로 하여 문학의 모습을 살펴보기로 하자.

시가(詩歌) 문학으로서는 시조(時調)와 가사(歌辭)를 손꼽을 수 있겠고, 본격적인 논의는 불가능하나 산문(散文) 문학으로서는 소설과 수필을 거론해야 할 것이다.

선조 대왕 3년(A. D. 1570)에 작고한 퇴계(退溪) 이황(李滉)과 선조 17년에 돌아간 율곡(栗谷) 이이(李珥) 두 분은 우리나라에 성리학(性理學)이 들어온 이래, 그 성리학을 보다 심오하게 발전시켜 한국 유교 철학의 거대한 산봉우리를 이루신 분들이다. 이들 두 분이 각기 그들의 사상을 시조로 표현하였다. 퇴계는 「도산십이곡(陶山十二曲)」 열두 수를 남겼으며, 율곡은 「고산구곡가(高山九曲歌)」 아홉수를 남겼다. 당대의 대학자가 그들의 심경을 문학적으로 표현함에 있어서 시조(時調)의 형식을 빌었다고 하는 것은 범연한 문제가 아니다.

이미 '시조'라고 하는 문학 장르가 당시 사회에 커다란 세력으로 퍼져 있었다는 것은 말할 것도 없고, 성리학이 추구하는 세계관과 인생관을 '시조'라는 특이한 시가 형식(詩歌形式)이 받아들이고 또 나타낼 수 있었다는 것을 뜻하기 때문이다.

시조는 이미 고려 말에 상당한 정도로 정비된 시가 형식으로 생성되어 있었다. 오늘날 우리가 조선 왕조 건국의 일화와 함께 즐겨 외우는 정몽주(鄭夢周)의 「단심가(丹心歌)」와 이방원(李芳遠)의 「하여가(何如歌)」는 과연 그 노래가 읊어질 당시의 모습 그대로인지는 알 수 없으나, 설사 조금 다르다고 해도 그 차이가 문제될 것으로는 생각되지 않는다. 그 후로 시조는 시대를 흘러 내려오면서 조선조 선비들의 생활과 생각을 간결하게 표출한다. 조선 왕조 개국 초에는 고려의 멸망을 안타까워하는 「회고가(懷古歌)」와 조선의 창업을 찬양하는 「송축가(頌祝歌)」가 나와 그때 선비들의 커다란 두 줄기 흐름을 보여주었다. 세종 때에는 잠시 태평성대를 즐기는 「강호가(江湖歌)」가 창작되어 여유 있는 세상살이의 멋을 보이더니 급기야 세조 때에 이르러 단종(端宗)의 복위(復位)를 꾀하다가 실패한 선비들에 의한 「충의가(忠義歌)」가 불리어져서, 시조가 어떻게 선비들의 삶에 직결되어 있는 문학 장르였던가를 보여주었다. 그러나 이처럼 활발한 작품 활동이 있었고 그것이 실제의 생활과 밀착되어 있었음을 보여주기는 했으나, 그때까지 높은 예술적 향기를 지닌 시조는 아주 드물었다. 그러다가 16세기에 들어와 태평한 세월과 자연의 아름다움을 노래한 황진이(黃眞伊), 이현보(李賢輔), 송순(宋純) 같은 시인에 이르러서 시조의 문학성은 흐드러지게 꽃핀다. 이것이 퇴계와 율곡에 이르러서는 유교의 이념을 형상화하는 경지로까지 발전한다. 문학이 이념의 영역을 자유롭게 넘나든 것은 시조에서 그 대표적인 예를 보여주지 않았나 생각될 정도이다. 그러나 같은 선조 때에 박인로(朴仁老), 신흠(申欽), 윤선도(尹善道)의 시조가 높은 문학적 향취를 보여줌으로써 시조가 유교 철학의 이념적 해설의 방편으로 굳어 버리는 것이 아니라, 유교 사회의 특성을 시조가 긍정적으로 표상하는 유일한 문학 장르임을 입증하게 된다. 선조 시대 이후 산문화의 물결을 타고 시조는 단형의 평시조에서 엇시조와 사설시조로 형태의 변화를 입는다. 그 후 현대까지 칠백 년 동안 시조는 우리나라 시가 문학의 대표적인 장르로 생명을 유지하고 있다. 현대에 이르러 시조가 그 생명을 잃었다고는 할 수 없으나 시 문학의 변두리로 밀려난 것은 분명하다. 결국 시조는 유교 사상의 발전과 쇠퇴에 발맞추어 왔다고 볼 수 있다. 그러한 의미에서 퇴계와 율곡의 시조는 우리에게 각별한 관심을 끄는 것이다.

다음은 「도산십이곡」의 처음 부분이다.

이런ᄃᆞᆯ 엇다ᄒᆞ며 뎌런ᄃᆞᆯ 엇다ᄒᆞ료.
草野愚生(초야우생)이 이러타 엇다ᄒᆞ료.
ᄒᆞᄆᆞᆯ며 泉石膏肓(천석고황)을 고텨 므슴ᄒᆞ료.
(이런들 어떠하며 저런들 어떠하료.
초야에 어리석은 선비 이렇다 어떠하료.
하물며 자연 사랑의 고질병을 고쳐 무엇 하리오.)

煙霞(연하)로 지블삼고 風月(풍월)을 버들사마
太平聖代(태평성대) 病(병)으로 늘거가뇌
이듕에 ᄇᆞ라ᄂᆞᆫ 이른 허므리나 업고자.
(자연으로 집을 삼고 시 짓기로 벗을 삼아
태평성대에 병으로 늙어 가네.
이 중에 바라는 일은 허물이나 없으면.)

淳風(순풍)이 죽다ᄒᆞ니 眞實(진실)로 거즈마리
人生(인생)이 어디다ᄒᆞ니 眞實로 올ᄒᆞᆫ 마리
天下(천하)에 許多英才(허다영재)를 소겨 말ᄉᆞᆷᄒᆞᆯ가.
(좋은 풍속 죽었다 하니 진실로 거짓말이
사람 성품 어질다 하니 진실로 옳은 말이
천하에 그 많은 영재들을 속여 말씀 아니 하네.)

퇴계 말년의 원숙한 사상적 · 정서적 안정감이 이 시 속에 넘쳐 흐른다. 주자(朱子)의 무이정사(武夷精舍)를 본받아 자연 속에 물러앉아, 사색과 후배 양성에 힘쓰겠다는 삶의 모습과 이상이 그대로 나타나 있다. 퇴계는 12곡으로 된 이 시조 끝에 '우리나라의 고유한 시가는 대체로 그 뜻이 난잡하고 하고자 하는 말이 제대로 드러나지 않았다.' 고 비판하는 글을 덧붙이고 있다. 말하자면, 「도산십이곡」과 같은 시조가 바람직한 시가임을 은근히 강조한 것인데 성리학자의 문학관을 이해하게 하는 중요한 발언으로 주목된다.

다음은 「고산구곡가」의 일부이다.

高山 九曲潭(구곡담)을 살롬이 몰으든이

誅茅卜居(주모복거)ᄒᆞ니 벗님네 다 오신다.

어즙어 武夷(무이)를 想像(상상)ᄒᆞ고 學朱子(학주자)를 ᄒᆞ리라.

(고산 구곡담을 세상 사람 모르더니

풀 밴 자리 초막 지으니 벗님네 다 오신다.

어즈버 무이정사 생각하며 주자의 학문 닦으리라.)

二曲(이곡)은 어드ᄆᆡ고 花岩(화암)에 春晩(춘만)커다

碧波(벽파)에 곳츨 ᄯᅴ워 野外(야외)에 보내노라

살롬이 勝地(승지)를 몰몬이 알게ᄒᆞᆫ들 엇더리.

(두 번째 구비 어드멘고 꽃바위에 늦봄이네.

푸른 물결 꽃을 띄워 들 밖으로 보내노라.

세상 사람 진짜 자연을 모르니 알게 한들 어떠리.)

三曲(삼곡)은 어드ᄆᆡ고 翠屛(취병)에 닙퍼졋다

綠水(녹수)에 山鳥(산조)는 下上其音(하상기음)ᄒᆞ는 적의

盤松(반송)이 受淸風(수청풍) ᄒᆞᆫ이 녀름 景(경)이 업세라.

(세번째 구비 어드멘고 꽃가지 병풍에 잎사귀 퍼졌구나.

푸른 물가 산새들은 높낮은 소리로 지저귀는데

굽은 솔 맑은 바람을 안으니 여름이라 더울소냐.)

율곡의 이 시조도 그의 말년에 황해도 해주(海州)에 있는 고산(高山)에 주자를 흉내 내어 정사(精舍)를 짓고 학문과 교육에 힘 기울이겠다는 심경을 읊고 있다. 은둔 생활에 뜻을 둔 학자가 자연을 벗하지 않을 리 없고, 자연을 벗할 때 거기에 흥이 따르지 않을 수 없으니, 그것이 이러한 노래로 표현된 것이리라. 그러나 오늘날 문학을 하나의 독립된 예술로 보는 처지에서 이러한 시가는 그 한계성을 인정하지 않을 수 없을 것이다.

선조 대왕 시절은 가사(歌辭) 문학 역시 난만한 꽃을 피우던 때였다. 일찍이 고려 말에 나옹화상(懶翁和尙)이라는 스님이 「서왕가(西往歌)」, 「심우가(尋牛歌)」 같은 불교 가사를 지었다고 한다. 알맞은 표기 문자가 발명되기 전이라 작품이 전하지 않았을 것이지만 가사 역시 고려 말에 발생하였다면 짧은 시가 형태로서의 시조와 짝 맞추어 긴 시가 형태로 존재한 문학 장르로 보아야 할 것이다. 이러한 가사가 그 모습을 본격적으로 선보이는 것은 한글 창제 한참 뒤인 성종 대왕 시절 정극인(丁克仁)이 지은 「상춘곡(賞春曲)」에 이르러서이다. 그 후 가사는 시조처럼 활발하게 창작되지는 않는다. 길게 지어야 한다는 구조적 특성이 손쉽게 작품을 생산해 내지 못하게 하였을 것이다. 그러다가 중종 때에 이르러 송순(宋純)의 「면앙정가(俛仰亭歌)」를 징검다리로 하여 선조 때 송강(松江) 정철(鄭徹)에 와서 가사 문학은 드디어 찬란한 빛을 발한다.

'송강' 하면 '가사' 를 연상하기 때문에 정철이란 분이 누구인지는 몰라도 '송강가사' 라는 낱말은 마치 하나의 문학 작품으로 여겨질 만큼 '송강가사(松江歌辭)' 는 너무도 우리 귀에 익은 말이 되어 버렸다. 그러나 '송강가사' 는 정철이 지은 가사 전부를 가리키는 말이다.

(《송강가사》라는 책이 있다. 여기에는 「관동별곡(關東別曲)」, 「사미인곡(思美人曲)」, 「속미인곡(續美人曲)」, 「성산별곡(星山別曲)」, 「장진주사(將進酒辭)」 등 다섯 개의 가사에 51수의 시조가 실려 있다.) 그런데 《송강가사》를 논의하는 자리에서 우리가 잊어서는 안 될 것이 있다. 서포(西浦) 김만중(金萬重)이 그가 지은 《서포만필(西浦漫筆)》에서 '송강가사'에 대하여 언급한 다음 구절이다.

> 예부터 오늘에 이르기까지 우리나라의 진짜 명문은 「관동별곡」, 「사미인곡」, 「속미인곡」의 세 편뿐이다. 그러나

또다시 이 세 편 가운데서 가장 좋은 작품을 뽑는다면 「속미인곡」이 제일 아름다운 작품이라고 하겠다. 「관동별곡」과 「사미인곡」에는 한자말을 빌어다가 표현한 부분이 많이 있기 때문이다.

그러면 「속미인곡」은 어떤 작품인가? 그 마지막 부분을 잠시 읽어 보기로 하자.

茅모簷쳠 ᄎᆞᆫ 자리의 밤듕만 도라오니 半반壁벽 靑청燈등은 눌 위하야 불갓는고 오ᄅᆞ며 ᄂᆞ리며 헤ᄯᅳ며 바자니니 져근덧 力녁盡진ᄒᆞ야 픗즘을 잠간 드니 精정誠셩이 지극ᄒᆞ야 ᄭᅮᆷ의 님을 보니 玉옥 ᄀᆞᄐᆞᆫ 얼구리 半반이나마 늘거셰라 ᄆᆞᄋᆞᆷ의 머근 말ᄉᆞᆷ 슬ᄏᆞ장 ᄉᆞᆲ쟈 ᄒᆞ니 눈물이 바라 나니 말ᄉᆞᆷ인들 어이ᄒᆞ며 情정을 못다ᄒᆞ야 목이 조차 메여ᄒᆞ니 오뎐된 鷄계聲셩의 ᄌᆞᆷ은 엇디 ᄭᆡ돗던고 어와 虛허事ᄉᆞ로다 이 님이 어ᄃᆡ 간고 결의 니러 안자 窓창을 열고 ᄇᆞ라보니 어엿븐 그림재 날 조출 ᄲᅮᆫ이로다 ᄎᆞᆯ하리 싀여디어 落낙月월이나 되야이셔 님겨신 窓창안ᄒᆡ 번드시 비최리라 각시님 ᄃᆞᆯ이야ᄏᆞ니와 구ᄌᆞᆫ 비나 되쇼셔.

(초가집 추운 침실 깊은 밤중 돌아오니 벽에 걸린 푸른

등불 누굴 위해 밝았는고. 오르락내리락 허둥거려 방황하다 어느 사이 기운 지쳐 풋잠을 잠깐드니, 정성이 지극했나 꿈에 님을 뵈었는데 옥 같은 님의 얼굴 반넘어 늙으셨네. 마음에 먹은 말씀 실컷 사뢰고자 하였으나, 눈물이 펑펑 쏟아지니 말씀인들 어이 드리며, 그립던 정을 이기지 못하여 목조차 메여 쩔쩔매는 중에 방정맞은 닭울음에 잠을 깨고 말았구나. 어와 허사로다. 님은 어디에 계신가. 얼결에 일어앉아 창문 열고 바라보니 가련한 그림자 내 모습을 비칠 뿐이로다. 차라리 죽어 버려 새벽달 되어 님 계신 창안을 훤히 비춰 드렸으면. 각시님 달은커녕 궂은비라도 되옵소서.)

군신(君臣)의 관계를 사랑하는 남녀 관계로 바꾸어 이처럼 아름다운 우리 말 가사를 만들 수 있었던 송강의 능력은 말할 것도 없고, 이 작품의 문학적 가치를 높이 인정한 김만중의 안목 또한 우리를 경탄케 한다. 이것은 이미 이 시대에 진정한 민족 문학이 어떻게 형성되어야 하는지를 깨닫기 시작하였음을 보여주는 것이라 하겠다. 한글의 창제는 우리 문학을 발전시킴에 있어 이처럼 절대적인 전제가 되었던 것이다. 이제 비록 원문은 한문으로 되어 있을망정 서포(西浦)의 문학관이 어떠한 것이었나를 살펴보기로 하자.

사람의 마음이 입으로 나오면 말이 되고, 말에 가락이 붙으면 노래가 되고, 시(詩)가 되고, 글이 되는 것이다. 사방의 말이 비록 같지 않으나 진실로 말 잘하는 사람이 있어 각각 그 말에 따라, 가락을 붙이면 능히 천지를 움직이며 귀신과도 통할 수가 있는 것이니, 이것은 단지 중국에서만 가능한 일이 아니다. 이제 우리나라의 시와 글은 제 말을 버리고 남의 나라말을 따르니, 비록 아주 비슷하다 할지라도 그것은 오로지 앵무새가 사람 말 흉내 내는 것과 다를 바가 없다. 길거리에서 들을 수 있는, 땔나무하는 아이, 물 긷는 아낙네의 웃으며 서로 지껄이는 것을 비록 품위 없고 속되다고 할지 모르나, 만약 그것들이 참되냐 거짓 되느냐를 말한다면 진정 공부 많이 한 사대부들의 이른바 시부(詩賦)란 것과는 전혀 비교할 수가 없는 것이다.

서포 김만중(1637~1692)은 선조 대왕 시절로부터 반세기 뒤에 태어난 사람이기는 하지만, 제 나라말을 있는 그대로 나타낼 때 진정한 문학이 될 수 있다는 그의 문학관은 16세기 후반인 선조 시대에 정철과 같은 사대부 문인들의 작품이 있었기 때문에 더욱 확고한 것이 될 수 있었다고 보아야 한다. 결국 민족 문학의 발흥은 16세기를 출발점으로 잡을 수밖에 없을 것이다.

정철에 의하여 자리가 굳은 가사 문학은 같은 시기, 곧 선조 대왕 시절에만 해도 많은 작품들이 쏟아져 나오게 된다. 차천락(車天輅)의 「강촌별곡(江村別曲)」, 허난설헌(許蘭雪軒)의 「규원가(閨怨歌)」, 허전(許埏)의 「고공가(雇工歌)」, 이원익(李元翼)의 「고공답주인가(雇工答主人歌)」, 서산대사(西山大師)의 「회심곡(回心曲)」, 그리고, 노계(盧溪) 박인로(朴仁老)의 「태평사(太平詞)」, 「선상탄(船上嘆)」 등이 모두 선조 때에 나온 가사들이다. 이들 이른바 양반 가사(兩班歌辭)는 그 뒤로 끊이지 않고 활발하게 창작되었는데 영 · 정조(英正朝) 무렵에는 보다 발전하여 김인겸(金仁謙)의 「일동장유가(日東壯遊歌)」와 같은 기행 가사(紀行歌辭)가 나오기도 하였고, 정학유(丁學遊)의 「농가월령가(農家月令歌)」 같은 월령체 가사가 나오기도 하였다. 이러한 발전은 시조가 엇시조, 사설시조로 변모한 것처럼 가사에도 평민가사(平民歌辭)와 내방가사(內房歌辭)가 창작됨으로써 새로운 소재와 작가들을 얻기에 이른다. 더 나아가 이들 가사들이 교방(敎坊)에서 노래로 불리게 되자, 이른바 교방가사(敎坊歌辭)라는 노래 부르는 가사를 낳게 하였고, 그 영향으로 평민들 사이에 가사가 창곡화(唱

曲化)하여 잡가(雜歌)라는 형태로까지 변모하기에 이른다. 선조 시절 이래 양반 가사가 평민에 보급되면서 점차로 대중화되어 왔다고 보겠는데, 이러한 발전의 싹이 선조 때에 확립되어 있었다는 점을 우리는 주의 깊게 보아야 할 것이다.

그러면, 산문 문학의 경우는 어떠한가? 우리는 소설과 수필을 우리나라 산문 문학의 커다란 두 줄기로 삼을 수 있다. 그런데 선조 대왕 시절은 앞에서 살펴본 바와 같이 시조와 가사의 분야에서는 찬란한 발전을 이룩하였지만 아직 소설과 수필을 생산할 만큼 문화적으로 성숙하지는 못한 시대였다. 이것이 16세기 말까지의 우리나라 문학의 한계성이라고 보아야 한다. 그러나 《임진록(壬辰錄)》 같은 소설이 임진왜란 후에 나온 점으로 보아 16세기 말경 한글로 소설이나 수필을 기록할 수 있는 저력은 확보되어 있다고 말해도 좋을 것이다. 《홍길동전》을 지었다고 하는 허균(許筠)의 주요 활동 시기가 선조 대왕 시절이라는 점 역시 이 시대에 산문 문학이 착수된 것으로 해석할 수 있는 근거가 된다.

조선조 여성과 우리 문학

송강이 아무리 아름다운 한글 가사를 짓고, 서포가 그것을 우리나라 문학의 최고봉이라고 아무리 소리 높여 외쳐도 조선 왕조 사회에서 한글은 여전히 부녀자들 중심으로 사용되는 제 2문자의 역할밖에는 할 수 없었다. 양반 사대부들은 비록 한문 문학이 앵무새 놀이에 다름없는 것이라는 생각을 가지고 있으면서도 한문시를 즐겨 지으면서 그것으로 교양을 나타냈고 지식을 자랑하였으며, 그것으로 사상을 표출하고자 하였다. 따라서 한글은 한자 문화권에서 소외된 양반댁 부녀자와 평민들이 아끼고 활용하는 것이 되지 않을 수 없었다.

일찍이 한글이 양반 사대부 집안의 여성들에게 인기를 끌게 된 것은 그들이 말하듯이 뜻을 주고받을 수 있는 편지에 한글을 사용하게 되면서부터라고 할 수 있다. 양반 사대부들이 먼 곳에 출장 중일 때 집에 계신 어머니나 혹은 아내에게 편지를 쓸 때에는 역시 한글 편지를 보냈다. 임금님조차 후궁이나 시집간 공주에게 한글 편지를 보내고 있다. 그리하여 한글은 속칭 '암클(여자들이 쓰는 글)' 이란 별명이 붙을 정도로 부녀자와 깊은 인연을 맺고 발전하게 되었던 것이다.

글월 보고 됴히 이시니 깃거ᄒᆞ노라 나도 무ᄉᆞ이 인노라 천장은 나라 이리 하 어읍스니 이제 어ᄂᆞ 겨ᄅᆞ레 ᄒᆞ며 군인 ᄒᆞ나힌들 어ᄃᆡ 가 어ᄃᆞ리 왜적도 ᄀᆞᄋᆞᆯᄒᆡ 전라도 티려ᄒᆞᆫ다 ᄒᆞᄂᆞᆫ 긔별도 이시니 더욱 심심ᄒᆞ야 ᄒᆞ노라. 보내ᄂᆞᆫ 것 출화라.

(글월 보고 잘 있다니 기뻐하노라. 나도 무사히 있노라. 천장(遷葬, 무덤을 옮기는 작업)은 나라의 일이 너무 틈이 없으니, 이제 어느 겨를에 하며 군인 한 사람인들 어디 가서 얻으리. 왜적도 가을에 전라도를 치려 한다 하는 기별도 있으니 더욱 걱정이 되노라. 보내는 것 챙겨라.)

선조 대왕이 임진란 중에 어느 후궁에게 보낸 편지이다. 나라가 전쟁에 휘말려 있는 중에도 후궁에게 보내는 인정어린 이 편지에서 우리는 선조 대왕의 오히려 여유 있는 마음을 읽을 수 있다. 얼굴을 마주하고 말하듯 적은 편지 사연은 형식을 갖추어 어렵게 적는 한문 편지에 비할 바가 아니게 정겨운 것이었다. 이러한 한글 편지의 일반화는 부녀자들에게 두 가지 면에서 문학적 욕구를 부채질하는 결과가 되었다. 하나는 한글로 적은 새로운 이야기를 읽고자 하는 욕구이고, 다른 하나는 스스로 자신의 느낌과 생각을 글로 적고자 하는 창작 욕구였다. 그리하여 서서히 양반집 부녀자들이 중심이 된 산문 문학이 꽃피게 되었다.

우리나라 최초의 한글 소설로는 허균(許筠, 1569 – 1618)의 《홍길동전(洪吉童傳)》을 손꼽는다. 이 소설은 첩의 자식으로 태어나 신분상의 학대를 견디지 못하고 집을 뛰쳐나가 천부의 재질을 발휘하여 활빈당이라는 도둑 무리의 우두머리가 된 홍길동의 활약을 그린 것으로, 겉으로는 사회 정의를 실현하는 저항 문학 내지는 영웅 소설의 성격을 띤 것인데, 이런 소설을 즐긴 두터운 독자층이 양반집 부녀자들이라는 점에서 보면, 이 소설이 지니는 문학적 영향이 양반 사대부들에게는 폭넓게 끼치지 않았음을 짐작할 수 있다.

《홍길동전》의 뒤를 이어 숙종 때에 오면 김만중의 《구운몽(九雲夢)》과 《사씨남정기(謝氏南征記)》라는 두 개의 소설을 얻게 된다. 여기에 이르러 우리는 비로소 소설다운 소설을 읽게 되는데, 이들 작품의 구성이나 문체의 아름다움은 한국어와 한글이 일류의 문학을 낳을 수 있는 언어요 문자임을 명백하게 증명한 것이었다. 그러나 무엇보다도 이러한 우리의 소설 문학이 비록 그 작자는 양반 사대부라 할지라도 중심 독자층이 부녀자들로 형성되어 있었다는 점을 주목해야 한다. 《구운몽》의 창작 동기를 보면, 김만중이 그 어머니 윤 씨를 위로하기 위한 것이라고 하며, 소설 속에 펼쳐지는 파란만장한 인간사의 대부분은 여성들의 현세적 욕구를 만족시키는 부귀영화와 그것을 위한 투쟁과 갈등을 그린 것이었다. 이렇게 본다면 우리나라 소설 문학을 후원한 계층으로 양반 부녀자를 각별히 기억해야 할 것이다. 따라서 숙종 대왕 시절 이후에 창작되는 많은 소설들이 그 주제(主題)와 소재(素材)가 아무리 많다고 하더라도 결국 그것들은 양반집 부녀자들의 정서적 위안물의 범위를 넘어서는 것일 수가 없었다. 《유충렬전》, 《임경업전》, 《박씨전》 같은 영웅 역사 소설, 《구운몽》, 《옥루몽》, 《춘향전》 같은 사랑 이야기, 《장화홍련전》, 《정을선전》 같은 가정 소설, 《흥부전》, 《심청전》 같은 설화 이야기 등 그 어느 것을 펼쳐 보더라도 이들 소설은 양반 사대부 집안의 시간 여유가 있는 부녀자들의 문학적 욕구를 충족시키는 것이었다.

이러한 현상은 자연스럽게 그들 양반집 부녀자들의 창작 활동을 자극하였다. 오늘날 우리가 궁정 소설로 손꼽고 있는 《계축일기(癸丑日記)》, 《한중록(恨中錄)》, 《인현왕후전(仁顯王后傳)》이 모두 상당한 지식수준에 있었던 여인들의 손에 의해 지어졌다는 것은 결코 우연한 일이 아니다. 다 아는 바와 같이 《계축일기》는 선조 35년부터 광해군 15년 인조반정(仁祖反正)이 일어날 때까지 광해군과 영창대군을 둘러싸고 벌어진 당쟁의 소용돌이를 점잖은 궁중의 말씨로 서술한 글이다. 흔히 영창대군의 어머니인 인목대비(仁穆大妃)의 나인[內人]이 지었다고 하나 인목대비 자신이 지은 것이 아닌가 하는 의문이 일어나고 있는 작품이다. 《한중록》은 영조 대왕의 며느리요, 정조 대왕의 모후인 사도세자빈 혜경궁 홍씨(惠慶宮洪氏)가 지은 것이니 말할 것도 없고, 《인현왕후전》도 숙종 때 숙종비인 인현왕후를 모시던 궁녀의 기록이라는 설을 받아들인다면 17세기에 접어들면서 양반 사회의 부녀자들은 자기 주위에 일어나는 사건을 유려한 필치로 적어 놓은 산문 문학의 선구자라고 말해도 지나친 표현이 아니다. 이러한 풍조는 점차 일반 사대부 집안의 여인들에게까지 퍼져서 순조(純祖) 대왕 시절에 이르러서는 연안 김씨(延安金氏)의 《의유당관북유람일기(意幽堂關北遊覽日記)》(이 속에 《동명일기(東溟日記)》가 가장 뛰어난 작품이다), 또 유씨(兪氏)의 《조침문(弔針文)》 같은 주옥같은 명 수필이 나오게까지 되었다.

이렇게 본다면 근대 문학이 발흥하기까지 우리나라 산문 문학을 이끌어 온 중심 세력은 이들 양반 집안의 부녀자들이라고 말해도 지나친 말이 아닐 듯싶다.

이들 여성들의 글을 내간체(內簡體)라 하여 우아한 한글 문체 중 가장 예스러운 것으로 손꼽는다. 유장하게 연이어 가는 치렁치렁한 글귀에서 옛날 양반 부녀자들의 한(恨)과 멋을 동시에 느낄 수 있다. 다음 글은 《한중록》의 첫 구절이다. 하나의 문장이 얼마나 길게 연이어져 있는가? 그러나 흠잡을 데 없이 정확하고도 유연하게 연결되어 있는 것에 우리는 놀라움과 찬탄을 함께 보내게 된다.

내 幼時(유시)에 闕內(궐내)에 들어와 書札往復(서찰왕복)이 朝夕(조석)에 있으니 내 집에 내 手蹟(수적)이 많이 있을 것이로되 입궐후 先人(선인)께서 儆戒(경계)하시되 外間書札(외간서찰)이 궁중에 들어가 흘릴 것이 아니요, 問候(문후)한 이외에 사연이 많기가 공경하는 도리에 可(가)치 아니하니 朝夕封書(조석봉서) 回答(회답)에 소식만 알고 그 종이에 써 보내라 하시기 先妣(선비)께서 아침저녁 承候(승후)하시는 封書(봉서)에 선인 경계대로 종이 머리에 써 보내옵고 집에서도 또한 선인 경계를 받자와 다 모아 洗草(세초)하므로 내 필적이 傳(전)함직한 것이 없는지라 伯姪(백질) 守榮(수영)이 매양 본집에 마누라 手蹟(수적)이 머문 것이 없으니 한번 친히 무슨 글을 써내리오셔 寶藏(보장)하여 집에 길이 전하면 美事(미사)가 되겠다 하니 그 말이 옳아 써 주고자 하되 틈없어 못 하였더니 올해 내 回甲(회갑) 해를 당하니 追慕之痛(추모지통)이 百倍(백배) 더하고 세월이 더하면 내 정신이 이때만도 못 할 듯하기 내 興感(흥감)한 마음과 經歷(경력)한 일을 생각하는 대로 기록하였으나 하나를 건지고 백을 빠치노라.

삼백서른한 자로 하나의 문장을 이루고 있으되《한중록》

을 쓰게 된 경위를 설명하는 의미의 흐름이 논리 정연하다. 대체로 이러한 내간체 문장은 하나의 주어와 하나의 서술어로 된 단문(單文)이 극히 적은 것이 특색이다. 그러면서도 문법적으로 정확한 글이 되었음을 오늘의 우리 후손들은 겸허하게 배워야 할 것이다.

국어에 대한 새로운 인식

실학 시대의 국어 의식

어느 시대에나 그 시대를 꿰뚫고 흐르는 강력한 사상이 있으면 그 사상에 따라 문화 전반의 모습이 새롭게 정비된다. 15세기 중엽에 창제된 훈민정음은 문화사적 측면의 여러 가지 이유를 덮어두고 단지 사상적 근원만을 밝혀 말한다면, 유교 성리학(性理學)의 이론적 배경과 중국 음운학(音韻學)의 활용에 의한 결실이었다고 할 수 있다.

그러면 임진왜란을 치른 뒤 17세기에 들어오면서 사상의 흐름은 어떻게 바뀌었는가? 지금까지 유학(儒學)의 중심 학문이던 성리학은 점차 그 자리를 실학(實學)에 양보하게 되었다. 성리학이 사물의 본질이 무엇인가를 관념적으로 파헤치려 한 것이었다면, 실학은 자연과학적 관점에서 우리의 일상

생활에 직접적으로 도움을 주는 분야의 연구를 더 강조하는 것이었다. 그리하여, 17세기 이후부터는 그때까지의 성리학적 연구에서 점차 사실에 근거하여 실생활에 도움이 될 수 있는 실학의 연구가 일어나게 되었다.

사실, 숙종 때에 서포(西浦) 김만중(金萬重)이 송강(松江) 정철(鄭澈)의 한글 가사를 우리 문학의 으뜸가는 작품이라고 칭찬한 것도 따지고 보면 실학적 사상의 안목으로 언어 문자를 이해하였기 때문에 생긴 결론이었다고 볼 수 있는 것이다. 그러니까 양반집 부녀자들과 평민들이 말하는 것과 똑같이 표기할 수 있는 이른바 언문(諺文) 문자를 생활화한 것은 당시의 지식층인 양반들보다 앞서서 실학적 관점의 언어 문자 생활을 하고 있었다고 보아야 한다. 이러한 실학의 분위기가 무르익어 가면서 한글 및 국어에 관한 연구도 다양하게 되었다. 그리하여 이수광(李睟光)의 《지봉유설(芝峰類說)》에는 언문의 기원과 어원(語源)을 탐색한 글이 실리게 되었고 뒤이어 훈민정음을 운학(韻學)의 관점에서 연구한 최석정(崔錫鼎)의 《경세정운(經世正韻)》 같은 책이 간행되었다. 속담을 수집해 놓은 홍만종(洪萬宗)의 《순오지(旬五志)》도 이 무렵에 나온 책이다.

이와 같은 학문의 풍토는 영조(英祖)대왕과 정조(正祖)대왕 시대에 걸쳐 지속적인 발전을 이루어 음운(音韻), 문자(文字), 어원(語源) 및 어휘(語彙)에 대한 다각적인 연구가 쌓이게 되었다. 그중 대표적인 저서로는, 신경준(申景濬)의 《훈민정음운해(訓民正音韻解)》, 정약용(丁若鏞)의 《아언각비(雅言覺非)》, 유희(柳僖)의 《언문지(諺文志)》와 《물명고(物名攷)》, 이의봉(李義鳳)의 《고금석림(古今釋林)》 같은 것을 들 수 있을 것이다.

그런데 17세기에서 19세기에까지 걸치는 이들 실학자들의 국어 연구는, 비록 일상생활에서 국어의 중요성을 인식하고 우리말에 대한 깊은 관심을 기울인 것은 사실이었으나, 여전히 한문을 보다 높은 차원의 표기 형식으로 고정시키고 있어서, 오늘날 우리의 관점으로 보면 국어에 대한 애착이나 인식이 바람직한 것이었다고는 할 수 없었다. 그렇다고 하더라도, 한자·한문에만 치우쳐 있던 시대에 한글과 우리말에 그만큼 새로운 안목을 지니게 되었다는 것은 중요한 변화가 아닐 수 없다.

그러면 이들 저서의 특징을 살펴볼 겸 《아언각비》의 일 절을 읽어 보기로 하자.

장안(長安)·낙양(洛陽)은 중국 두 서울의 이름인데, 우리나라 사람들은 이를 취하여 일반적인 이름으로 삼아 시문(詩文)을 지을 때나 편지를 쓸 때에도 이 낱말을 의심하지 않고 써 왔다. 옛날 고구려는 처음에 도읍을 정한 곳이 평양인데, 거기에는 두 성(城)이 있으니 동북쪽 것을 동황성(東皇城), 서남쪽 것을 장안성(長安城)이라고 말하였다. 서울을 일컬어 장안이라 하게 된 것은 이때부터 시작된 것이라 생각된다. 낙양이라는 칭호가 언제부터 사용되었는지는 근거로 할 만한 것이 없다. 지금 서울로 오는 것을 낙양으로 온다고 말하고, 서울로 돌아가는 것을 낙양으로 돌아간다고 말하며, 또 '낙양의 친한 벗' 이니, '낙양에서 공부하는 사람' 이니 하는 말은 모두 습관이 되어 깊이 생각하지 않고 써 오는 것이다.

유방(劉邦)이 세운 한(漢)나라가 바뀐 지 오래되어 장안·낙양이란 말은 없어지고 지금에 이르렀으나, 중국을 이야기하는 사람은 반드시 한가(漢家, 중국의 임금 집안)니, 한인(漢人, 중국 사람)이니 하고 말하는데, 이는 문자가 서로 따라 내려와서 옛날부터 문학 작품에 빌려 쓸 경우, 특별히 해로운 것이 없었던 때문이다. 다만 금석문(金石文)이나 간책문(簡策文)에는 쓰지 않았던 것이었다.

우리나라 경주(慶州)의 옛 이름도 또한 '서울' 이라고 하였으니, 신라가 이곳에 도읍을 세운 이후로 드디어는 도읍지의 칭호로 '서울' 을 쓰게 된 것이다. 그런데 지금 사람은 다만 한양(漢陽)을 서울이라고 하니, 이것은 한양만 서울이요, 경주도 서울이었음을 모르고 쓰는 듯하다. 나는 일찍이 '서울' 두 글자를 시구(詩句)에 넣으려고 하였으나 옛사람이 말한 것이 없으므로 어떻게 하는 것이 좋을까 하고 궁리하다가 마침내 쓰지 않고 말았다.

이것이 18세기 후반에서 19세기 초반에 걸쳐 살면서 《여유당전서(與猶堂全書)》라 일컫는 방대한 양의 저술을 남긴 다산(茶山) 정약용(丁若鏞, 1762~1836)의 언어 문자관이다. 서울을 가리키는 '장안' 과 '낙양' 이라는 두 낱말은 중국 한(漢)나라 때의 도읍지 이름이므로 우리나라의 서울을 가리키는 말로 쓰는 것이 마땅치 않음을 말하고 있다. 한편, 우리의 고유한 낱말인 '서울' 이란 것도 따지고 보면 신라의 도읍지인 경주를 가리키던 '서라벌' 이란 말에서 유래한 것이니, '서울' 이란 말을 입에 담아 '한양' 을 나타내는 것까지는 어떨지 모르겠으나 끝내 이 낱말을 글에 적어 놓지는 못하였다고 말하였다. 다산의 언어 문자에 관한 이와 같은 견해는 다산 한 사람에 국한된 것이 아니고, 그 당시 모든 지식인들이 공통적으로 가지고 있는 생각이었다. 다만 그런 생각 속에서도 우리말이 중국어와 본질적으로 다르다는 것과, 일상생활에서 우리말을 바르게 사용해야 한다는 인식은 값진 것이 아닐 수 없다. 그러한 인식의 바탕 위에서 낱말의 어원을 탐색하게 되고 더 나아가 원래의 의미에서 벗어난 뜻으로는 사용해서 아니 된다는 생각을 갖게 되었던 것이다. 다시 말하여, 언어는 시대를 따라 발음과 뜻이 변하게 마련인데 그 변화를 실학 시대 학자들은 잘못된 것이라고 생각하였다. 이제 그 생각을 보다 자세히 살피기 위하여《아언각비》의 서문을 읽어 보자.

> 배움이란 무엇인가? 배움이라는 것은 깨닫는 것이다. 깨달음이란 무엇인가? 깨달음이라는 것은 그 그릇된 것을 깨닫는다는 것이다. 그릇된 점을 깨닫는다는 것은 어떻게 하는 것인가? 바른 말에서 이를 깨달아야 할 따름이다. 쥐를 가지고 옥 덩어리라고 말하였다가 갑자기 이를 깨닫고 말하기를 '이것은 쥐로구나, 내가 잘못했다.' 하고, 또 사슴을 가리켜 말이라고 말하였다가 갑자기 이를 깨닫고 말하기를

'이것은 사슴일 따름이구나. 내가 잘못했다.' 하면서 이미 저지른 잘못을 깨닫고 부끄러워하고 뉘우쳐서 고치는 것, 이것을 배움이라고 이르는 것이다.

이 말은 배움의 근본 원리를 말함에 있어서는 추후의 잘못도 없으나 언어 현상에 결부시킬 때에는 엇갈리는 부분이 생긴다. 어떤 낱말이 처음 쓰이기 시작했을 때의 모습과 의미를 영구히 보전한다는 것은 불가능하기 때문이다. 가령 '배(船)' 라는 것을 예로 들어 보자. 인류가 처음 배를 만들었을 때는 자그마한 나룻배 정도의 목선(木船)이었을 것이다. 거기에 돛을 달고 배의 크기가 점점 커지다가 급기야 쇠로 만든 배가 나오고 그것도 원자력으로 움직이는 것까지 나오게 되었는데도 우리는 그것을 여전히 '배' 라고 부른다. 물론 배의 종류를 구분하기 위하여 목선, 기선, 전함, 함정 등으로 나누어 부르기는 하지만, 그것들을 통틀어 말할 때에는 '배' 라는 말로 휘갑한다. 이때에 만일 '나룻배' 만을 고집하여 '배' 라고 한다면 옛날 세상에만 머물고자 하는 어리석음을 범하게 된다. 다만 원래의 뜻이 무엇이었는지를 밝혀 두는 어원(語源) 탐색은 언제나 우리의 지식을 가다듬기 위하여 필요한 것이다.

그러니까 실학 시대의 학자들은 우리말의 실용적 값어치를 높이 인정하였지만 그때까지 문자 생활의 중심을 이루고 있던 한자로부터 완전히 자유롭게 벗어날 수 없었던 사정 때문에 자신들도 알지 못하는 사이에 어원을 따지면서 사회의 변천에 따른 언어의 변화를 인정하려 들지 않았던 것으로 생각된다. 이러한 시대의 흐름 속에서 양반집 부녀자들은 여전히 한글을 애용하면서 뜻있는 이들은 부지런히 저술 활동을 하였다. 그중에서도 우리가 꼭 기억하여야 할 책에 《규합총서(閨閤叢書)》가 있다.

이 책은 19세기 초 빙허각 이씨(憑虛閣 李氏)라는 실학자 집안의 부인이 지은 《가정백과전서(家庭百科全書)》이다. 첫째 권에 술과 음식, 둘째 권에 바느질과 길쌈, 셋째 권에 시골 살림의 즐거움, 넷째 권에 병 다스리기로 되어 일상 가정사의 거의 모든 문제를 다루고 있다. 이제 그 서문의 첫머리를 살펴보자.

> 기ᄉᆞ(己巳) ᄀᆞ을의 ᄂᆡ 동호(東湖) ᄒᆡᆼ뎡(杏亭)의 집ᄒᆞ야 듕궤(中饋)ᄒᆞᆫ 겨를의 우연이 군ᄌᆞ의 쇼(所)를 죠차 녯 글이 인

ᄉᆡᆼ 일용의 절(切)ᄒᆞᆫ 것과 산야 모든 문ᄌᆞ를 어더 보고 신수피열(信手披閱)ᄒᆞ니 애오라지 문견(聞見)을 널리고 ᄌᆞᆷ적(潛寂)을 위로ᄒᆞᆯ 분이니라. 홀연 ᄉᆡᆼ각ᄒᆞ니 고인이 왈 총명이 둔필만 ᄀᆞᆺ디 못ᄒᆞ다 ᄒᆞ니 ᄡᅧ 긔록ᄒᆞ미 잇디 아닌즉 엇디 유망(遺忘)을 ᄀᆞᆺ쵸아 일의 조(助) ᄒᆞ리오.

(기사년(A. D. 1809) 가을에 내가 동호 행정에 집을 삼아 집안에서 밥 짓고, 반찬·만드는 틈틈이 우연히 사랑에 나가 보고 옛글이 인생 일용에 절실한 것과 산야에 묻힌 모든 글을 구하여 보고 손길 닿는 대로 펼쳐 보아, 오직 듣고 봄을 넓히고 심심풀이를 할 뿐이었다. 그러다가 문득 생각하니 옛사람이 말하기를 총명함이 무딘 글만 못하다 하였으니, 그러므로 적어 두지 않으면 어찌 잊을 때를 대비하여 일에 도움이 될 것이랴.)

이러한 뜻과 정성 속에서 우리말은 갈고 닦이었고, 우리의 문화는 다듬어져서 후세에 전하게 되었다.

개화기의 국어 연구

흐르는 세월이라, 어느 시대이고 새로운 상황에 대처하는 변화의 모습을 보이게 마련이지만, 우리나라 역사에서 19세기 후반기만큼 고달프고 숨 가쁘게 새 시대 새 환경에 대처하느라고 애썼던 때도 드물 것이다. 대체로 고종(高宗)께서 등극하여 임금 노릇한 40여 년간(1864~1906)에 해당하는 이 시기는 우리나라가 비로소 세계 속의 조선 왕국으로 우리의 모습을 드러낸 때이다. 그전까지만 해도 우리나라 사람들은 만주와 몽고를 포함한 북방 대륙을 대표하여 '중국' 이란 나라가 있고, 동쪽으로 바다를 사이에 두고 일본이 있는 것을 알면 그것으로 나라 바깥에 대하여는 다 아는 셈이었다.

그러나 고종이 등극하기 30여 년 전인 1831년에 이미 로마

가톨릭 교회는 프랑스 외방 전교회 산하에 조선 교구(朝鮮敎區)를 설정하고 있다. 이보다 또 50년 앞선 1784년에 이승훈(李承薰)이 북경에서 천주교 신자가 되어 천주교 관계 서적을 갖고 입국한 이래 우리나라에 천주교는 민간에 상당한 세력으로 퍼져 있었기 때문에 로마 교황청이 1831년에 조선 교구를 설정한 것은 우리나라에 천주교회가 세워진 뒤의 사후 승인의 성격을 갖는 것이었다. 이 사건은 서양을 모르고 전통사상에만 젖어 있던 사람의 관점에서 보면 집 주인이 모르는 사이에 손님이 집안으로 들어온 것으로 볼 수도 있다. 물론 천주교는 종교이기 때문에 정치적인 힘을 쓰는 것은 아니지만 우리나라 전통문화에 새로이 들어온 이질적인 사상, 이질적인 문화를 대표하는 것만은 틀림없었다. 이와 때를 같이하여 중국과 일본은 서양 문화를 받아들이고 거기에 적응하느라 노력하고 있었고, 또한 어느 정도 조화를 모색하는 단계에까지 이르게 되었었다.

그러나 우리나라의 사정은 아주 달랐다. '서양' 이라고 하는 이 세상 다른 한쪽의 세계가 있는 것을 알게는 되었으나 그 세계의 사상 · 문화가 우리에게 어떻게 크게 영향을 끼칠 것인지를 분명하게 깨닫지는 못하고 있었다. 조선 왕국이 더 이상 '고요한 아침의 나라' 로 조용히 지낼 수만은 없는 처지가 되었는데도 그 당시 우리나라 지도층에는 여전히 옛날 생각에만 머물고자 하는 사람이 많았다. 그렇지만 각박한 세상은 시시각각으로 우리나라를, 새로이 힘을 쓰는 세계 여러 나라의 틈바구니 속에 휩쓸려 들게 하였다. 이러한 시대 환경에서 개화사상(開化思想)이 싹트게 되었다. 세계는 넓어졌고 우리나라가 제대로 힘을 쓰는 나라 구실을 하려면 무엇보다도 부국강병(富國强兵)이 필수적인 일임을 깊이 깨달은 것이다.

이러한 시대에 국어 사랑이 곧 나라 사랑이요, 힘 있는 나라를 만드는 첩경임을 깨달은 선각자가 있었다. 한흰샘 주시경(周時經) 선생이 바로 그분이시다. 이제 그 제자의 한 분인 권덕규(權悳奎) 선생이 쓴 《주시경선생전》을 조금 쉽게 풀어 소개한다.

선생은 지난 병자년(1876)에 황해도 봉산(鳳山)에서 태어나 갑인년(1914)에 서른아홉이란 아직도 할 일 많은 장년의 몸으로 이 세상을 버리시었다.

태어난 뒤에 젖이 넉넉지 못하신 터에 때마침 무서운 흉년이 들어 어린 아기가 그나마 젖 먹기를 빠뜨리게 되어 세

번이나 기진(氣盡)하였다가 겨우 다시 깨어난 일이 있으니, 하늘이 거룩한 사람을 보냄에 그 태어남부터 시련이 있게 하심을 알겠다. 여섯 살에 공부를 시작하여 열두 살까지 한문을 배우다가 열세 살부터는 서울에 올라와 스승을 모시고 열일곱 살까지 한문을 계속하시었다.

선생이 여덟 살 때에 이웃 아이와 더불어 문 밖에 나가 놀다가 남쪽으로 덜렁봉(峰)이란 뫼에 하늘이 맞닿아 있는 것을 보고 하늘이 어떤 것인가 만져보자고 이웃 아이와 함께 뫼에 오르게 되었는데, 동행한 아이는 뫼 중턱에서 풀꽃 따기에 맛들어 하늘 만질 생각을 아주 잊어버렸으나 선생은 위험을 무릅쓰고 기어이 뫼 꼭대기에 홀로 올라 보니 거기서도 하늘이 훨씬 멀뿐더러 집 있는 곳을 바라보니 하늘이 오히려 낮음을 보고 비로소 하늘이 참으로 넓고 커서 무한하기 때문에 높게도 보이고, 낮게도 보이는 것이 모두 눈의 착각임을 깨닫고 그 의심하는 점을 알게 된 것이 시원하여 뛰놀며 집에 돌아온 일이 있으니 연구열과 지식욕이 어려서부터 유달리 강했음을 넉넉히 짐작할 수 있겠다.

선생이 조선어 연구에 뜻을 두기는 열일곱 살 때이니, 이때 스승이 한문을 가르치면서 항상 그 뜻을 해석할 때마다, 반드시 우리말로 번역하는 것을 보고 속으로 헤아리되 '글이란 것은 말을 적으면 그만이다. 그러나 적는 방법, 곧 부호가 이 한문같이 거북하고 어려워서야 어찌 학식을 얻기가 어렵지 아니하겠는가? 이제 만일 우리의 글로 이것을 대신하면 일은 반만하고 효과는 배가 될 것이다. 그러나 우리 글을 갈고 닦지 않으면 어찌 실효를 거둘 수 있으랴.' 하고 불현듯 분발하여 우리말과 글을 연구하기로 뜻을 세우고 먼저 문법(文法)을 밝히어 보기로 일을 시작하니, 이는 실로 우리나라에 말과 글이 있은 뒤로 처음 있는 시간이요, 또 우리 스스로 우리의 말과 글을 풀어 보고자 한 처음 일이라 선생의 이때 자각과 결심이 참으로 조선어 부흥의 새 기운이었다.

처음에는, 우리나라 말과 글을 스스로 연구하지 아니하여서는 안 되겠다는 단순한 자각만으로 착수한 것이나, 연구가 진행됨에 따라 우리말의 본질이 좋고 어휘가 많으며, 소리가 부드러우며 한글의 모양이 아름답고 조리가 있음을 깨닫고부터는 더욱 열심히 사라지고 감추어진 것을 찾아내고 뒤섞인 것을 바로잡아 그 가치와 효용을 하루바삐 넓혀야 하겠다는 생각에 식사하고 잠자기를 잊다시피 연구에 몰두하기를 이십 년을 하루같이 하였다.

주시경 선생을 한 마디로 요약하여 평가한다면 근대 국어학의 기틀을 다진 최초의 인물이라는 점이다. 오늘날 국어학에 종사하는 사람들은 모두 직접 간접으로 주시경 선생의 영향을 받고 있다. 일제 시대에 조선어학회를 중심으로 활약한 대부분의 학자가 주시경 선생의 제자이고, 현재 활약하는 국어 학자들은 또 그 제자들의 가르침을 받았으니, 대체로 삼대에 걸치는 국어 연구의 출발점에는 할아버지 격의 주시경 선생이 자리 잡고 계시는 셈이다. 그러면 주시경 선생의 학문적인 공로를 좀 더 상세히 살펴보기로 하자.

그는 1879년 22살의 젊은 나이에 독립신문에 (국문론)이라는 논설을 발표하는데, 거기에는 개화기에 있어서 그때까지 아무도 말하지 않았던 가장 참신한 언어 이론을 담고 있다. 1) 한글과 한문의 차이점, 2) 말하는 대로 적어야 한다는 언문일치(言文一致)의 타당성, 3) 사전과 표준어의 필요성, 4) 명사(名詞)와 토〔조사(助詞)〕를 구별하여 적어야 한다는 표기법 정비의 필요성, 5) 가로쓰기의 장점 등이 그 글의 중요 내용이다. 그의 전생애는 위에 열거한 것들을 실현시키기 위한 연구 저술과 교수 활동으로 크게 둘로 나누어 볼 수 있다. 주요 저술로는 《대한 국어문법(1906)》, 《국어문전음학(國語文典

音學, 1908)》, 《국문연구(國文硏究, 1906)》, 《국어문법(國語文法, 1910)》 등이다. 이러한 국어학 관계 저술 이외에도 중국 근대의 석학 양계초(梁啓超)가 지은 《안남망국사(安南亡國史)》를 번역하여 출간하기도 하였다. 안남〔오늘의 월남(越南)〕이 멸망하여 프랑스 식민지로 전락하게 된 경위를 밝히고 있는 이 책을 번역하면서 주시경 선생의 심경은 어떠하였을까를 우리는 깊이 생각하여야 하겠다. 이 책이 1907년에 출간되었으니 을사보호조약이 체결된 지 두 해 뒤요, 결국 세 해 뒤에는 나라를 잃는 슬픔을 맛보게 된다. 풍전등화(風前燈火)와 같은 나라의 운명을 지켜보면서 우리나라만은 제발 '안남'의 꼴이 되어서는 아니 되겠다는 초조하고도 안타까운 심경으로 《안남망국사》를 번역할 때, 주시경 선생은 몇 번이나 주먹을 불끈 쥐었으며 또 나라의 앞날을 위해 하늘에 빌었을 것인가! 이와 같은 나라 근심과 민족 사랑을 삶의 뿌리로 삼고 있는 주시경 선생은 학문 연구의 기반이 되는 학술 용어를 순수한 고유어로 만들어 쓰는 독창성을 보였다. 가령 명사(名詞)를 '임', 형용사(形容詞)를 '엇', 동사(動詞)를 '움'이라 하였는데, '임'은 여러 가지 몬〔물건〕과 일을 이름하는 씨〔품사(品詞)〕를 가리킨다고 하여 이름의 첫 음절 '이'와 마지막 소리인 'ㅁ' 을 결합하여 만들었으며, '엇' 은 여러 가지 '엇더함' 을 가리킨다 하여 그 첫 음절 '엇' 을 그 명칭으로 삼았고, '움' 은 '움직임' 의 첫 음절 '움' 으로 그 명칭을 삼았다. 이러한 용단과 창의성은 오늘날의 안목으로 보면 대단치 않은 것으로 보일지 모르나 한자어가 아니면 공부는 고사하고 말도 할 수 없다고 생각하던 그 당시로서는 실로 엄청난 개혁이요, 민족적 자주성의 발현이었다.

그의 연구열은 그 당시 국어에 관심을 둔 어떤 사람보다도 적극적이고 철저하였다. 갑오경장 이후 개화의 움직임이 국어 표기법의 정리 쪽으로도 관심이 기울게 되어 학부(學部, 오늘날의 교육부) 안에 국문 연구소(國文硏究所)가 설치되자, 주시경 선생도 연구원의 한 사람으로 일하게 되었다. 여러 사람의 연구 보고서 가운데 주시경 선생이 작성한 〈국문연구안(國文硏究案)〉은 가장 방대하고 치밀한 연구 업적으로 그 내용의 핵심은 그 후에 그의 제자들에 의하여 한글 맞춤법 통일안에 그대로 계승되었다. 그것은 명사의 경우는 말할 것도 없고 동사의 경우에도 어간(語幹)과 어미(語尾)를 구별하여 적는 것을 골자로 하고 있다.

'주보따리' 는 주시경 선생의 별명이었다. 언제나 옆구리에 책 보따리를 끼고 다녔기 때문에 생긴 별명이었다. 25세 때에 상동청년학원(尙洞靑年學院, 지금 서울 남대문로에 있는 상동 교회)에 국어 강습소를 설치하고 젊은이들에게 우리말과 글을 가르치기 시작한 이래 간호원 학교, 명신 여학교, 숙명 여자 고등 보통 학교, 공옥(攻玉) 학교, 흥화(興化) 학교, 중앙 · 휘문 · 보성 · 배재 학교에서 국어는 물론 역사, 지지(地誌)까지 눈코 뜰 사이 없이 뛰어다니며 가르쳤다. 그런 틈틈이 여름철이면 하기 강습회를 열기도 하였으니 그 열성을 짐작하고도 남을 것이다. 이러한 교육자로서의 면모를 밝히는 다음과 같이 재미있는 글이 있다.

> 선생은 천재의 교육가입니다. 내가 선생께 지지(地誌), 역사(歷史)의 교수를 받았었습니다. 지금도 늘 생각이 납니다만 그 전 중앙 학교는 지금 그대로인 화동(花洞) 중외일보(中外日報)입니다. 그때 여름이지요, 컴컴한 2학년 교실에 가뜩이나 좌석이 좁아 걸핏하면 생도들은 졸게 된 판이올시다. 그러나 선생님 시간에는 어찌 그리도 재미있었는지 조는 사람이 별로 없었습니다. 어느 날 선생의 지지(地誌) 시간이든가 몽고 지방 강의 중에 한 반 시간이 되어 교편으

로 지도를 치며 '여기는 고비 사막이외다. 날씨는 더운 데다 길이 멀기도 합니다. 상인들이 낙타를 몰고 지나가는 중이외다. 가고 가고 가도 끝이 없습니다. 상인들도 고만 주저앉아 목을 놓고 울었습니다. 그래서 여기의 지명을 울가라고 했지요.' 그때에 생도들은 일제히 소리쳐 웃었습니다.

이것은 지금 외몽고의 수도인 울란바토르의 옛 이름 '울가'에 관한 이야기인데, 주시경 선생은 이처럼 국어뿐만 아니라 역사와 세계 지리를 가르쳤고, 또 가르쳤다 하면 흥미진진하게 가르치는 정성과 능력이 있었다. 그의 국어에 대한 애착은 곧바로 민족과 국가에 대한 애착이었다. 다음은 《대한 국어문법》의 발문(跋文) 처음 부분으로 주시경 선생의 언어 문자관을 살필 수 있다.

지구상에 육지가 천연으로 난호여 오대주(五大州)가 되고 오대주가 또 천연으로 난호여 여러 나라 경계가 되니 인종도 이를 따라 황백흑종적(黃白黑棕赤)으로 난호여 오대종(五大種)이 되고 오대종이 또 난호여 그 거주ᄒᆞ는 구역대로 각각 닮은지라 그 천연의 경계와 인종의 각이(各異)홈을 따라 그 수토풍기(水土風氣)의 품부(稟賦)대로 각각 그 인종이 처음으로 싱길 쌔붙어 자연 발음되어 그 음으로 물건을 일흠ᄒᆞ고 의사(意思)를 표ᄒᆞ어 차차 그 사회에 통용ᄒᆞ는 말이 되고 ᄯᅩ 그 말에 합당한 문자를 지어 쓰며, 혹은 그 말은 상관업시 물건과 의사를 표ᄒᆞ는 문자를 특별히 만들어 쓰니 이는 곳 애급에 애급 말과 글이 잇고, 나전(羅典)에 나전 말과 글이 잇고, … 일본에 일본 말과 글이 잇고, 우리나라에 우리나라 말과 글이 잇슴과 ᄀᆞᆺ은 것들이니 이러케 그 말과 글이 각각 ᄀᆞᆺ지 안이ᄒᆞᆫ지라.

이러한 논조에 따르면 하나의 지역에는 하나의 민족, 하나의 국가가 형성되어 지역 공동체, 혈연 공동체, 언어 공동체가 삼위일체를 이루는 것이므로 언어 · 문자의 정비는 곧 국가 민족의 발전에 직결된다는 논리를 수립하게 된다. 오늘날 세계 여러 나라의 형편을 보면 주시경 선생의 이와 같은 생각이 반드시 옳은 것은 아니지만 적어도 개화기의 우리 민족에게 있어서는 선각자다운 깨달음이었다고 보아야 한다. 왜냐하면 1910년에 나라를 일본에게 빼앗긴 뒤로는 정말로 민족의 혼이 담긴 언어조차도 없애 버리려는 움직임이 있었기 때문이다.

개화기에 있어, 국어 연구의 핵심은 주시경 선생 한 분으로도 충분히 그 윤곽을 알 수 있다. 그러나 우리는 1905년에 나온 지석영(池錫永)의 '신정 국문(新訂國文)' 은 기억해 두어야 하겠다. 그 무렵 민간에 통용되는 국어의 표기법은 일정한 규칙을 지키는 것이 아니었다. 이미 1896년에 나온 독립신문은 한글 전용을 실시하고 있었고 순 한문으로부터 국한문 혼용이나 국문 전용은 시대의 요청으로 되어 있었는데, 그때의 표기법은 그야말로 체계가 없는 것이었다. 더구나 음가(音價)를 상실한 '아래 아(•)' 는 관습에 따라 그대로 통용되고 있었다. 이런 것을 시정할 목적으로 지석영은 '•' 를 'ㅣㅡ' 의 결합된 음으로 보고 '•' 를 폐지하는 대신 'ㅣㅡ' 의 합음으로 '=' 를 만들어 쓰자는 주장을 골자로 하는 〈신정 국문〉을 지어 상소하였다. 이것이 그 해 7월에 공포되자 국민의 여론이 분분하게 되었다. 특히 새 글자 '=' 에 대한 거센 반발이 빗발치듯 하였다. 이 문제를 해결하기 위해 1907년에는 국문 연구소를 설립하기에 이르렀다. 그러나 국문 연구소의 연구원들이 심혈을 기울여 연구한 결과는 실현되지 못하고 1910년 나라는 일본에 병합되는 비운에 빠지고 말았다.

한국 혼을 지킨 사람들

강항의 상소문

길고 긴 역사의 흐름 속에서 우리나라와 일본의 관계처럼 가깝고도 먼 사이가 또 있을 것 같지 않다. 문화적으로 보면 개화기 이전까지 우리나라는 줄곧 대륙의 문화를 일본에 옮겨 준 스승의 구실을 하였으나, 개화기 이후 재빨리 서유럽 문화를 받아들인 일본은 한국을 병합하는 것으로 과거의 은혜에 보답하였다. 오늘에 이르러 지나간 일이니 다 흘려버리고 말면 고만이 아니냐고 생각할지 모르나, 현재가 미래의 싹인 것처럼 과거는 현재를 바르게 알고 가꾸기 위해서 분명히 알고 짚고 넘어가야 할 그루터기이기 때문에 사실은 분명하게 밝혀 두어야 한다. 마음으로 용서하고 앞으로의 일을 바르게 도모하는 것은 모두 지나간 문제를 옳게 이해한 뒤의 문제이다.

우리가 한일합방의 쓰라린 역사를 되새기기 위해서는 부득이 임진왜란 때의 일을 살펴보지 않을 수 없다. 왜란이 있기 훨씬 전부터 이른바 왜구(倭寇)라고 하는 일본의 해적들이 우리나라 근해를 항해하며 약탈을 일삼았었다. 때로는 바다 근처의 마을에 상륙하여 민간에 피해를 주는 일이 잦았다. 조선 왕조를 세운 이성계(李成桂) 장군이 민심을 얻어 태조 대왕이 된 데에는 삼남 지역에 자주 침입해 온 왜구를 토벌한 공로가 컸던 것도 중요한 몫을 차지한다.

정유재란(丁酉再亂)에 불행하게도 일본에 포로로 잡혀갔던 강항(姜沆)이란 선비는 적지에 붙잡혀 있는 몸으로 일본 안의 사정을 샅샅이 적어 임금께 상소하는 글을 지었다. 말하자면 다시는 왜란과 같은 불행한 사태가 없으려면 일본에 대해 자세히 알고 있어야 한다는 생각에서였던 것이다. 그는 일본에 잡혀 있는 동안 순수좌(舜首座)라는 일본 승려를 만나 그에게 우리나라 주자학(朱子學)을 전수하였다. 이 순수좌는 강항보다 나이 여섯 살이 위였으나 강항의 학문이 높은 것을 마음속 깊이 존경하여 강항을 친구 스승〔흔히 사우(師友)라고 함〕으로 대접하였다. 순수좌는 강항의 영향으로 승복을 벗고 유학자로 변신하였는데, 그가 곧 일본 근세 유학의 개조(開祖)라고 할 등원성와(藤原惺窩)라는 사람이다. 이 등원성와의 도움으로 강항은 끝내 우리나라로 돌아와 일본에서 보고 들은 바를 임금에게 보고 드리고, 또 책으로 남기니 그것이 《간양록(看羊錄)》이다. 일본과 우리나라와의 관계를 보다 깊이 있게 이해하려는 뜻에서 그중의 일 절을 새겨 읽어 보도록 하자. 일본에 잡혀 있을 때 몰래 선조 대왕께 올린 상소문이다.

(전략) 신(臣)은 이제 돌아가려 하되 돌아갈 길이 아득하고 수중에는 한 푼도 없습니다. 할 수 없는 몸이라 왜중에게 글씨를 팔기로 하였습니다. 이리저리 모은 것이 은전 오십 개가 되기에 몰래 배 한 척을 사 놓고, 동래 김우정과 서울 사람 신덕기며 진주 사는 사공 정연수와 함께 빠져나가 보기로 하였습니다. 신과 형 환과 처부 김봉 등은 아직 미처 나서지 않았고 형준이 사공과 통역을 데리고 뱃머리까지 나왔을 적에 그때 갯가에 사는 어느 왜놈 한 놈이 그만 좌도에게 밀고하여 버렸습니다. 이에 왜적들은 졸병을 보내어 샅샅이 뒤져 잡아다가 20일 동안이나 가두어 두었습니다. 그때 통역들은 하나도 남기지 않고 모조리 죽여 버렸습니

다. 남은 사람들은 여러 날 만에 풀려 나오기는 했지만 생각하면 생각할수록 기막힌 일입니다. 이제는 더해 볼 나위가 없습니다. 아무리 생각해도 또다시 어쩔 도리가 없을 성싶습니다. 소신의 정성이 모자라는 탓이 아니 올까요? 왜 이다지도 장애가 많고 뿔뿔이 안 되기로만 드는 거일까요.(중략)

그러나 포로가 되어 후사를 도모한 분으로 옛날에 충신열사로 손꼽는 문천상(文天祥), 주서(朱序) 같은 이가 있었으니 그들도 할 수 없이 당한 노릇이라 그러기에 역사책에도 그들을 그르다 하지 않고 충절을 지킨 이들과 똑같이 여기었으니 몸은 비록 포로가 되었을지라도 정작 포로가 되지 않을 수도 있음을 저는 압니다.

옛사람들의 만분의 일도 따를 수 없는 신과 같이 못난 사람으로도 국가에 충성을 다하겠다는 뜻이야 조금도 옛사람들에게 지고 싶지는 않습니다. 벌레 같은 목숨이오나 아직 살아 있는 한, 견마(犬馬)의 충성을 꺾을 수는 없을 것입니다. 가까스로 도망질쳐 고국으로 돌아온 뒤에 포로된 허물을 입어 처형을 받자온들 되놈의 땅에서 죽는 것보다 나을까 하옵니다. 더구나 놈들의 정상이 이미 소신의 손안에 들었으니 이때에 만일 이 기회를 타서 모든 것이 부족한 소신이오나 삼군을 이끌고 국가의 위력을 떨쳐 위로 종묘사직의 치욕을 씻고, 아래로는 백성들의 애매한 죽음의 분을 풀어 주고, 그리고 나서 엎드려 죽음으로써 오늘에 구차히 살아 나온 죄를 사하고 싶습니다. (중략) 다시 벼슬자리를 얻어 조정에 나서기를 바라서가 아니오라 살아서 다시금 대마도를 거쳐 부산의 한쪽 귀만이라도 바라다보게 된다면 아침에 보고 저녁에 죽는다 하여도 조금도 한이 없겠나이다.

왜놈들의 정상록과 적괴가 죽은 후의 놈들의 흉계를 기록하여 아울러 보내오니 전하께서는 소신이 못났다고 해서 이 글까지 버리지 마소서. 음양이 여닫고 풍우가 서로 엉클어질 때, 틈틈이 이 글을 이용하여 주신다면 저으기 도움이 없지 않을 것을 믿사옵니다. 전하께서는 잘 살피시어 소신의 애끓는 마음이 헛되지 아니하기를 엎드려 빌면서 이 글을 올리나이다.

만력(萬曆) 27년 5월 10일.

이 글을 보낸 지 꼭 1년 뒤인 1600년 5월에 강항은 그리던 고국의 땅을 밟는다.

학자와 문인들

우리 조상들 가운데에는 강항(姜沆)처럼 이웃 나라 일본을 경계하면서도 철저히 이해하고 서로서로 원만한 관계, 곧 '가깝고도 먼 나라' 가 아니라 '가깝고도 가까운 나라' 가 되어야 할 것을 주장한 사람이 적지 않았다. 그럼에도 불구하고 일본이 개화의 손길을 늦추지 않을 때에 우리는 쇄국의 자세를 굳히고 천주교의 전래조차 긍정적으로 수용하지 못하였다. 그러는 동안 고종(高宗) 말년의 소용돌이가 결국은 나라를 일본에 병탄하게 하였다. 그것이 입에 담기도 부끄러운 경술년(庚戌年) 국치(國恥)이니 1910년 8월 29일의 일이었다.

나라를 잃은 뒤에 벌어진 뜻있는 이들의 항거는 끊이지

않았다. 어떤 분은 스스로 목숨을 끊었고, 어떤 분은 해외로 망명하여 독립을 도모하였다. 그런 가운데 나라 안에 남아서 우리의 말과 글을 지키는 것이 민족과 나라의 먼 앞날을 위하여 가장 바람직한 길임을 깨달은 사람들이 있었다. 그들은 크게 두 가지 계열로 나뉜다. 하나는 국학자(國學者)라는 명칭으로 묶이는 국어, 국문, 국사 등을 연구하는 한자들이고, 다른 하나는 문인(文人)들로서 일제 식민지 속에 살면서도 우리 말, 우리 글로 시(詩)와 소설을 쓴 작가들이다. 우리 문화 연구에 첫 번째 횃불을 든 것은 1910년 10월에 창립된 조선광문회(朝鮮光文會)였다. 육당(六堂) 최남선(崔南善)에 의해 주도된 이 모임은 우리나라 최초의 사전인 《말모이》의 편찬에 착수하였다. 오늘날 그 유고가 단편적으로 전해질 뿐, 《말모이》의 간행이 성공을 거두지는 못했으나 이때에 사전의 필요성을 절감했다는 것은 비록 때늦은 감이 없지는 않지만 그래도 그 당시로서는 시대감각에 어둡지 않은 명민한 조치요 계획이었다고 할 수 있다. 이 조선광문회는 그 후 기회 있는 대로 우리나라 고전과 《신자전(新字典)》 등 우리 문화에 필요 불가결한 서적들을 간행하였다.

두 번째의 연구 기관은 1921년에 창립된 조선어연구회(朝

鮮語硏究會)이다. 이 모임은 주시경의 영향을 받은 임경재(任暻宰), 최두선(崔斗善), 이규방(李奎昉), 권덕규(權悳奎), 장지영(張志暎), 신명균(申明均) 등으로 국어의 정확한 법리를 연구하는 것이 처음의 목표였다. 1931년에 조선어학회(朝鮮語學會)로 명칭을 바꾸고, 1949년에는 한글학회로 바꾸어 오늘에까지 이르고 있다. 근대적인 학회로서는 우리나라에서 가장 오래된 학회이다. 이 학회는 1929년 10월에 사전 편찬회를 조직하고 사전 편찬에 앞서는 세 가지 기초 사업을 추진하여 완성하였다. 그 첫째는 '한글 맞춤법 통일안' 의 제정이었으며, 둘째는 '사정한 조선어 표준말 모음' 의 채택이었고, 셋째는 '외래어 표기법 통일안' 의 제정이었다. 한글 맞춤법 통일안은 1933년 10월에 완성하였고, 표준말은 1936년 10월, 외래어 표기법은 1941년에 각각 완성 공표되었다. 국어 표기의 기본 골격을 이루는 이 세 가지 사업이 일제 치하에서 순전히 학자들의 노력으로 이루어졌다는 것은 그들의 정성이 얼마나 간절하였던가를 짐작하게 한다. 세 번째의 모임은 1934년에 창립을 본 진단학회(震檀學會)이다. 우리나라 역사, 언어, 문학 등을 연구하기 위한 학술 단체로, 1940년 일제의 탄압으로 활동이 중지되기까지 국제간의 학술 교류가 이루어진 우리나라 유일한 학회였다. 이 학회는 1945년 해방 이후 다시 재건되어 역시 오늘날까지 매년 학보를 발행하고 있다.

언어는 연구하는 것만으로는 빛이 나지 않는다. 언어는 사람과 함께 살아 있는 생명체이기 때문에 인간에 의해 효과적으로 아름답게 가꾸어져야 한다. 그 가꿈은 구체적으로 훌륭한 문학 작품이 만들어짐으로써 성취되는 것이다. 불행하게도 국어의 소중함을 깨달은 것은 나라를 일본에게 빼앗긴 뒤였다. 그전까지는 도대체 문자 생활이 대부분 한자에 의존되었기 때문이었다. 그리하여 매우 풍자적인 현상이지만 우리나라 근대 문학이 본격적으로 발흥한 것은 1919년 3·1운동이 일어난 뒤부터의 일이었다. 처음에는 문학을 좋아하는 일부 지식인들이 동인지(同人誌)를 만드는 일부터 시작하였다. 1919년 〈창조(創造)〉가 간행된 것을 출발로 하여 1920년에는 〈개벽(開闢)〉, 〈폐허(廢墟)〉, 〈장미촌(薔薇村)〉이 나왔고, 1922년에 〈백조(白潮)〉, 1923년에 〈금성(金星)〉, 1924년에 〈영대(靈臺)〉와 〈조선문단(朝鮮文壇)〉, 그리고 1927년에는 〈해외문학(海外文學)〉이라는 동인지가 간행되었다. 이 잡지들은 오늘날의 안목으로 보면 보잘것없이 초라한 것들이고, 어떤 것은 한두 번 나온 뒤에 끊어져 버리곤 했지만 그래도 이러한 잡지가 나옴으로써 우리 한국어도 시나 소설을 쓸 수 있는 언어임을 증명하였을 뿐만 아니라, 더 나아가 보다 좋은 작품을 낳을 수 있는 가능성이 다져졌다.

이렇듯 1920년대에 다져진 문학적 역량은 1930년대에 이르러 본격적으로 꽃피기 시작하였다. 이제 20세기도 십여 년을 넘긴 현재의 시점에서 20세기 전반기를 돌아보면 그 암담하던 일본 식민지 치하에서도 1930년대가 있었다는 것은 천만다행한 일이 아닐 수 없다. 오늘날 주옥같은 작품으로 손꼽히는 근대 문학의 재산들은 그 대부분이 1930년대에 창작된 것들이기 때문이다.

이효석(李孝石), 채만식(蔡萬植), 김유정(金裕貞), 이상(李箱), 김동리(金東里), 황순원(黃順元) 같은 소설가들이 이제 와서는 고전이 되다시피 한 작품을 발표한 것도 1930년대이고, 김영랑(金永郞), 김광균(金光均), 서정주(徐廷柱), 유치환(柳致環), 이병기(李秉岐) 같은 이들이 주옥같은 시를 발표한 것도 모두 이 시기의 일들이다.

민족과 국가를 사랑한다는 것은 총칼을 들고 나라를 지키는 것만으로는 부족하다. 더구나 나라를 이미 잃어버린 뒤에는 민족정신을 지키는 것이 곧 나라를 지키는 것이요, 나라를 찾는 길이 된다. 일제 시대를 살아간 학자와 문인들은 그러한 의미에서 우리들의 훌륭한 조상이요 선배였다.

한글 맞춤법 통일안

조선어학회가 어떻게 맞춤법 통일안을 완성하였는가를 잠시 살펴보기로 하자. 일제 시대 많지 않은 학자 문인들 가운데서도 특히 조선어학회에 속해 있던 분들은 그 당시로서는 분명한 역사의식으로 민족의 앞날을 바로 내다본 지성인이라고 할 수 있다. 국가를 잃은 암담한 시대 환경 속에서도 민족의 언어인 우리말과 민족의 문자인 한글을 가꾸고 다듬는 것이 무엇보다도 급한 문제임을 그들은 뼈저리게 깨닫고 있었기 때문이다.

한글 맞춤법의 역사를 더듬어 올라가면 당연히 훈민정음이 창제된 당시로 거슬러 올라가야 한다. 문자를 처음 만들었을 때에 그 쓰는 법까지 마련한다는 것은 너무도 이치 당연한 일이다. 그렇다면 훈민정음 창제 당시의 맞춤법은 어떤 것이었을까?《훈민정음 해례본》에는 이른바 표기법이 정연하게 규정되어 있었다.

우선 초성(初聲)이라고 하는 자음(子音)과 중성(中聲)이라고 하는 모음(母音) 자모가 혹은 좌우로 나란히 적히고, 혹은 상하로 나란히 적힌 다음, 그 밑에 종성(終聲)이라고 하는 자음이 받침으로 적힌다고 하는 가장 기본적인 규정을 생각해 보자. 이 규정은 한글이 소리글자이면서 동시에 음절문자(音節文字)의 구실을 하도록 배려한 것이었다. 이것은 한자가 음절 단위로 읽힌다고 하는 사실을 염두에 둘 때 한자와의 조화를 위하여 도달할 수 있는 당연한 귀결이었다. 오늘날 한글의 풀어쓰기가 가끔 문제 되고 있는데, 만일 앞으로 풀어쓰기가 성공을 거둔다면 그것은 제2의 한글 창제에 해당되는 문자 혁명이 되는 것이다.

두 번째로는 이른바 받침 쓰기 규정이라 할 수 있는 것으로 한글 맞춤법의 핵심 부분이다. 해례본에는 현대 표기로 배꽃〔梨花, 배나무의 꽃〕을 '빗곶' 이라 적는다 하였고, 현대어로 여우의 가죽을 뜻하는 낱말은 '엳의 갗〔狐皮〕' 으로 적는다고 규정하고 있다. 그런데 여기에 한 가지 단서를 붙여 놓았다. 즉 '△ㅈㅊ' 과 같은 것과 'ㅅ' 은 받침으로 서로 통하는 것이니 'ㅅ' 만을 사용해도 좋다는 것이었다. 그러니까 '빗곶' 은 '빗곳' 으로, '엿의 갗' 은 '엿의 갓' 으로 써도 된다는 것이다. 이런 규정을 해 놓기는 했으나 세종대왕 시절에 나온 용비어천가나 월인천강지곡에는 편법으로 'ㅅ' 을 사용하는 일이 없었다.

그러나 세월이 지남에 따라 해례본에 단서로 규정한 'ㅅ' 통용의 편법이 널리 퍼지고, 또 모음으로 시작되는 토(조사나 어미) 앞에 받침으로 끝난 명사나 어간(語幹)의 그 받침이 연철(連綴)되어 '사라미(사람+이) 머근(먹은)' 등으로 표기되자 표기법상의 혼란이 생기게 되었던 것이다. 이것이 맞춤법을 새로이 정하지 않으면 안 될 단서라고 할 수 있다. 말하자면《해례본 훈민정음》에 약간 풀어놓은 예외 규정이 도리어 정식 규정으로 바뀌어 혼란에 박차를 가한 것이라고 할 수 있다. 그래서 중종 대왕 시절 최세진(崔世珍)의《훈몽자회(訓蒙字會)》라는 책에는 '초종성통용팔자(初終聲通用八字)' 라 하여 'ㄱㄴㄷㄹㅁㅅㆁ' 을 들어 놓았는데, 이것은 이 시절에 이미 받침으로는 이들 여덟 자만 사용하였음을 증명하는 것이다.

이처럼 16세기 중엽부터 표기법이 약간의 혼란을 겪더니 근세에 내려오게 되자 그 혼란은 점점 더 커지게 되었다. 개화기에 주시경 선생이 여기에 착안하여 밤낮으로 뛰어다니며 노력했지만 이미 기울어버린 나라의 운명이라 거의 완성된 철자법을 시행에 옮길 수가 없었다. 이것이 일제 시대 조선어학회 학자들이 해야 할 당연한 임무로 받아들여졌다. 그러면 그들은 어떻게 이 맞춤법 통일안을 만들었던 것일까? 우리는 당시 맞춤법 통일안 제정에 직접 참여하였던 이희승(李熙昇) 선생의 회고담을 들어 보기로 하자.

큰 목적은 사전 편찬에 있었어요. 사전 편찬의 기초 작업으로 철자법 제정위원 18명을 선정했지요. 다소 변동은 있었지만…. 이 18명이 각각 연구를 하면서 매달 모이는 정기 연구 발표회 이외에 1주일에도 한두 차례로 자주 모였죠. 서로 토의를 해 보니까 문젯거리가 여간 많이 생기는 게 아니예요. 그래서 그것을 토의하다가 소위원회를 구성했어요. 3사람쯤 해 가지고 토의 거리를 기록해 두었다가 정리를 하고, 정리한 결과를 가지고 확정 단계에 들어갔죠. 우리는 그걸 철자법 제정 위원의 제1독회라고 했는데, 실제로 그런 위원회를 해 보니까 서울서도 하려면 할 수가 있지만,

하루 이틀에 해결날 문제도 아니고 여러 날 계속해야 되는데, 서울서는 하루나 이틀 해 보더라도 찾아오는 사람을 만나야 하고, 자기 개인의 일로 빠지는 사람이 생겨 도대체 일을 할 수가 없어요. 이래서는 안 되겠다. 좀 옹골찬 회합을 가져야겠다. 서울 시내에서 하면 충분한 토의를 할 수 없다 해서 제1독회는 개성에서 가지기로 했어요. 개성에 가자면 비용이 많이 나는데 그때 마침 자유당 시대에 농림부 장관을 역임한 공진항(孔鎭恒) 씨가 그 비용을 댔어요. 이분은 당시 개성의 유지이던 공성학(孔聖學) 씨의 자제로서 프랑스 유학을 마치고 귀국하여 자기 이름을 공탁이라 행세하고 있었어요. 이극로가 독일 유학 시대에 1차 대전 후 프랑스 파리에서 평화 회의가 열렸을 적에 약소민족 연맹인가에 우리 대표로도 가고 하는 동안에 거기서 만나서 사귀고 했는데, 공탁 씨도 우리나라에 돌아와서 자기가 할 사업을 정하기 전이라 그를 설득해서 자금을 대게 했지요.

개성에 가 있을 동안에 여관에 묵으며 고려 청년 회관, 즉 기독교 청년 회관을 빌어 열흘 동안인가 제1독회를 했어요. 제1독회를 하는 동안 철자법 제정 위원 18명의 의견이 통일되기가 여간 어렵지 않았어요. 주장이 각각 다르고 어느 부문에선 의견이 일치되다가도 다른 문제에 대해서는 정반대가 되고…. 이렇게 갑론을박을 하다가 불충분하나마 거기서 대체로 어떤 결론을 내 가지고 표결을 했어요. 그땐 우리가 대단히 모범적인 회합을 했어요. 일단 표결을 하여 회의의 결정이 나면 자기의 사사 주장은 일체 거기서 문제 삼지 말고 통일된 결과를 존중하자고 했죠. 토의할 때에는 육박전으로 서로 잡아 두드릴 듯 극성을 피우다가도 다 결정을 해 놓고는 서로 허허 웃고 했어요. 방청하는 사람도 더러 있었는데, 우리나라 사람은 무슨 회합을 하든 대립이 되어서 모두 결렬이 되고 그 결과 나중엔 구수지간이 되는데, 이 조선어학회만은 아주 현대적이며 민주적인 모범 회합이라고 칭찬을 받았어요.

그 결과를 가지고 서울에 와서 소위원회를 만들어 쭉 정리해서 어느 정도 체제를 세웠어요. 거기에도 미결된 문제가 많으니까 약 1년 후에 제2독회를 인천에서 열기로 했지요. 인천에서는 인천 유지로부터 장소의 협조는 받았지마는 경제적 원조는 서울서 이극로가 여기저기 다니면서 얻어냈지요. 인천의 어느 초등학교 강당을 얻어 가지고 거기서 1주일 동안 토의를 했어요. 1독회, 2독회를 마무리 짓는 동안 혹은 반 년, 혹은 1년이 걸렸어요. 2, 3년 걸려 3독회-제3독회는 우이동 화계사에서 했죠-를 마치고 거기서 최종 결론을 얻어서 그 결의대로 체제를 세우고 수정을 하는 것만은 소위원회에 그 권한을 맡겼죠. 문구 수정 같은 것 말예요. 그래서 된 것이 〈조선어 철자법 통일안〉, 즉 지금의 〈한글 맞춤법 통일안〉입니다.

이렇게 완성된 한글 맞춤법 통일안의 기본 원리는 오늘날의 언어학 용어로 표현한다면 형태 음소적 원리에 근거한 것이라고 할 수 있다. 즉 한 형태소의 기본형을 하나로 고정시켜 적는 것을 뜻한다. '꽃' 이라는 낱말은 '꽃이, 꽃을, 꽃에…' 라고 적어서 언제나 '꽃' 이라는 하나의 표기 형태를 지키자는 것이고, 또 '높-' 이라는 형용사 어간은 '높지, 높고, 높아서…' 라고 적어서 언제나 '높-' 이라는 하나의 표기 형태를 고정시키자는 것이다. 물론 이런 경우에 실제 발음으로 '꼬시, 꼬슬' 한다든가, '놉찌, 놉꼬' 하는 것을 무시하자는 것이 아니다. 말할 때에 그렇게 발음되는 것은 놓아두고 쓸 경우에는 일정한 표기 형태를 지키는 것, 이것이 맞춤법이 추구하고자 한 형태 음소적 원리이다. 그러나 현행 맞춤법은 크게 보아 다음 세 가지 경우를 예외로 인정하였다.

첫째, 용언에서 이른바 불규칙 활용을 보여주는 것들에 대하여서는 그 어간에 단일 형태를 고집하지 않았다. 가령 '놀다(遊)'의 경우에 '놀고, 놀지, 놀면'에서는 그 어간을 '놀-'로 적지만 '노니? 노니까, 노느냐?'의 경우에는 '노-'만 적도록 규정하였다.

둘째, 조사나 어미의 경우에는 모든 다른 형태들을 소리나는 그대로 표기하도록 하였다. 그 대표적인 예가 '하다'의 활용형에 나타나는 '하여'이다. '잡아, 살아, 먹어, 입어'의 경우에 '-아'나 '-어'가 되니까 '하아'가 되어야 마땅할 것인데 '하여'를 올바른 표기로 선택하였다.

셋째, 파생어를 적을 때에 대개의 경우 어원을 밝혀 어간과 접미사를 구분해서 표기하기로 하였으나 '마중〔迎〕, 무덤〔墓〕, 주검〔屍〕' 같은 경우에는 '맞-', '묻-', '죽-'과 같은 동사의 어간을 밝히지 않고 그냥 소리 나는 대로 이어 적도록 정하였다.

이상 세 종류의 예외 규정이야말로 맞춤법 통일안이 소리대로 적고자 하는 이상에 따르면서도 형태소의 기본형을 밝혀 적는 서로 다른 방향의 표기를 현명하게 절충한 묘안임을 입증하는 것이다.

조선어학회는 이 맞춤법 통일안을 완성하자 연이어 표준어를 규정하고 외래어 표기법 통일안까지 결정을 보게 되었다. 앞에서도 언급된 바와 같이 조선어학회의 최대 사업 목표가 사전 편찬에 있었던 만큼 이들 기초 작업이 완료되자, 조선어학회는 지체 없이 본격적인 사전 편찬 사업을 벌이게 되었다. 다시 이희승 선생의 회고담을 들어보기로 하자.

> 이 셋을 마쳐서 사전을 본격적으로 편찬했지요. 그전부터 어휘는 자꾸 수집했지만, 그 후에도 생각나는 대로 어휘를 보충해서 이 세 가지 기초 작업에서 얻은 결론에 의해 표기를 하고 표준어로 주석을 하고, 외래어도 외래어 표기법대로 따르고 하여, 사전을 편찬하는 본격적 작업으로 들어갔죠.
>
> 그때 주동 역할을 하던 최현배 씨, 김윤경 씨, 장지영 씨, 정인승 씨 등 이런 분들은 학교 직장이 있어 거기에 나가지 않을 수 없기 때문에 편집을 전담하는 이를 몇 사람 두고서 하다가, 나중에 정인승 씨가 사전 편찬의 주도적 지휘를 할 수 있는 대표 인물로 직장을 버리고서 나와 있었어요. 그런데 늘 자금난으로 애로가 많았어요. 편찬에 종사하던 분도

사명감을 가지고 했으나 가난한 선비들이 먹지 못하고 굶으면서 할 수는 없거든요. 그러다가 또다시 이우식(李祐植) 씨와 흥업 구락부 회원들을 설득해서 비교적 큰 자금을 얻었어요. 그래서 대대적으로 해 보자 해서, 조선어 사전 편찬 위원회라는 것을 구성해서 크게 성세를 올렸어요. 이 회의 위원으로 사회의 저명인사 105명을 선정하고 취지서를 작성해서(이은상 씨가 문안을 지었다고 기억됩니다) 그 끝에 105명의 조선어 사전 편찬 위원회 회원 명단을 쭉 열거해 가지고 어느 날 대대적인 '조선어 사전 편찬 위원회 발회식' 을 거행한 일이 있었어요. 그랬더니 각 신문과 사회 유지들이 굉장한 격려 고무를 해 주었어요. 그게 너무 과도해서 일본 경찰의 주의를 점점 심하게 받게 됐어요. 그전에도 요시찰 단체로 감시를 안 받은 것은 아니지만 이번 발기회가 너무도 굉장한 회합이었어요. 사회적으로 거족적으로 성원을 받은 겁니다. 그것이 조선어학회가 탄압을 받게 된 동기가 되었지요.

이렇게 진행된 조선어학회의 사전 편찬은 12년의 세월을 본 1942년 봄에 거의 완료되어 제1권의 간행을 서두를 즈음 1942년 10월에 조선어학회 사건이 터지는 바람에 그 원고

50여 권까지 몰수되는 비극을 겪게 되었다. 행방을 알 수 없던 원고 뭉치가 해방 뒤인 1945년 10월 3일 서울역 창고에서 발견되자, 다시 착수한 사전 편찬 사업은 1952년에 가서야 우리 말 큰 사전 6권을 간행함으로써 매듭을 지었다. 실로 착수한 지 27년 만의 일이었다.

모국어를 연구한 죄

일제의 식민 통치는 1930년대 후반에 오면서 서서히 종막을 예고하는 조짐이 나타나기 시작하였다. 1937년에 일본 군국주의자들은 이른바 지나사변(支那事變)이라는 중일전쟁(中日戰爭)을 일으켜 동양 천지에 전쟁의 바람을 몰아왔다. 한국을 집어삼킨 일본이 이번에는 중국 땅을 넘보는 것이었다. 그리고 한국을 보다 완벽하게 일본적인 것으로 만들려는 야심을 발동하였다. 그 첫 번째 조치가 1938년 4월에 공포 시행된 조선어 과목 폐지였다. 그때까지만 해도 각급 학교에서 우리말과 글을 가르쳤고 그들의 총독부라는 데에서는 언문 철자법(諺文綴字法)이란 것을 제정하여 한글 표기법의 정리에 관심을 두기도 하였으나 이제는 완전히 태도를 바꾸어 이 지구상에서 한국어와 한글을 없애 버리려는 태도로 변한 것이다. 1939년에는 한 걸음 더 나아가 창씨개명(創氏改名)을 강요하기에 이르렀다. 한국 사람이 수천 년 써 오던 김 씨, 이 씨, 박 씨의 성씨(姓氏)와 이름들을 버리고 나카무라(中村)나 가네야마(金山) 같은 일본 성과 일본 이름으로 바꾸라고 하는 법령이었다.

이러한 분위기 속에서 한글을 연구하고 또 독자적으로 '한글 맞춤법 통일안' 같은 사업을 완수한 조선어학회가 일본 통치자들의 눈에 곱게 보일 리가 없었다. 무슨 핑계를 만들어서라도 조선어학회에서 우리말과 글을 연구하는 학자들을 억압하고자 기회를 노리고 있었다. 그러다가 우연한 기회에 함경도 홍원에서 학생 사건이 일어나게 되었다. 이것이 조선어학회사건으로 번지게 되었다. 다음은 조선어학회사건의 발단을 밝히는 김윤경(金允經) 선생의 글이다.

홍원에서 함홍 영생 여학교에 통학하는 여학생에게 두둑한 편지가 날아들게 되었는데, 홍원 경찰서의 박동철이란 형사는 우체국에서 이 편지를 뜯어보게 되었다 한다. 그 편지의 내용은 연애편지로서, 그 끝에 일미전쟁이 일어나면 결국은 일본이 패할 것과, 일본이 패하면 한국은 독립이 될 것이라는 것이었다. 그리하여 그 관계 남녀를 네댓 쌍 잡아들이어 그러한 사상을 넣어 준 배후 인물을 찾은 결과, 영생에서 교편을 잡고 있다가 어학회로 와서 사전 편찬에 종사하고 있던 정태진 씨를 찾아내게 되었다. 그리하여 1942년 9월에 정태진 씨가 홍원으로 불리어가게 되었다. 그러자 그들은 정태진 씨가 관계하고 있는 어학회에 더 눈초리를 향하게 된 것이다. 말하자면 어학회 사건은 홍원 학생 사건의 한 부산물이라 할 것이다. 그리하여 1942년 10월 1일에 조선어학회 회원을 잡아가기 시작한 것이 조선어학회사건의 발단이었다.

잡힌 이는 다음과 같다.

정태진, 이극로, 정인승, 이윤재, 최현배, 장지영, 김윤경, 이희승, 권승욱, 한징, 이중화, 이석, 이상춘, 이강래, 김선기, 이병기, 정열모, 김법린, 이우식, 윤병호, 서승효, 김양수, 장현식, 이인, 이은상, 정인섭, 안재홍, 김도연, 서민호, 신윤국, 김종철(신, 김 두 분은 가두지는 않고 조사함), 권덕규, 안호상(이 두 분은 병석에 누워 있었기 때문에 잡아가지는 아니함)

일 년 동안 홍원 경찰서 유치장에 있으면서 매일 온갖 악형을 다 당하고 조사를 당하다가 함흥 검사국으로 넘어가게 되었다. 일부분은 '기소 유예'로 내어놓고 일부분은 예심(무기한 미결로 두어 두고 온갖 증거와 범죄 사실을 찾아내는 일)에 붙이었다.

이 예심 기간 중에 아깝게도 한뫼 이윤재, 효창 한징 두 동지가 옥중에서 원통히 희생이 되었다. 1943년 9월 30일 예심이 끝나게 되어 12명을 공판에 붙이었는데, 1945년 1월 16일에 함흥 지방 법원에서 다음과 같은 판결을 내리었었다.

이극로 징역 6년, 최현배 징역 4년, 이희승 징역 3년 반, 정인승 징역 2년, 정태진 징역 2년, 그리고 김양수, 김도연, 이중화, 김법린, 이인 각각 징역 2년에 4년 동안 집행 유예, 장현식 무죄.

이 중 이극로, 최현배, 이희승, 정인승 네 분은 고등 법원에 상고하고 정태진 씨는 복역하고 나옴이 더 빠르겠다는 생각으로 상고하지 않았다. 그리고 검사도 위의 네 분과 무죄로 된 장현식 씨를 상고하였다. 그러나 고등 법원에서는 8월 13일(일본이 항복하고, 우리가 해방되기 이틀 전)에 상고 이유가 없다고 물리쳤던 것이다. 이는 일심 판결대로 복종하라는 뜻이므로, 해방이 더디었다면 6년 내지 2년의 징역을 면할 길이 없었겠다.

그러면 일본 사람들은 왜 별것도 아닌 학생들의 연애편지를 검열하여 사상범을 만들고 거기에서 국어 학자들을 흉악한 범죄자로 보았는가? 이 문제를 풀기 위해서 우리는 이 조선어학회사건의 예심 판결문의 일부를 읽어 보아야 하겠다.(원문은 일본 문이다.)

소위 어문운동(語文運動)은 민족 고유의 어문 정리와 통일 보급을 도모하는 문화적 민족 운동이며 가장 깊고 먼 생각을 품은 민족 독립 운동의 점진 형태이다. 생각건대 언어는 인간의 지적 정신적 원천이며 인간의 사상 감정을 표현할 뿐만 아니라, 그 사상 감정의 특성까지도 표현해 냄으로써 고유한 민족 언어는 민족 간의 의사소통을 바탕으로 하여 민족 감정과 민족의식을 두텁게 하고 민족의 결합을 낳게 한다. 또 이를 표기하는 고유 문자는 민족 문화를 성립시키는 것이므로 그 언어 문자를 통해 민족 문화의 특수성을 드러내고 항상 발달시킨다. 따라서 고유 문자에 대한 과시와 애착은 민족적 우월감을 낳고 민족의 결합을 공고히 하게 되어 드디어는 그 민족의 발전에 이바지한다. 그렇다면 민족 고유의 언어 문자가 쇠퇴하느냐 발전하느냐 하는 것은 곧 그 민족이 쇠퇴하느냐 발전하느냐 하는 문제가 되므로 약소민족은 필사적으로 이것을 보호 유지하려고 애쓰게 되며 표준어의 확립과 표기법의 통일 및 보급에 심혈을 기울이게 된다.

이러한 대전제 하에 우리말 우리 글을 연구한 것이 용서 못 할 죄가 된다고 몇 년씩의 징역을 살아야 한다고 하였으니 두고두고 생각해도 기막힌 일이었다.

그러나 지금 우리가 진정 이 일을 어처구니없다고 여기려면 우리말, 우리 글에 대한 사랑을 어떻게 구체적으로 실천에 옮길 것인가를 궁리하여 행동하여야 할 것이다.

국어사랑의 바른길

이름 모를 것들

국어 사랑은 '국어 사랑 나라 사랑'이라는 표어를 만들고 그것을 외우는 일 같은 것으로 이루어지는 것이 아니다. 국어를 바르게 알고, 바르게 쓰는 실질적인 생활 속에 국어 사랑이 생명을 얻고 살아 있게 된다. 그러면 우리는 어떻게 하여야 바르게 알고, 바르게 쓸 수 있을까? 이제 그 방법을 몇 가지로 생각해 보아야 하겠다.

'꽃과 여인은 가꿀 탓'이라는 속담이 있다. 아름다운 물건이라고 해서 내버려 두면 그 아름다움은 제값을 드러내지 못한다. 아름다움을 발견해 주고, 아름다움을 북돋아 줄 때에 비로소 꽃도 여인도 우리 앞에 아름다움을 선사한다. 언어도 마찬가지가 아닐까 싶다.

언어를 가꾼다는 것은 무엇을 뜻하는가? 우리는 그 첫째 조건으로 언어를 기억하고 있어야 한다는 것을 강조하고 싶다. 그러므로 우리가 한국어를 사랑하려면 무엇보다도 먼저 한국어를 기억하고 있어야 하겠다. 보다 많은 어휘, 보다 많은 표현법을 알고 있어야 한다. 어떤 사람은 말할 것이다. "그런 것이라면 사전에 있지 않으냐?"고. 그러나 이렇게 말하는 사람과는 더불어 말할 필요가 없다. 은행에 수억 원의 예금을 갖고 있어도 그것이 직접으로 옷이 되고 음식이 되어 우리를 보호할 수 없다는 것을 우리는 너무도 분명하게 알고 있기 때문이다. 사용하지 않는 어휘가 아무리 많아도 그것은 꿈속에서 보는 금송아지일 뿐이다.

우리가 너무도 자주 경험하는 놀라운 현상 한 가지가 있다. 그것은 젊은 청소년들이 마음속에 품은 생각은 간절한데, 그것을 표현해 내지 못해서, "무엇이라고 할까요, 왜 그런 것 있지 않습니까? 저 이렇게 가슴에 와 닿는 것 같은 거 말이에요." 하면서 쩔쩔매는 모습이다. 그뿐이 아니다. 글을 써 오라고 하면 '이름 모를 나무들', '이름 모를 새들', '이름 모를 풀들' 이라는 구절로 가득 찬 자연 묘사를 거침없이 적고 있다. 그들의 작문은 마치 이름 모를 사물들의 향연이라고 해야 옳을 지경이다.

우리는 그들이 왜 이런 표현을 문학적이라고 생각하게 되었는지를 곰곰이 생각해 보아야 한다. 초등학교에서부터 중학교, 고등학교에 이르기까지 일관되게 흘러가고 있는 국어교육의 맹점 가운데 하나는 사물의 이름에 대해 정확하게 기억하고 사용하는 훈련을 철저하게 시키지 못하는 일이라고 지적하여야 할 것이다. 그들이 도시에서 살기 때문에 보리밭과 논을 구경하지 못해서 '쌀 나무'가 어떻게 생겼느냐고 묻는 것이 아니다. 그들이 시골에서 살기 때문에 고층 건물을 보지 못해서 대한 생명 빌딩이 높으냐, 남산이 높으냐고 묻는 것이 절대로 아니라고 생각된다. 삼라만상 모든 물건, 필요로 하는 모든 부분에 우리는 이름을 붙이고 그것을 토대로 해서 우리의 생각을 깊고 넓게 펼친다는 너무도 기초적인 훈련이 모자랐기 때문인 것이다. 산이나 들을 거닐면서 눈에 띄는 벌레 하나, 풀포기 하나에도 반드시 이름이 있고, 우리는 그 이름을 알고 나서야 그 벌레의 울음소리를 글로 적을 수 있고, 그 풀포기의 향기를 말할 수 있는 자격이 생기는 것이라고 가르쳤어야 했었다. 우리는 지금까지 그것을 대단히 소홀히 했었다.

우리는 지금부터라도 '이름 모를' 이라는 표현을 사용하지 않도록 훈련을 쌓아 어휘력을 늘려 나가야 하겠다. 아마도 이와 같은 잘못된 버릇은 우리의 조상들이 사물의 이름에 대해 얼마나 철저하게 연구하였는가를 안다면 머지않아 쉽게 고쳐질 것으로 기대된다.

우리 선조들은 그들 학문의 기초를 항상 유교 경서에 두고 있었다. 사서삼경(四書三經) 같은 것은 그들이 연구하려는 학문의 출발점이었으며 동시에 귀착점이었다.

이제 우리는 우리의 선조들이 시경(詩經)을 읽으면서 사물의 이름에 대해 얼마나 신경을 썼는지 알아보기로 하자. 시경에는 모두 305편의 시가 수록되어 있다. 그 속에는 시경이 형성되던 3천여 년 전의 중국 고대의 동식물 이름이 294종이 들어 있다. 이 294종은 다시 동물명 142종과 식물명 152종으로 나뉜다. 고려 말부터 경서는 일정한 법통(法統)에 의해 주석되어 왔었는데, 그들이 가장 고심했던 부분은 바로 그 294종의 동식물 이름을 바로 이해하는 것이었다. 그래서 가령 영조(英祖) 대왕 시절에 간행된 내각장판(內閣藏板)의 《시경언해(詩經諺解)》에는 그 294종의 동식물 이름에 대하여 시경의 본문을 읽기 전에 미리 주석을 붙여 놓고 있다. 이러한 저술 태도는 사물의 이름을 바로 이해하지 않는 한, 내용의 탐구가 무의미하다는 것을 말해주는 것이 아닐 수 없다. 이것은 곧 '이름 모를 새들의 지저귐을 들으며 산길을 걷는' 공허한 감상주의의 태도가 어떻게 헛된 것인지를 꼬집는 것이기도 하다.

우리는 우리의 후손들에게 위와 같은 조상의 견실한 태도를 일깨워주어야 하겠다. 그다음에야 우리는 다시 그러한 말들을 어떻게 바로 쓰고 보존해야 할 것인가를 가르칠 수 있겠다. 그러면 《시경》에 나오는 동식물 이름 가운데서 우리가 상식적으로 알아두어야 할 몇 가지 이름을 살펴보기로 하자.

㉮ **증경이〔저구(雎鳩)〕**: 어떤 지방에서는 아직도 '징경이'라고 부르고 있을 것이다. 그러나 원앙새라면 알아도 징경이라면 모르는 사람들이 많을 것이다. 더욱 흥미 있는 것은 원앙과 봉황(鳳凰)의 음이 비슷하니까 원앙새를 봉황새라고 잘못 아는 사실이다. 심지어는 원앙새를 상상의 새로 잘못 아는 경우도 없지 않다.

㉯ **염소와 새끼 양**: 새끼 양을 한자로 고(羔)라고 하는데, 그 고(羔)의 새김(한자 풀이)에 염소라는 뜻도 있다. 염소와

양을 혼동할 수는 없지만 한자의 새김 때문에 간혹 잘못 이해되는 수가 있다.

㉰ **노루와 사슴** : 노루와 사슴이 같은 짐승이냐 다른 짐승이냐 하고 물으면 어떤 사람은 잠시 당황할 것이다. 다 같이 사슴과에 속해 있는 동물이지만 수컷이 갖는 뿔의 크기, 색깔에 차이가 있을 터인데 하면서 고개를 갸우뚱 기울일 것이다.

㉱ **추우(騶虞)** : 동양의 전통적인 봉건 제도에서는 임금의 덕성을 다스리는 이의 기본 조건으로 삼았다. 이 '추우'라는 동물은 이상적 왕도정치(王道政治)를 위해 설정된 상상의 동물이다. 꼬리가 몸보다 길고, 그 꼬리는 오색이 찬란하며 하루에 일천 리를 달린다. 그러나 나라의 임금님이 덕이 있을 때에만 세상에 그 모습을 보인다고 한다. 지금 임금이 있는 어느 나라에서 이 추우는 찬란한 꼬리를 휘날리며 달리고 있을까?

㉲ **바둑범표〔豹〕** : 표범을 부르던 옛말이다. 표(豹)자가 한 자니까 바둑범이라 부르는 것이 우리의 느낌에 훨씬 좋은데 언제부터인가 한자에 이끌리어 표범이라 부르게 되었다.

㉳ **전나무와 소나무** : 전나무는 원래 회목(檜木)으로 그것의

고유한 우리말은 '젓나무' 였다. 그러나 '젓' 이란 말이 항상 '나무' 와 함께 쓰이게 되니까 현대어에서는 '전나무' 로 발음과 표기법이 바뀌게 되었다. 소나무도 송목(松木)을 가리키는 말로 '솔+나무' 의 복합어인 줄은 누구나 알고 있다. 혹시 세월이 흐르면 솔방울의 '솔' 과 소나무의 '소' 가 서로 다른 말로 아는 사람이 생길지도 모르겠다.

㉳ **암눈비앗** : 익모초(益母草)라는 한자말이 더 잘 알려져 있다. 대체로 아기 낳은 엄마의 지혈제(止血劑)로 쓰이기 때문일 것이다. 그러나 순수한 우리말을 보호하고 아끼는 뜻에서 '암눈비앗' 을 자주 사용했으면 좋겠다.

㉴ **바곳(바꽃)** : 선달 하순, 성탄절이 되면 우리들은 최소한 몇 통의 크리스마스카드를 받는다. 그리고 그 카드 가운데에는 소위 성탄 꽃과에 딸린 식물 그림이 있는 카드가 있게 마련이다. 그런데 그 식물의 이름이 무엇인지 아는 사람이 몇이나 될까? 그것을 바곳(또는 바꽃)이라 하고, 한자어로는 쌍란국(雙蘭菊)이라 한다는 것을 아는 사람은 정말로 드물 것이다.

㉵ **갯버들과 부들** : 시경에는 모두 포(蒲)라는 글자로 적혀 있다. '갯버들' 은 버들과에 속하는 갈잎 떨기나무이고, '부

들' 은 다년초(多年草)의 한 가지이다. '부들' 과 '버들' 의 발음이 비슷하여 혼동을 일으키는 경우가 많다. 하지만 이 문제는 실제의 사물에 접해 보지 못하기 때문이라고 해야 옳을 것이다.

㉾ **오디와 뽕** : 도회지에 사는 사람들은 뽕나무와 오디나무는 서로 다른 나무라고 생각할 것이다. 그러나 어린 시절을 누에 치는 시골에서 보낸 사람들은 뽕나무 열매인 오디를 따 먹고 입술과 이빨이 새까맣게 되어 가지고 서로 상대방의 얼굴을 쳐다보고 손가락질하며 웃던 추억을 가지고 있다. 뽕나무가 우리에게 어떻게 소용되는 것인지를 모르며 비단옷을 입어 본 도회지 어린이들에게는 오디 맛에 서려 있는 옛 시절의 향수를 상상할 수 있을까?

이상으로 시경 속에 나오는 동식물의 이름 가운데서 손쉽게 뽑히는 열 개 항목의 낱말을 검토하여 보았다. 물론 시경은 중국의 고전이요, 따라서 그곳에 쓰인 이름들은 한국의 현대를 살고 있는 우리와는 시간과 공간의 거리가 대단히 크다는 것을 알고 있어야 한다. 이런 까닭에 《시경언해》의 어떤 이름에 대하여는 잘 모르겠다 하여 미상(未詳)이라 적은 것들도 발견된다. 물고기 이름에 환(鰥), 짐승 이름에 막(莫), 풀이름에 염(蘞) 등이 그런 예들이다 옛날 다른 나라의 사물이니 우리로서는 전혀 짐작되지 않는 것이 있을 것은 물론이다. 그렇지만 이런 태도 속에서 우리는 우리 조상들이 경서를 배우고 익히는 데에 얼마나 성실하고 철저했던가를 보게 된다.

그런데 우리는 어떤가? 주위의 많은 물건들을 이름도 모르고 사용하지는 않는가? 늘 보는 나무, 늘 보는 풀이면서 그 이름이 무엇인지 확인해 보려고 하지 않는 부정확하고 불성실한 태도로 우리는 세월을 보내지 않았는가? 이러한 태도로는 학문의 발전은 고사하고 우리말을 가꾸고 다듬는다고 하는 거창한 사업은 상상할 수도 없는 일이다.

우리는 다시는 '이름 모를' 이란 표현을 쓰지 않기로 맹세하자. 이것이 국어 사랑의 첫걸음이다.

속담에 나타난 민족의 슬기

-관용 표현의 이해(1)

이번에는 전통적으로 관용되어 온 표현에 대해 알아보기로 하자. 속담이 그 대표적인 예인데, 속담도 당당한 언어 재산이므로 이에 대한 이해는 표현력 증대에 필수적인 요소이다.

어느 나라 말에나 속담이 있다. 속담은 관용적인 표현이면서 그 맵고 짠 비유의 특성 때문에 그것을 사용할 때에 듣는 사람이나 쓰는 사람이나 모두 일종의 시적 감흥을 일으키는 경우가 많다. 그러면 이러한 속담을 다른 언어로 바꿀 수 있는가? 그것은 시(詩)를 다른 언어로 바꾸었을 때와 마찬가지로 무의미한 작업일 경우가 많다. 왜냐하면 속담에는 그러한 속담을 쓰는 민족의 전통, 즉 생활양식과 사고방식을 반영하고 있기 때문이다. 따라서 속담의 번역은 시의 번역이나 마찬가지로 약간의 의미, 즉 그것이 뜻하는 비유의 기본 의미는 전달될지 모르지만 민족의 정서까지를 번역해 낼 수는 없다.

우리 조상들은 우리가 잘 아는 바와 같이 대단히 풍류를 좋아하는 분들이었다. 그래서 아주 오랜 옛날부터 이 속담을 즐겨 써 왔다. 그러면 현재 전래되고 있는 속담 가운데서 우리는 우리 조상의 어떤 멋과 가르침을 발견할 수 있을까?

삼국유사 다섯째 권 '욱면비 염불서승(郁面婢 念佛西昇 : 욱면이란 여종이 부처님을 찬양하며 서녘 세계로 올라감)' 이란 기사에는 우리가 오늘날 알고 있는 속담 가운데서 가장 오래된 속담이 소개되어 있다. 그 이야기는 다음과 같다.

> 경덕왕 때 강주〔康州 : 지금의 진주(晉州) 또는 순안(順安)〕에 마음씨 착한 남자 불교 신도 수십 명이 극락에 갈 뜻을 두고 고을 변두리에 미타사(彌陀寺)라는 절을 세우고 일만 일(약 27년 반) 동안 도 닦는 모임을 갖고자 하였다. 이때 아간(阿干), 귀진(貴珍)이라는 사람의 집에 욱면(郁面)이라 하는 계집종이 있었는데, 그 주인을 따라 절에 가서 절 마당 한가운데 서서 중을 따라 염불을 하였다. 주인은 그 종이 자기가 할 일은 아니 하고 염불에 여념이 없는 것을 좋지 않게

생각하였다. 그래서 하루는 곡식 두 섬을 주며 하루저녁 내내 그것을 찧게 하였다. 그러나 그 종은 초저녁 한때에 되는대로 그 방아 찧기를 다 마치고 절에 가서 염불하기를 게을리하지 아니하였다.(속담에 '내 일 바빠 한 댁 방아 서두른다' 는 말은 아마 여기에서 나온 것이 아닌가 싶다.) 그녀는 뜰 좌우에 긴 말뚝을 세우고 두 손바닥을 뚫어 노끈으로 꿰어 말뚝에 매고는 합장하여 좌우로 흔들면서 스스로 격려하였다. 그때 공중에서 '욱면랑은 당에 들어가 염불하라.' 하는 소리가 들렸다. 절의 중들이 이 소리를 듣고 그녀를 권하여 당에 들어가 함께 염불하게 하였다. 얼마 아니 하여 하늘의 음악이 서쪽에서 들려오더니 종은 몸을 솟구쳐 대들보를 뚫고 밖으로 나갔다. 그리하여 서쪽으로 가다가 교외에 이르러 육신을 버리고 부처의 몸으로 변하여 연화대에 앉아 크고 밝은 빛을 발하면서 천천히 사라졌는데 하늘의 음악은 공중에서 그치지 아니하였다.

이 이야기에서 우리는 '내 일 바빠 한 댁 방아 서두른다' 는 속담이 적어도 신라 경덕왕 때(A.D. 742~764)에는 민간에 널리 퍼져 자주 쓰이게 되었음을 알 수 있다. 그리고 이 이야기 속에서 신라의 백성들이 얼마나 열심히 부처님을 공경하였는가를 우리는 배운다. 더구나 이 속담은 언어 변화의 한 단면을 보여주는 매우 흥미 있는 요소가 들어 있다. 왜냐하면 요즈음도 나이 많으신 노인네들이 일을 서두르는 젊은 사람을 보면 '내 일 바빠 한 데 방아야?' 라는 뜻 모를 속담을 하는 수가 있기 때문이다. 그러면 '한 댁(大家)' 이 어째서 '한 데〔들판, 노천(露天)〕' 라는 엉뚱한 뜻으로 바뀌었는가? 여기에는 다음과 같은 이유가 숨어 있는 것으로 보인다.

첫째, '하다(大 · 多)' 라는 형용사가 'ᄒᆞ다(爲)' 라는 매우 사용 빈도가 높은 동사와 혼동하기 쉬운 모음을 가지고 있었다. 그런데 그 아래 아(•) 소리가 소멸되자 '하다(大 · 多)' 는 '크다' 와 '많다' 라는 다른 단어로 그 표현 기능을 양보할 수밖에 없게 되었다.

둘째, 그리하여 '한 댁(大家)' 은 대갓집, 장자(長者)집, 부자(富者)집 같은 다른 단어로 바꾸어 표현하게 되었는데, 이 속담으로 굳은 '한 댁' 은 조선 왕조 후기에 와서는 제 뜻도 모르고 그대로 쓰이게 되었다.

셋째, 그러다가 '한 댁' 의 마지막 기역(ㄱ) 음까지 번거로운 발음을 피하기 위하여 '한댁방아〉한댁빵아〉한대빵아〉한데빵아' 와 같은 변화를 거치면서 전혀 그 본래의 의미를 상실하게 되었다. 그러나 그 속담은 일을 서두를 때를 비유하는 뜻으로 계속 사용되었다. 그래서 요즈음의 나이 드신 어른들이 '내 일 바빠 한 데 방아' 라고 쓸 때에는 다만 서두르는 일을 풍자할 때 입버릇처럼 뜻도 모르고 사용하는 경우가 많게 되었다. 더구나 '서두른다' 는 끝의 말을 빼 버리고 쓰는 것은 네 자씩 쌍을 만들어 말의 리듬을 갖추려는 현상이라고 생각된다. 속담에는 이렇듯 시적 운치가 담겨져 있다.

그다음으로 오래된 속담은 무엇일까? 아마 그것은 고려시대에 생겼음에 틀림이 없는 '고려공사 삼일(高麗公事三日)' 이라는 속담이다. 이 속담에서는 우리 조상들이 스스로를 경계하는 자책의 마음가짐을 읽을 수 있다. 이 말이 문헌에 처음 보이는 것은 《세종실록》 권 73, 세종 18년 윤 6월 22일조에 나타나는 다음과 같은 세종대왕의 전지(傳旨) 말씀이다.

> 평안도 도절제사에게 전지하시기를 "연대(煙臺)를 설비하는 것은 높은 데에 올라 멀리 관망하며 변경을 사찰하여 유사시에는 각(角)을 불고, 포(砲)를 놓아 이를 사방 인근에 알리고는 혹은 싸우기도 하고, 혹은 수비하는 등 만전을 기하는 이기(利器)인 까닭에, 여연(閭延), 자성(慈城), 강계(江

界), 이산(理山) 등 각 고을에 일찍이 화통 교습관(火㷁敎習官)을 보내어 연대를 설치할 만한 곳을 조사하여 정한 바가 있다. 그러나 경험 없는 혁신파 무리들이 살핀 바가 혹시 큰 일을 그르치지나 않을까 염려되었으므로 즉시 시행하지 못했던 것이니, 경은 친히 가서 두루 관찰하고 그 옳고 그름을 깊이 헤아린 연후에 기지를 정하여 축조하도록 하라. 대저 처음에는 근면하다가도 종말에 가서는 태만해지는 것이 사람의 상정이며, 더욱이 우리나라 사람의 결점이다. 그러므로 속담에 이르기를, 고려 공사 삼일(高麗公事三日)이라고 하였으니 이 말이 정녕 헛된 말이 아니니다. …오늘날 비록 연대를 축조한다 하여도 만일에 태만히 하고 미리 대비하지 않는다면 예측하지 못할 때에 우환을 막아 내기 어려운 사태가 반드시 전날의 그것과 꼭 같을 것이다. 이것이 무장(武將)과 지사(志士)들이 주먹을 부르쥐고 이를 악물어 결심할 바이니 경은 이미 내 의중을 잘 알고 있는 터임에 마땅히 한결같이 책임지고 심력을 기울여 이를 배치하라." 하시었다.

이 글은 지금 읽어도 우리의 현실에 너무도 절실한 교훈이라고 생각된다. 참으로 세종대왕은 어진 임금이셨음을 깨닫게 된다. 그분은 얼마나 멀리 바라보시며, 얼마나 깊이 생각하시며 나라와 백성을 사랑하시었던가? 그러면 이제 그 '고려 공사 삼일'의 뜻을 살펴보기로 하자. 고려 사람들의 공공사업(公共事業)은 사흘만 지나면 바뀐다 함이니 고려 사람들은 무슨 일이건 오래 지속하는 참을성이 없고 일을 자주 변경한다는 풍자의 말이요, 경계의 말이다. 세종대왕 시절에 이미 항간에 널리 쓰이었고, 또 고려라는 나라 이름이 있는 것으로 보아 그것은 필경 고려 시대에 생긴 속담인 것이 분명하다. 그러면 고려 사람들 자신이 제 흉을 보기 위하여 만든 것일까? 그렇지는 않을 것이다. 그렇다면 이 말은 고려와 같은 시대를 살던 다른 나라 사람들이 고려인의 변덕스러움을 비꼬아 만든 말일 것이다. 그러나 이제 와서 이 말이 원(元)나라 사람의 입에서 나왔느냐, 송(宋)나라 사람의 입에서 나왔느냐 하는 문제를 따질 필요는 없다. 아직도 우리 민족에게서 이 조변석개(朝變夕改)의 못된 버릇이 사라지지 않고, 원한에 사무친 망령처럼 가끔 나타나는 것을 볼 수 있다. 우리는 세종대왕께서 평안도 도절제사에게 말씀하시듯, 오늘을 사는 우리들에게도 똑같은 말씀을 하고 있다고 생각하며 머리를 숙여야 하겠다.

속담은 원래 글을 쓸 때에 사용하는 것이 아니라 대화중의 긴박감과 운치를 곁들이기 위한 일시적인 표현으로 발달한 것이다. 그러나 그런 관용적인 표현도 오래 쓰이게 되자 자연히 글에도 나타나게 되었다. 그리하여 옛날 선비들은 중국에서 예부터 전래하던 고사성어(故事成語)처럼 한자로 바꾸어 적기도 하였다. 그 예를 찾아보면 다음과 같다.

춘우삭래(春雨數來) 봄비 잦은 것.
석장포복(石墻飽腹) 돌담 배부른 것.
사발결이(沙鉢缺耳) 이 빠진 사발.
(이 속담은 한자의 뜻대로 하면 귀 빠진 사발이 되지만 귀이(耳)자는 우리 말 '이'를 음만 딴 표현이다.)
승인취주(僧人醉酒) 중놈 술 취한 것.
니불도천(泥佛渡川) 진흙부처 냇물 건너기.
가모수거(家母手鉅) 살림꾼이 손 큰 것.
초헌마편(軺軒馬鞭) 초헌에 말채찍.
고이정분(菁履丁粉) 짚신에 분칠하기.
천문철추(薦門鐵樞) 거적문에 돌쩌귀.
사모영자(紗帽纓子) 사모에 갓끈.
오비이락(烏飛梨落) 까마귀 날자 배 떨어진다.
노인발피(老人潑皮) 늙은이 불량한 것.

소아첩구(小兒捷口) 어린아이 입빠른 것.
승재호무(僧齋胡舞) 중의 불공에 되놈의 춤.
독장난명(獨掌難鳴) 외손뼉이 소리 나랴.
이겸차안(以鎌遮眼) 낫으로 눈 가리기.
엄이투령(掩耳偸鈴) 제 귀 가리고 방울 훔치기.
경전하사(鯨戰蝦死) 고래 싸움에 새우 죽는다.
십고일장(十瞽一杖) 소경은 열인데 지팡이 하나.
맹완단청(盲玩丹靑) 장님 단청 구경하기.
맹인직문(盲人直門) 소경이 문 바로 들었다.
낙자압빈(落者壓鬢) 떨어진 놈 빰치기.
월진승선(越津乘船) 나루 건너 배타기.
원족근린(遠族近隣) 먼 일가, 가까운 이웃.
차청차규(借廳借閨) 대청 빌리더니 안방 내놓으란다.
양금신족(量衾伸足) 누울 자리 보고 발 뻗는다.
무장기갱(無醬嗜羹) 장도 없으면서 국 좋아한다.
숙호충본(宿虎衝本) 자는 범에 고침 주기.
호전걸육(虎前乞肉) 호랑이 앞에 고기를 빌지.
동족방뇨(凍足放尿) 언 발에 오줌 누기.
실마치구(失馬治廏) 말 잃고 외양간 고치기.
비불외곡(臂不外曲) 팔이 내굽지 밖으로 굽나.

적반하장(賊反荷杖) 도둑이 도리어 몽둥이 든다.

풍년화자(豊年花子) 풍년에 거지 노릇.

이와 같은 속담을 최초로 체계 있게 수립한 사람은 조선 왕조 광해군 초에서 숙종 대왕 초까지 살았던 홍만종(洪萬宗)이다. 그는 《순오지(旬五志)》라는 책에 이들 속담을 적어 놓고 있다. 그 외에 이덕무(李德懋)의 《열상방언(洌上方言)》, 정약용(丁若鏞)의 《이담속찬(耳談續纂)》에도 속담이 수집되어 있다. 그러나 이 책들이 지닌 공통의 결함은 그 당시에 엄연히 한글이 창제되어 백성들에게 사용되고 있음에도 불구하고 그 속담들을 굳이 한자로 번역하여 기록하였다는 사실이다. 속담이 사용되는 것과 똑같은 언문일치(言文一致)의 기록을 찾으려면 우리는 20세기를 기다리지 않을 수 없다. 1913년 최원식(崔瑗植)이라는 사람에 의해서야 비로소 《조선이언(朝鮮俚諺)》이라는 제목의 한글로 적은 속담집을 접하게 된다.

속담을 음미하노라면 우리는 조상들의 겸허한 인생관을 만나게 된다. '두더지의 혼인' 이라는 속담이 그것이다.

두더지가 그 새끼를 위해 최상의 혼처를 고르기로 했다.

하늘만이 존귀하다고 생각하고 하늘에다 구혼을 했다. 하늘은 말하기를 해와 달이 아니면 하늘의 덕은 드러나지 않는다고 했다. 두더지는 해와 달에게 구혼을 했다. 해와 달은 말하기를 구름이 우리의 빛을 가릴 수 있으니 구름이 우리보다 더 높다고 하였다. 두더지는 구름에게 구혼을 했다. 해와 달의 빛조차 가릴 수 있는 구름이지만 바람만 불면 흩어질 수밖에 없으니 바람이 더 높다고 구름은 말했다. 두더지는 바람에게 구혼을 했다. 바람은 말하기를 밭 사이의 돌부처 하나만은 내가 넘어뜨릴 수 없다고 했다. 다시 돌부처에게 구혼을 했다. 돌부처는 말하기를 두더지가 부처의 발밑을 뚫으면 넘어짐을 면할 수 없으니 두더지가 부처보다 높다고 했다. 두더지는 오연히 말하기를 "천하에 존귀하기로는 우리 존속만한 것이 없다. 짤막한 꼬리에 뾰족한 주둥이, 이것은 사실 우리 존속만이 지닌 의표(儀表)가 아닌가!" 그리고는 드디어 두더지끼리 혼인을 했다.

이 속담은 세상에서 처음엔 높은 혼처를 구하다가 끝내는 동류에게로 귀착되는 경우의 비유로 삼는다.

또 '노나무 궤' 라는 속담이 있다. 항상 새로운 사물에 접하여 새롭게 궁리하며 현명하게 대처해 나갈 것을 은근하고도 익살스럽게 가르친다. 그 이야기를 들어 보자.

옛날 어느 시골의 늙은이가 그의 사랑하는 딸을 위해서 사윗감을 고르려고 노나무 궤(櫨木櫃)를 만들고 거기에 쌀 쉰다섯 말을 담아 두었다. 그리고는 사람들을 모집해서 이 궤짝을 만든 나무와 그 속의 쌀이 몇 말인가를 알아내는 사람은 내 딸을 아내로 삼아 주겠다고 광고를 하였다. 그런데 그의 딸은 자기가 좋아하는 바보 장사치에게 그것을 몰래 알려 주고는 그 모집에 응하게 하였다. 그래서 그 바보는 늙은이의 사위가 되었다. 나중에 그 노인은 사위더러 소가 어떤가 상(相)을 보라고 하였다. 사위는 한동안 소를 바라보고 나서 "노나무 궤짝" 이라고 소리를 치더니 또 좀 있다가 "쉰다섯 말" 이라고 외쳤다.

이 이야기는 예전에 보고 들은 것만을 주장하고 새로운 상황에 대하여는 전혀 아랑곳하지 않는 고집불통의 사고방식이 얼마나 위험한 것인가를 담담하게, 그러나 익살스럽게 경계한다.

속담은 이처럼 해학을 통해 민족의 슬기를 나타내는 언어적 보물이다.

금기담의 허실
- 관용 표현의 이해(2)

우리나라에는 속담처럼 전해 내려오는 말 가운데 사람들의 행동을 금하거나 규제하는 말이 있다. 이것을 우리는 금기담(禁忌談)이라고 한다. 이 금기담을 이야기하려니까 먼저 생각나는 일이 있다.

몇 해 전에 환갑이 지난 어머님을 모시고 새 집을 사서 이사하려고 집 구경을 나간 적이 있었다. 나는 집의 구조가 튼튼한가, 마당이 넓은가, 방 안에 햇빛이 잘 들어오는가 하는 점에 주목하여 집 구경을 하는데, 내 어머님은 집을 살펴본 다음에 내놓으시는 의견이 나와는 다른 관점에 있다는 것을 나는 깨닫게 되었다. 어떤 집을 구경해 본 뒤에 나는 마음에 들어서 그 집이 좋다고 하였더니 어머님은 한마디로,

"그런 집은 못써." 하시며 고개를 가로저으셨다. 의아해하는 나를 보시며 어처구니없다는 듯이 어머님은 말씀하셨다.

"밥을 내푸면 재물이 빠진다는 말도 모르니? 또 안방이 밝으면 재물이 모이지 않고, 거처하는 방과 통수간이 마주 보고 있으면 길하지 않다고 했는데, 그 집은 그 조건에 하나도 맞지 않는단 말이다." 하시며 사뭇 호통조로 반대를 하시고 계셨었다. 가만히 그 말씀을 듣다가 보니까 그것이 모두 전해 내려오는 속설(俗說)이요, 또 그것이 관용어구(慣用語句)로 굳어진 말임을 깨닫게 되었다. 결국 나의 어머님은 다음 같은 금기담을 집 관찰의 원리로 삼았던 셈이다.

△ 부엌에서 밥을 푸는 쪽으로 대문이 나 있으면 집안 재산이 줄어든다.
△ 안방이 밝으면 집안이 망한다.
△ 방이나 부엌이 변소와 마주 보고 있으면 좋지 않다.

이러한 금기담은 우리나라 대부분의 부녀자들이 아직도 사물을 판단하는 데 없어서는 안 될 대강령이요, 대기준이 되어 있다. 그렇다고 그 좋고 나쁨의 원인을 캐어 보느냐 하면 그렇지도 않다. 나쁘다면 나쁜 것이요, 나쁘다는데 굳이 고집해서 실행에 옮길 필요가 없다는 것이 그들의 생각이다. 우리의 주변에는 이러한 금기담이 상당히 많이 유포되어 있다. 그것은 점점 더 확대되어 나아가면서 부녀자들의 고질적인 고정관념을 형성한다.

그러면 이런 금기담을 믿게 만드는 요소는 무엇이며, 현재 우리나라에는 어떤 금기담들이 민중 사이에 쓰이고 있는가를 알아보기로 하자.

금기담을 믿게 하는 기본 원리는 매우 소박한 심리 작용에 근거하고 있다. 그것은 모든 사건이나 사물이 가지는 공통적인 성질이 서로 긴밀하게 묶여 있다는 유사감염(類似感染) 및 접촉감염(接觸感染)의 원리를 출발점으로 한다. 즉 까마귀 고기를 먹으면 모든 생각을 까맣게 잊어먹는다는 것도 그렇고, 돌이 된 어린이가 돌을 잡힐 때 실을 집으면 실처럼 길게 오래 살고, 연필을 잡으면 학자나 공무원이 되고, 칼을 집으면 씩씩한 군인이 된다고 좋아하는 것이 모두 유사감염 및 접촉감염의 원리를 적용한 생각들이다. 서로 다른 두 사물 간의 차원이 다른 공통점이 질적으로 같은 것이 될 수는 없는 일이다. 그러나 이러한 원리에 근거한 우리나라의 금기담은 수를 헤아릴 수 없을 만큼 많이 있다.

그 표현 형식을 살펴보면 대체로 다음과 같다.

[무엇이(A) 어떠하면(B) 무엇이(C) 어떠하다(D)]

(A가 B하면 C가 D하다)

이러한 네 가지 요소에서 A, B는 행위의 전제 조건이요, C, D는 그 결과이다. 이 결과는 예외 없이 부정적인 표현으로 되어 있다. 몇 개의 예를 들어 본다.

△ 애인에게 손수건을 선사하면 눈물로 이별한다.

△ 칠석날에 딸기를 먹으면 부스럼이 생긴다.

△ 한 대야의 물을 같이 쓰면 서로 싸우게 된다.

△ 젖꼭지가 작으면 남편 복이 없다.

△ 손톱 깍은 것을 변소에 버리면 쉬 죽는다.

△ 정초에 장님 무꾸리하면 집안이 가난해진다.

이러한 금기담의 후반부는 모두 '이별, 부스럼, 싸움, 박복, 죽음, 가난' 등으로 할 수만 있다면 인간 생활에서 벗어나야 할 부정적 요소들을 표현하고 있다. 그러니까 그렇게 좋지 않은 결과에서 벗어나기 위하여 그 앞에 표현한 전반부의 행위 또는 사건이 일어나지 않도록 주의하라는 것이 금기담의 요점이다. 즉 C, D의 상태를 당하지 않으려면 A, B가 일어나지 않도록 해야 한다는 간접적이고도 위협적인 명령이 금기담이라고 할 수 있다. 사람들은 누구나 나쁘다는 것을 고집하려 하지 않는다. 더 나아가서는 보다 잘 살고 호화롭게 살고 편안하게 살기를 바란다. 그러니까 어째서 A, B의 행동이 C, D의 결과를 가져오느냐 하는 인과 관계는 따져 보려고 하지도 않고 무조건 나쁘다고 하니까, 피하자는 생각, 하지 말자는 관념이 머리에서 떠나지 않게 되어 결국 금기담은 꼬리를 이어 전승되어 내려온 것이라고 생각된다.

한편, 사람들이 그렇게도 피하려고 하였다는 것은 그 반대로 그만큼 간절하게 바라 마지않는 소망이 있었다는 이야기가 된다. 그러면 그렇게 기대하고 바라던 소망은 대개 어떤 것이었을까? 다음 금기담을 통해 알아보기로 하자.

△ 발등을 밟히면 재수 없다.

△ 아침에 여자가 자기 앞을 스쳐 가면 그날은 온종일 재수 없다.

△ 개시부터 물건값만 물어보고 사지 않으면 그날은 온종일 재수 없다.
△ 아침에 노래를 부르면 가난해진다.
△ 엎드려 자면 빌어먹는다.
△ 숟가락의 밥을 한 입에 먹지 않고 나누어 먹으면 밥 굶게 된다.
△ 숟가락을 엎어 놓으면 가난해진다.

이러한 금기담에서 우리는 옛날의 서민들이 얼마나 가난을 통절히 되새기며 살아왔는가를 생각하게 된다. 가난을 극복하고자 하는 욕구는 인간의 본능 가운데서 가장 기본적인 것이다. 인류 문화의 발전이 결국은 가난 극복의 역사라 하여도 크게 잘못된 표현은 아닐 것이다. 사실 가난 극복의 금기담을 금과옥조(金科玉條)로 생각하던 옛날의 서민들은 오늘날 우리가 생각하는 가난과는 비교하여 상상할 수도 없는, 그야말로 초근목피(草根木皮)로 연명하던 가난 속에서 허덕이며 살아왔었다. 물론 현재에도 생계에 위협을 받는 가난한 사람들은 그 가난 때문에 무식할 수밖에 없고, 무식하니까 남에게는 비굴해지기 쉬우며, 그래서 결국 금기담이 나타내는 간접적인 명령에는 쉽게 굴복하고 그러한 관습이 오늘날에도 여전히 세력을 가지고 지켜지게 된다.

△ 아버지를 부르며 우는 아이는 명이 짧다.
△ 바늘에 실을 짧게 꿰어 쓰면 명이 짧다.
△ 참나무로 얻어맞으면 말라 죽는다.
△ 시기가 많거나 화를 잘 내면 일찍 죽는다.

이러한 금기담에서는 오래 살고자 하는 또 하나의 인간의 기본 욕망을 발견한다. 인생이 아무리 괴롭고 힘든 고생길이라고는 하지만 그래도 오래 살기를 희망하는 것은 인간의 상정이다. 서양 어느 나라의 늙은 거지가 길가에서 굶어 죽었는데, 죽은 뒤에 보니까 수백만 원에 달하는 예금 통장을 가슴에 품고 있더라는 얘기가 얼마 전 신문에 실린 일이 있었다. 아마도 그 거지는 예금되어 있는 돈을 더욱 유효하게 쓰면서 잘 살아 볼 날이 있을 것이라고 기대하였었는지 모를 일이다.

△ 손끝 발끝을 까불면 복이 나간다.

△ 손님이 간 후에 곧 바느질을 하면 그 손님이 복을 가지고 간다.

△ 뒤통수를 때리면 복이 달아난다.

△ 어릴 때 자주 우는 아이는 복이 없다.

부자가 되어 오래 사는 것은 누구나가 바라는 일이다. 부유와 장수는 흔히 복이 많다는 말로 표현된다. 원래 복은 오복이라 하여 수(壽), 부(富), 귀(貴), 강령(康寧), 다남(多男)을 손꼽는 것이 보통인데, 금기담에는 이상하게도 '귀'를 희망하는 내용을 담은 것이 없다.

이 사실은 이 금기담들이 가난한 서민 부녀층에만 통용되었다는 반증으로 보인다.

그러나 복을 얻고자 애쓴 서민들은 그 복이 노력을 한다고 해서 얻어지는 것이 아니요, 팔자에 타고 나야 한다는 일종의 체념적인 운명관을 갖고 있었던 것 같다.

다음의 금기담은 그것을 분명하게 나타낸다.

△ 말띠에 태어난 여자는 복이 없다.

△ 귀가 너무 작게 생기거나 칼귀로 생겼으면 팔자가 사

납다.

△ 머리에 가마가 둘 있으면 두 번 결혼한다.

△ 뻐드렁니가 있으면 박복하다.

아무리 복을 얻기 위하여 발버둥을 쳐 보았자 타고난 운수가 나쁘면 어쩔 수 없다는 이 무서운 생각은 분명코 뿌리 뽑혀야 할 것이다. 관상이 나쁘면 어쩔 수 없이 기구한 인생을 감수하며 살아야겠다고 체념하면서도 틈만 있으면 거울을 들여다보며 신세 한탄을 하는 여성이 오늘날에도 많이 있다는 사실을 상기해 볼 때, 우리는 이 금기담을 다만 과거의 민속적 유물로만 생각하기에는 너무도 심각한 일면이 숨어 있다.

그러나 금기담이 생성된 원인에는 무식하고 분별력 없는 사람들을 무의식으로 계몽하고 가르쳐서 보다 도덕적으로 훌륭한 사람을 만들고자 하는 교육적 의도도 들어 있다.

옛날의 서민들, 특히 가난한 서민들은 그들을 인격적으로 교육시킬 적당한 교육 시설도 없었고 교사도 없었다. 그들에게 있다고 하는 것은 오직 아무 때나 아무 데서나 말하고 들을 수 있는 말〔言語〕뿐이었다. 여기에, 지어낸 사람 없는 금기담이 교육자 노릇을 하게 되는 까닭이 있다.

△ 여자 목소리가 울타리 밖에까지 들리면 집안 망한다.
△ 여자가 고개를 쳐들고 다니면 팔자가 세다.

이러한 금기담은 결국 여자가 어떻게 행동하여야 바람직한 여자가 될 것인가를 지시해 주는 우회적인 표현이 아닐 수 없다. 이렇게 볼 때 금기담은 보이지 않는 가정 교사였다고 할 법하다.

효도를 중심으로 하는 가정의 질서, 경천을 중심으로 하는 우주의 질서를 아무도 가르쳐주는 사람이 없어 가엾고 외로운 부녀자들은 이들 금기담을 벗하여 은연중에 배워 나갔던 것이다.

그러면 다음에 그들 가엾은 여인이 금기담을 통하여 배웠던 교육 내용이 무엇이었는가를 검토해 보기로 하자.

△ 동생이 형보다 먼저 장가들면 집안 망한다.
△ 밥그릇을 포개 놓으면 부모가 함께 돌아가신다.
△ 밥상 앞에서 울면 부모가 돌아가신다.
△ 손톱을 입으로 깎으면 어머니가 돌아가신다.
△ 시아버지 앞에 아이 젖을 먹이면 애 버릇이 나빠진다.

△ 부모 초상 때는 머리를 빗지 않는다.

△ 어른의 수저로 끓는 음식을 저으면 그 어른이 옥살이를 하게 된다.

△ 동네 집에 초상이 났을 때 머리를 감으면 해롭다.

△ 집안에 소금과 성냥이 떨어지면 복이 나간다.

△ 실패에 실이 없으면 부모가 헐벗고 돌아가신다.

△ 바늘을 벽에 꽂으면 남편이 앓는다.

△ 여자가 한숨을 쉬면 될 일도 안 된다.

△ 밤에 거울을 보면 남에게 미움을 받는다.

△ 하늘에 대고 주먹질하면 벼락 맞는다.

△ 송장〔屍體〕 앞에서 냄새난다고 하면 그 시체에서 냄새가 더 난다.

△ 여자가 휘파람을 불면 팔자가 사납다.

△ 남의 자식을 흉보면 제 자식도 그 아이를 닮는다.

이상의 금기담을 읽으면서 우리는 누구든지 자상스런 할머니의 타이름 같은 것을 연상하지 않을 수 없을 것이다. 이 금기담들은 마치 예의범절을 가르치는 도덕 교과서를 생각나게 하기 때문이다. 간혹 '결혼식 날 신랑이 웃으면 첫딸을 낳는다.' 는 금기담 때문에 명랑하고 즐거운 결혼식 날 억지로 상을 찌푸리고 웃음을 참는 기괴한 모습의 신랑 · 신부를 보게 되는 것이 흠이라면 흠일 수 있겠지만 대체로 금기담이 가르치는 사상의 밑바닥에는 경천애인(敬天愛人) · 수신제가(修身齊家)의 이념이 담겨져 있다.

그러나 금기담이 그 효능을 발생하던 시대는 지나가고 금기담은 단지 지나간 시대의 관용적 표현으로서의 유물이 되고 말았다. 그렇지만 금기담으로 이끌리는 우리들의 마음이 전혀 없는 것은 아니다. 아무리 합리주의를 내세우는 사람일지라도 때로 신비주의에 귀 기울이듯 문득문득 사람들은 금기담을 내세워 자기가 남의 행동을 규제하려는 때가 있다. 여학교 시절에는 종교가 어떻고, 과학의 힘이 어떻다고 떠들면서 자기의 지성을 과시하던 사람들이 시집가서 아기를 하나, 둘쯤 낳고 중년 부인으로 되어 가는 사이에 어느 틈엔가 점쟁이를 즐겨 찾고 몸에는 부적을 지니고 다닌다.

이러한 풍토 속에서 금기어도 여전히 생명을 갖고 우리 의식의 한구석을 지배하고 있다.

옛말의 되살림

한국을 좋아하고 한국 사람을 아끼는 외국 사람들은 한국이 급속도의 경제 성장을 이룩하는 반면에 점차로 옛 모습을 잃어가는 현상에 대하여 기쁨 반, 실망 반의 착잡한 심정에 빠진다고 한다. 특히 20세기 초엽부터 한국에 와서 선교 사업을 벌였던 서양 사람들은 이러한 심정이 더욱 강렬하다는 것을 서슴없이 고백한다. 나막신을 신고 종로통을 거닐던 1920년대의 남산골샌님을 구경하지 못하게 되었다는 것은 지나친 감상(感傷)일는지 모른다. 그리고 초저녁 골목길을 지나노라면 들려오던 아낙네들의 다듬이 소리를 들을 수 없게 되었다는 얘기도 또한 감상이라고 돌려 버릴 수 있을는지 모르겠다. 그러나 인후하신 할아버지, 할머니의 인정을 잃어버린 것은 감상이 아니며 급속한 공업화에 밀려 인심처럼 탁해 가는 자연환경을 애처로워하는 것은 정녕 감상이 될 수 없다. 한국에서 태어나서 지금껏 한국에서 일하고 있는 중늙은이의 서양 사람들과 마주 앉아 한국의 아름다움과 한국 사람의 사랑스러움을 얘기하다 보면 한국의 아름다움은 어디까지나 평화로운 시골 풍경과 온후하고 질박한 성품의 선비나 농부들 속에 있다는 생각이 들게 된다. 이러한 느낌은 굳이 한국을 사랑하는 서양 사람들에게만 있는 것은 아닐 것이다. 지나간 세월이 아름다워 보이고 더 정이 가는 것은 모든 사람이 누구나 다 가지고 있는 보편적인 상고취향(尙古趣向)이기 때문이다.

그러면 어떻게 할 것인가? 만물이 유전(流轉)하여 세월이 흐르면 인정도 변하고 세상만사가 시간이 흐르는 것과 더불어 바뀌어 가는 것은 만고의 진리인데, 이렇게 변해 가는 세상을 원망하고 가만히 앉아 있을 것인가? 그래서 현재의 생활을 보다 예스러운 풍취로 살아가고자 하는 사람들은 선조들이 남기고 간 유물(遺物)- 비록 그것이 하찮은 담배쌈지이거나 한 조각 편지일지라도- 을 간수하고 아낀다. 그러니까 박물관에 수집하여 보관하고 있는 유형 문화재들은 작게 보면 흘러간 세월에 대한 애착의 표상이라고 할 수 있다. 변모하여 가는 미래에 대처하여 현명하게 앞길을 개척하는 것이 바람직한 것처럼, 그와 똑같이 지나간 시대의 정신적 물질적 자산을 아끼고 사랑하는 것도 또한 바람직한 일이 아닐 수 없다.

이와 같은 문제를 언어에 적용시키면 어떻게 될까? 말이라는 것도 세상의 물정과 같아서 세월이 흐름에 따라 변해 가는 것인데, 그 변화에 맹목적으로 추종하여 흘러가는 대로 내버려 둘 것인가? 아니면 골동품을 간수하고 아끼듯이 과거에 쓰이던 말들도 잘 가꾸고 보관할 수는 없을 것인가? 세태 풍습이 시대의 산물이듯이 언어도 분명 시대의 산물이다. 각박한 현대 사회에서는 이웃 간의 따사롭던 우의도 퇴색하는 것처럼, 지나간 시대에 쓰이던 언어들은 소위 그 언어들이 시대적 사명을 다한 오늘에 와서는 쓸모없는 골동어가 되어 옛날 책 속에 곰팡이 낀 활자처럼 뒤쪽으로 처져서 이제는 말하지도 듣지도 않게 되어 버렸다.

그렇지만 우리들의 상고 취향은 지나간 시대에 쓰이던 옛말에 자꾸만 애정이 쏠리고 흘러간 대중가요를 듣듯이 자꾸 듣고 싶은 그런 말들을 찾게 된다. 그리고 아무리 역사적 사명을 다하여 오늘날에 와서는 쓸모가 없어진 말일지라도 어떻게 해서 다시 들어볼 수는 없을 것인가 하고 생각나는 낱말, 생각나는 표현들이 없지는 않다. 냉정하게 말한다면 오늘은 오늘이고, 어제는 어제였으니까 어제를 오늘 속에 끌어들일 수 없음은 물론이다. 만일 오늘 속에 어제를 끌어들이려 하는 사람이 있다면 아마 그런 사람은 라이터나 성냥을 사용하는 현대에 살면서 부싯돌 사용하기를 주장하는 격이 될 것이고, 자동차가 폭주하는 서울 거리에 가마를 타고 가는 것과 다름이 없이 될 것이다. 그러나 언어에는 오늘날 전혀 쓰이지 않는 옛날 물건의 이름만 있는 것은 아니다. 구레나룻 허연 할아버지가 도포 자락을 휘날리며 호기 있게 걸으시던 그 위풍당당한 모습처럼, 우아하고 의젓한 어휘들이 지금은 쓰일 곳을 잃고 옛말 사전 한구석에 무료하게 앉아 있는지도 모른다.

고요한 아침의 나라, 은자들의 인후한 품성처럼, 그리고 공해 없던 자연환경같이 맑고 아름답던 우리말이 행여 있다면, 우리는 그러한 낱말들을 조심스럽게 그리고 자랑스럽게 다시 살려 보는 작업을 해 보아야 할 것이다. 이와 같은 착상은 1920년대와 1930년대에 걸쳐 우리 문학인들이 이미 시도

한 적이 있었다. 그들은 일본 제국주의자들에게 나라를 빼앗긴 뒤에 민족혼을 일깨우고 민족정신을 온전하게 보존하려는 의도 아래 두 가지 방면의 국어 사업을 폈었다. 그 하나는 조선어학회를 중심으로 하여 전개되었던 우리 말 사전 만들기 사업이었고, 또 하나는 문인들이 중심이 되어 일으켰던 시조 부흥론(時調復興論) 및 시조 창작의 움직임이었다. 이 움직임에는 육당(六堂) 최남선(崔南善), 가람 이병기(李秉岐), 위당(爲堂) 정인보(鄭寅普), 노산(鷺山) 이은상(李殷相) 같은 분들의 노력이 지극히 컸었다.

그들은 옛말의 부활이 일상생활의 언어로서는 이루어지기 힘들다는 것을 진작 깨달았던 것 같다. 그래서 그들은 고시조를 부활시키어 새로운 민족 문학의 하나로 정립하는 것과 동시에 그 시어 속에 예스러운 말들을 가능한 한 재생시키고자 시도하였던 것이다. 이 착상은 당시의 시대적 분위기와 그들 재주 있는 문인들의 열성 어린 시조 창작에 의해 어느 정도 성공을 거두었었다. 그 성공의 결과 어쩌면 완전히 사라진 말이 되었을지도 모르는 일부의 낱말들이 지금 적어도 시어(詩語)로서는 그 명맥을 유지하면서 우리들의 복고(復古) 취향의 욕구를 충족시키는 어휘로 사랑을 받고 있다. 그런 낱말을 몇 개 예를 들어 보자.

누리(세상) 우음(웃음) 새배(새벽) 뫼(산) 머귀(오동)
멀위(포도) 탓(까닭) 가람(강) 싸눈(싸락눈)
새오다(시기하다) 예다(가다)

이러한 낱말들은 그에 대응하는 현대어가 있음에도 불구하고 시적 문맥에서는 현대어보다 훨씬 더 큰 정서적 호소력을 지니고 우리의 사랑을 받고 있다.

한편 다음과 같은 어휘도 있다.

마슬 · 마실(마을) 아음(친척) 꼭두(헛개비) 하다(많다)
얼믜다(드물다) 인애(아지랑이) 조히(깨끗이)

이런 낱말들은 옛날 책에서뿐만 아니라 아직도 사투리로 살아 있는 말이다.

한 언어에서 하나의 사물을 가리키는 말이 꼭 하나일 수는 없고, 둘 또는 그 이상일 때 그중 하나는 표준어(공용어)가 되고 다른 것은 사투리로 취급된다. 그런데 그 사투리 가운데에는 옛날 한때 공용어의 구실을 하다가 어떤 연유로 세력을 잃고 사투리로 떨어진 것들이 있다. 이러한 사투리가 특수한 환경에서 다시 쓰일 때에는 예스러움과 시골스러움을 함께 지니고 우리 앞에 나타난다. '마실' 이니, '아음' 이니 하는 단어들이 바로 그러한 사투리로서 특별한 매력을 발산한다. 이와 같은 단어들은 향토색 짙은 분위기를 묘사해야 할 경우에 없지 못할 언어 재산이다. 이렇게 본다면 지나간 시대의 말이라 해서 한 묶음으로 내던져 버릴 일은 아니라는 것이 분명해진다. 그러나 거듭 밝히거니와 그런 어휘가 일상의 언어생활과는 거리가 있다는 것도 숨길 수 없다.

우리의 조상들이 어떤 생활환경 속에서 무엇을 생각하며 살아왔는지를 느끼고 싶을 때, 우리는 민속 박물관을 찾아가 그곳에 놓인 기명(器皿)을 보며 조상의 슬기와 멋을 추적한다. 그와 마찬가지로 언어도 지나간 세월에 쓰이던 어휘를 오늘날 우리가 쓰는 문장 속에 섞어 놓으면 거기에서는 사서삼경(四書三經)을 외우던 청아한 옛날 선비의 음성이 되살아 나온다. 물론 우리는 이때에 그 문장이 글 전체의 주제에 합당한 것인지 아닌지를 글을 쓰기 전에 충분히 검토하여야 할 것이다.

그러면 옛날 어휘 속에서 우리가 다시 쓸 수 있는 낱말을 몇 개 골라 보기로 하자.

㉮ 가멸다〔부유(富裕)하다〕

'가난하다'는 낱말에 반대되는 낱말을 말하라면 '부자다'라는 말이 연상된다. 그러나 '부자(富者)'는 명사이므로 형용사로 쓰기에는 적합지 않다. 그러나 한자 말 '부유(富裕)하다'와 똑같은 우리말이 15세기에는 있었다. 'ㄱᅀᆞ멸다'이다. △음이 없어지고 •음이 변했으니까 '가멸다' 쯤으로 쓰일 수 있다. 이 '가멸다'는 낱말이 새로이 세력을 얻으면 우리 백성 모두가 정말 정신적으로 물리적으로 가멸게 되어 남북통일조차 쉽게 이루어질 것 같은 기분이 든다.

㉯ 구실살이〔관리 생활〕

옛날 표기로 '구위' 또는 '구위실'은 관청을 뜻했다. 따라서 '구실살이'는 관리 생활을 뜻하게 되는데, 옛 문헌에 '구실살이'라는 명사형이 발견되지는 않는다. 오늘날 '구실'은 '기능(機能), 역할(役割)'을 뜻하는데, 이것은 의미의 변화를 입은 것으로 보아야 할 것이다. 옛날에는 '구실살이'만이 돈과 명예를 보장하는 수단이었지만 오늘날에는 그렇지 않으니 '구실살이' 라는 말이 새로이 퍼지면 탐관오리(貪官汚吏)라는 말은 없어지게나 되지 않으려는지 모르겠다.

㉰ 겨를하다〔한가(閑暇)하다〕

'-하다' 를 붙여 새 낱말을 만드는 경향은 어제오늘의 일이 아니다. 한자어를 우리말로 수용하는 과정에서 매우 생산적인 표현 방식이었다.

그러므로 이것을 한자나 영어에 붙여 '운동(運動)하다', '스마트하다' 같은 말만 만들 것이 아니라 고유한 우리 말 어간에도 붙여서 '부지런하다', '겨를하다' 같은 말을 자주 썼으면 좋겠다. '겨를' 이 '여유 있는 시간' 을 뜻하니까 겨를하다는 당연히 유유자적하는 신선의 멋을 드러낸다 할 것이다.

㉱ 가치노을〔백두파(白頭波)〕

파도가 몰아치고 풍랑이 일 때에 솟아오르는 하얀 물거품의 파도를 일컫는 말이다. 현대어의 까치〔鵲〕와 노을〔霞〕에 이끌리어 엉뚱한 연상을 하게 되는 옛말이다. 혹시 어느 바닷가 사람들이 지금도 이 낱말을 기억하고 있는지 모르겠다.

흥미 있는 옛날 낱말 몇 개를 살려 보았다. 그런데 우리가 이처럼 옛말의 정취를 아쉬워하면서 옛말을 되살리려는 노력이 행여나 자동차의 물결 속에 가마타기를 꿈꾸는 시대 역행의 환상이 되는 것은 아닌지를 생각하여야 한다. 골동품은 어디까지나 골동품으로서의 가치가 있다.

이조백자가 아무리 아름다워도 거기에 술을 담아 마실 수는 없는 일이다.

국어 순화의 참뜻과 참길

영국 사람들은 인도를 통째로 주어도 '셰익스피어' 한 사람과 바꾸지 않겠다는 명언을 자랑으로 삼는다. '셰익스피어'의 어떤 점이 그의 무게를 그토록 무겁게 만든 것인가? 그것은 두말할 필요도 없이 그의 붓끝을 통해 나온 주옥과 같은 언어 때문이었다. 예컨대《리어王》같은 작품은 참으로 흔해 빠진 민담 설화로서 그 비슷한 얘기가 세계 도처에 깔려 있다. 그러나 셰익스피어의《리어王》을 읽을 때, 그리고 그 연극을 관람할 때, 우리는 셰익스피어를 통과한 언어가 어떻게 범속한 설화와 다른가를 깨닫게 될 것이다. 이러한 사실을 통하여 우리는 언어의 1차적인 기능은 전달성이기 때문에 언어가 사상을 담는 그릇이기는 하지만 더 나아가 언어가 바로 표출된 바 사상 그 자체일 수도 있다는 언어의 부차적 특성이 오히려 더 중요하다는 반증을 얻게 되는 셈이다.

국어 순화의 문제를 논의하는 자리에서 이렇듯 언어의 정신적 가치를 먼저 이야기하는 것은 당연한 순서인 것처럼 보인다. 왜냐하면 언어의 전달 가치만을 강조하게 되는 경우에 극단적으로 말하여 어떤 언어를 사용하든지 무방하리라는 생각을 먼저 경고하고 싶었기 때문이다. 영양분을 섭취하기 위하여 어떤 음식이나 먹어도 좋다는 식의 생각을 발전시키면 의사소통을 위해서 어떤 언어를 써도 상관이 없을 것 아니냐는 논리는 아무런 잘못도 없어 보인다. 하기는 오늘날 아무도 양복을 입고, 구두를 신고, 또 약간의 장발을 하였다고 하여 그 장본인에게 바지저고리를 입지 않았고, 고무신을 신지 않았고, 또 상투를 틀지 않았다고 비난하는 사람은 없다. 전통적인 한옥에 살지 않고 어째서 맨션아파트에 사느냐, 주체성이 없는 것이 아니냐고 힐난하는 사람도 없다.

그러나 언어를 그러한 의식주의 차원에 놓을 수는 없는 일이다. 만일에 언어가 단순한 인간 생존 내지는 물질문명의 수단에 불과한 것이라면 알퐁스 도데의 마지막 수업 같은 작품이 우리에게 아무런 감동도 일으킬 수 없을 것이고 지난

36년의 일제 암흑기에 목숨을 바쳐가며 국어를 연구한 분들에게 우리는 아무런 존경도 드릴 필요가 없을 것이다. 더 나아가 우리 중의 누가 '가네무라' 나 '윌리엄' 이라는 이름을 가지고 있다고 하여도 우리는 아무렇지도 않을 것이다.

그리하여 우리는 국어가 바로 우리의 정신을 지키는 수문장이요, 또한 우리의 정신세계가 안주할 수 있는 도성(都城)임을 깨닫게 된다. 그러나 어떤 이는 이 도성이 너무 굳게 닫혀 있어서 외부 세계와의 단절을 가져오면 문화적 쇄국을 초래할 염려가 있다고 말한다.

다시 말하면 국어 순화가 폐쇄적 민족주의, 고식적 주체의식의 발로라고 근심하는 것이다.

그리고 민족주의나 주체성은 세계 문화를 폭넓게 수용할 수 있을 때에만 가능한 것이라고 주장한다. 합당한 말이 아닐 수 없다. 왜냐하면 국어 순화는 바르고 고운 한국어를 사용하자는 것이기 때문에 고유 국어가 아닌 언어의 사용을 기피하게 되어 그 결과 세계 문화와의 교류가 막힐 것이 아니겠느냐는 근심이 생겼기 때문일 것이다. 그러나 이러한 주장과 근심은 국어 순화의 정체를 잘못 파악하였기 때문에 생긴 오해에 지나지 않는다.

국어 순화 운동은 말하자면 언어의 대내적 새마을 운동과 같은 것이다. 그것은 심오한 연구 활동이 아니라 일반 언어 대중에게 건실한 정신적 자세와 민족적 긍지를 갖게 하려는 대중문화 운동이다. 그것은 국제간의 학술 교류가 아니요 특정 지식인들끼리의 전문적 토의가 아니다. 긴박한 세계정세 속에서 올바른 역사의식을 가지고 당당하게 살아가기 위하여, 그리고 우리의 후손에게도 오늘날 우리가 설정했던 지표가 정당한 것이었고 우리는 그 목표를 향해 성실하게 전진했음을 유산으로 남기기 위한 범국민적 의식 순화의 운동이다.

대중이 어떤 의식으로 살아왔는가를 증명하는 것이 역사라고 한다면, 그 역사는 대다수의 대중이 어떤 문화를 누려왔는가를 말할 수 있어야 할 것이다. 그런데 문화는 정신적 창조의 세계인만큼 결국 그것은 현재에도 언어로 표현되고 있으며 미래에도 또 언어로 기록되어질 것이다. 따라서 언어를 통하여서만 우리 문화의 실상이 후세에 밝혀지게 된다. 그러므로 좀 심하게 말하여 국어의 순화가 이루어지지 않는다면 경제적 부를 약속하는 '새마을 운동' 도 정신과의 불균형을 해소하지 못하기 때문에 참다운 성공을 거두지 못할는지도 모른다고 할 수 있다.

물론 대중의 문화는 신기(新奇)를 좇는 유행에 민감하고 계층적으로 보다 높은 문화 유형에 재빨리 영합하려는 모방성을 가지고 있다. 바로 이러한 특성을 올바르게 파악하여 거기에 맞는 응분의 대처를 하여야만 대중문화 운동을 바람직한 방향으로 이끌 수 있을 것이다.

국어 순화 운동을 성취하기 위한 지식인의 사명이 강조되는 이유가 여기에 있다. 외국어를 일상의 대화에서 마구 지껄이는 지식인이 지탄을 받는 이유가 여기에 있다. 일상의 대화나 대중적인 언론의 자리에서 부득이하게 외국어를 쓸 경우 억지로라도 우리말로 바꾸어 표현하려는 성의에 값비싼 찬사를 보내야 하는 이유가 여기에 있다. 버터와 치즈를 먹어 보지 못한 사람에게 굳이 그 맛의 미차(微差)를 설명할 필요는 없는 법이기 때문이다.

국어 순화는 크게 두 가지 방향을 가진다. 하나는 국어로 순화하는 것이니 외국어와 외래어(엄격하게 말하면 외래어는 국어이다. 문제는 외국어와 외래어를 규정하는 판별 기준이다.)가 대상이 되는 길이며, 또 하나는 국어를 순화하는 것이니 한자어 · 비속어 · 은어 등을 대상으로 하는 길이다. 이때에 구체적인 어휘 예를 검토해 보면 단어마다 자기 나름의 사정이 있어서 쉽사리 결정할 수 없는 당혹에 부딪치리라는 것은 자명한 사실이다.

그리하여 우리는 순화된 국어가 어느 것인가를 판단하고 필요하다면 새 말을 만들어 내는 기관을 가지고 있어야 할 것이다. 요컨대 상설 연구 기관이 있어야 하겠다는 말이다. 마침 최근에 정부는 이러한 기구를 발족시켰다고 한다. 시의에 맞는 조치였다. 그것은 순화된 국어를 만드는 입법부의 구실을 담당할 것으로 보인다.(1985년 5월 학술원 산하에 국어연구소가 설립되어 일을 시작하였다.) 그러나 언어는 법으로 다스려지는 대상이 아니다. 더구나 그 언어는 대중의 언어다. 대중에게 인기를 얻으려면 대중의 여론에 부합되어야 한다. 여론을 강요할 수는 없다. 그리하여 우리는 다시금 언어 여론의 조종자로서 어학자와 언론인과 문필인과, 그리고 각 분야의 지식인들이 어떻게 대중 앞에 책임 있는 말, 영향력 있는 말, 공감을 얻을 바르고 고운 우리말을 할 것인지 그들의 입을 조심스럽게 쳐다보는 것이다. 아마도 국어 순화를 실현시키려는 행정적 뒷받침이나 법률적 규제는 무대 뒤에 숨은 조명 기사의 역할 밖에는 되지 않을 지도 모른다.

| 명문동양문고 ⑫ |

심재기 교수 산문선 [5]

한국인의 어문 생활

초판 인쇄 2019년 1월 25일
초판 발행 2019년 1월 30일

지은이 | 심재기
발행자 | 김동구
디자인 | 이명숙·양철민
발행처 | 명문당(1923. 10. 1 창립)
주 소 | 서울시 종로구 윤보선길 61(안국동)
우체국 010579-01-000682
전 화 | 02)733-3039, 734-4798(영), 733-4748(편)
팩 스 | 02)734-9209
Homepage | www.myungmundang.net
E-mail | mmdbook1@hanmail.net
등 록 | 1977. 11. 19. 제1~148호

ISBN 979-11-88020-80-5 (03810)
10,000원